KB271597

二人傳說

1 일인전승

일인전승 1

박신호 新무협 판타지 소설

초판 1쇄 찍은 날 § 2006년 9월 26일
초판 1쇄 펴낸 날 § 2006년 10월 5일

지은이 § 박신호
펴낸이 § 서경석

편집장 § 문혜영
편집책임 § 장상수
편집 § 서지현 · 심재영

펴낸곳 § 도서출판 청어람
등록번호 § 제1081-1-89호
등록일자 § 1999. 5. 31
어람번호 § 제2-1017호

주소 § 경기도 부천시 원미구 심곡1동 350-1 남성B/D 3F (우) 420-011
전화 § 032-656-4452 팩스 § 032-656-4453
http://www.chungeoram.com
E-mail § eoram99@chollian.net

ISBN 89-251-0331-1 04810
ISBN 89-251-0330-3 (세트)

一人傳承

1 일인전승

박신호 신무협 판타지 소설
Fantastic Oriental Heroes

도서출판 청어람

목차

제1장

백원도(百猿圖)

꼬르륵~

꼬르륵~

뱃가죽이 등에 달라붙은 채 밥 달라고 아우성을 치자 진호(陳虎)는 마지못해 눈을 떴다. 눈을 비비고 억지로 일어나 네 평 남짓한 실내를 어슬렁거렸지만 눈을 씻고 찾아봐도 먹을 것은 보이지 않았다.

"으음, 쌀이라도 있으면 좋을 텐데……."

기대는 허탈로 이어졌다.

쌀독은 거미줄만 가득했고, 쌀은 한 톨도 없다.

"방법이 없군."

진호는 문밖으로 어기적어기적 걸어나갔다.

광활한 죽림 속에 대나무로 만든 작은 집.

진호의 거처는 사천성 남부의 강안현(江安縣)과 장녕현(長寧縣)에 위치한 촉남죽해(蜀南竹海)에 있었다.

"어디다 뒀더라?"

진호가 주변을 두리번거리며 낚싯대를 찾기 시작했다. 낚싯대는 죽엽 속에 파묻혀 있었다.

"아, 찾았다!"

진호는 낚시대를 어깨에 걸치고 청룡호(青龍湖)로 향했다. 청룡호에 도착하자 진호는 대나무 뗏목을 수면에 띄우고 낚싯대를 드리우고 눈을 감았다.

"많이 잡혀야 할 텐데… 음냐~ 음냐~"

말이 끝나기도 전에 꾸벅꾸벅 졸기 시작하는 진호.

"드르렁~ 드르렁~"

어느새 코를 골며 잠들어 버렸다.

물고기가 지능이 떨어지기는 하지만 이런 게으름뱅이에게 잡힐 리는 없다. 낚싯대는 소식이 없고, 뗏목은 물결따라 천천히 이동했다. 어느새 뗏목은 강가에 들어섰다.

그러나 진호는 깨어날 조짐조차 없었다.

퉁.

"…응? 뭐야?"

진호는 갑작스런 진동에 눈을 떴다.

눈을 비비며 주위를 둘러보다 진호는 경악했다.

"어라? 여긴 어디야?"

강변의 좌, 우측은 광활한 죽림이었다. 촉남죽해가 분명했다. 그러나 진호에겐 낯선 곳이었다.

"제기랄!"

진호는 뗏목이 물결따라 하염없이 흘러왔음을 깨달았다. 그리고 되돌아가려면 많은 수고가 필요하다는 것도 알게 됐다.

"망할 뱃가죽! 이럴 땐 왜 잠잠히 있었던 거야!"

집에서 잠잘 땐 잘도 깨우더니 이럴 땐 잠자코 있었냐며 원망하듯 복부를 노려봤지만 무슨 소용이 있으랴.

"그런데 뭐였지?"

진호는 그나마 지금이라도 잠에서 깨어나게 한 고마운 존재를 찾으려고 주변을 훑어보았다. 고마운 존재는 뗏목 끝에 걸려 있는 승려였다.

깨끗하게 밀어버린 대머리와 승복. 등에 박혀 있는 검만 아니었다면 진호는 감사의 인사를 했을 것이다.

"……."

진호는 조용한 걸음걸이로 승려에게 다가갔다. 승려는 숨이 끊어진 지 얼마 안 된 비구니였다. 진호는 슬그머니 발을 들어 승려의 대머리에 내려놓았다.

"아미타불."

진호가 불호를 외우면서 발에 힘을 줬다. 사체가 뗏목에서 밀려나 물결따라 흘러가자 진호는 뗏목을 강변으로 몰았다.

"튀자!"

땅을 밟기가 무섭게 진호는 질주했다. 어슬렁거리거나 어기적거리던 이전까지의 발걸음과는 전혀 달랐다.

"이런 일에 끼었다간 피 본다. 무조건 튄다."

진호는 열심히 달렸다. 정말 열심히 달렸다. 심장이 터져나갈 때까지 달렸다.

"헉… 헉… 그런데 여기는 어디지?"

길을 잃었다.

아니, 처음부터 길 따위는 없었다. 죽림 속을 무대뽀로 질주했을 뿐이다. 게다가 시작점부터 잘못됐다.

어딘지도 모르는 곳에서 무작정 출발했고, 대충 저쪽에 집이 있을 거라고 안이하게 생각했으니 미아가 될 수밖에 없다.

"제기랄! 여기가 어디냐고!"

소리쳐도 소용없다.

"젠장! 처음부터 잘못 생각한 건가?"

강을 따라 상류로 이동하면 청룡호가 나온다. 청룡호에서 집을 찾는 것은 식은 죽 먹기나 다름없다. 그런데도 진호가 죽림 속으로 뛰어든 것은 상류에 비구니를 죽인 살인자가 있을 거라고 판단했기 때문이다.

"어쩐다?"

진호는 다람쥐 쳇바퀴 돌 듯 왔다 갔다 하다가 발걸음을 멈췄다. 좋은 생각이 난 것이다.

"위다!"

높은 곳에서 내려다보면 방향을 찾을 수 있다. 게다가 촉남죽해는 고봉(高峰)만 이십여 개가 넘고 산마루만 오백여 개에 달했으니 약간의 수고로도 높은 곳을 찾는 건 일도 아니다.

그러나 불행은 연이어 오는 법이다.

아무리 찾아도 산봉우리는 고사하고 언덕조차 나오지 않았고, 점차 어둠이 깔리기 시작했다. 진호의 안색이 점차 흙빛으로 변해갔고, 지친 몸을 가누기도 어려워할 때 지면이 가파르게 올라가기 시작했다.

진호는 미소를 지으며 올라갔다. 계속 올라가는 품새가 작은 구릉이 아닌 산봉우리임을 알 수 있었다. 그런데 산마루의 중턱에 도달하자 진호의 표정이 달라졌다.

"…이건 피 냄새!"

진호가 눈살을 찌푸리며 조심스럽게 구릉을 올라섰다.

구릉 너머 철저하게 파괴된 죽림이 나왔다. 수백 그루가 넘는 대나무가 무참하게 잘리거나 으스러졌고, 주변에 피 범벅을 한 시신들이 널려 있었다.

시신은 대략 백여 명에 달했고, 구성은 여승과 도사, 속인들이었다. 현장에 남은 흔적은 세 부류의 인물들이 하나같이 고수이며 난전을 벌이다 상잔(相殘)했음을 밝히고 있었다.

"하아~ 어쩌다 이런 일이……."

진호가 탄식했다. 죽어간 자들을 위한 탄식이 아니라 자신에게 향한 탄식이었다.

"이따위 것을 보려고 도망친 게 아니란 말이다!"

늑대를 보고 도망쳤는데 늑대 소굴에 들어온 격이다.

진호는 고뇌했다.

이대로 밑으로 도망칠 것인가, 아니면 혈전의 현장을 지나 산봉우리로 올라갈 것인가?

"제기랄! 어차피 이렇게 된 거!"

돌아서면 또다시 미아 신세. 산봉우리에 올라가 집을 찾는 게 훨씬 낫다고 진호는 판단을 내렸다.

진호는 조심스럽게 발걸음을 앞으로 내밀었다. 시체들 사이로 지나가는 동안 값비싸 보이는 병장기들이 눈에 띄었지만 진호는 시선조차 주지 않았다. 사소한 욕심이 후환을 부른다는 것을 알고 있었기 때문이다.

"하아!"

참사의 현장을 지나자 안도의 한숨이 나왔다.

진호는 이마를 적신 식은땀을 소매로 닦고 산봉우리를 향해 걸음을 옮겼다. 그런데 세 걸음을 걷기도 전에,

휘익~

녹색 그림자가 진호를 덮쳤다.

"큭!"

녹색 그림자는 녹포를 두른 노인이었다. 깡마른 얼굴에 가느다란 눈매는 음습했고, 위험한 냄새가 풀풀 났다.

"너는 뭐 하는 놈이냐?"

"…지, 지나가던… 사람… 입니다."

진호는 녹포노인에게 잡힌 왼쪽 손목이 부러질 것처럼 아팠기에 말조차 제대로 하지 못했다.

"목숨이 아깝지 않은가 보구나?"

우두둑!

녹포노인이 진호의 손목을 꺾어버렸다.

"커억!"

진호가 꺾인 손목을 부여잡고 쓰러졌다.

'비, 빌어먹을! 이런 일이… 생길까 봐… 피한 건데……'

제대로 걸렸다.

그러나 아직 살아 있으니 최악의 상황은 아니다.

"다시 묻겠다. 네놈은 누구냐?"

"…소, 소인의 이름은… 진호… 촉남… 죽해에서… 살고 있는 평범한 사람… 입니다."

"이곳은 왜 온 거냐?"

"기, 길을 잃고… 헤매다… 우연히……"

녹포노인은 진호를 싸늘하게 노려보았다.

왜소한 체구에 균형이 잡히지 않아 추한 얼굴, 검게 죽은 피부와 탁한 눈빛. 어딜 봐도 못난이였다.

‘이상한 놈이다.’

이런 놈은 손목뼈가 부러지고 위협을 받으면 벌벌 떨며 눈물을 쏟아야 정상이다. 그런데 뼈가 부러지는 고통을 참아내고 위협을 받는 와중에도 최소한의 당당함을 드러냈다. 시체들 사이로 지나가는 담력을 가진 게 이해가 갔다.

‘자신을 숨긴 고수인가?

내력으로 경락을 검사하면 바로 알 수 있지만 그럴 여력이 없었다. 녹포노인은 심각한 내상을 입고 있었다. 무리하게 신법과 금나를 사용해 진호를 잡고 팔뼈를 꺾은 것만으로도 내상이 심각하게 악화됐다.

“으음…….”

녹포노인은 슬그머니 손을 허리 뒤로 숨겼다. 부들부들 떨고 있는 손을 들키지 않으려는 것이다.

‘크윽! 일각을 넘기기 어렵겠구나.’

녹포노인의 내상은 예상보다 심각했다.

‘이 못난이를 이용해야겠구나.’

녹포노인은 작은 상자를 꺼냈다.

뚜껑을 열자 세 치 길이의 녹색 벌레가 나타났다. 형태는 누에와 비슷하지만 전혀 다른 존재였다. 녹포노인은 녹색 벌레를 아깝다는 시선으로 보다가 진호의 왼팔을 잡아당겼다.

“크윽!”

진호가 입술을 깨물었다. 녹포노인이 부러진 왼팔을 거칠게 잡아당겼기 때문이다.

"잘 봐라."

녹포노인이 진호의 꺾인 손목에 녹색 벌레를 조심스럽게 내려놓았다. 진호는 의아하다는 표정을 지었다.

치이익~

"크으윽……!"

녹색 벌레가 열을 뿜어내 피부를 녹여 버렸다. 살이 드러나자 녹색 벌레는 손목 속으로 파고들어 갔다. 녹색 벌레의 침투가 끝나자 구멍 뚫린 살과 녹아내린 피부가 순식간에 복원됐다.

우둑! 우둑!

기괴한 소음과 함께 꺾였던 손목뼈도 정상으로 돌아왔고, 복원된 피부는 녹색을 띠었다. 녹색 벌레가 발휘한 조화였다.

"녹잠고(綠蠶蠱)는 한 달이 지나면 알을 낳을 것이다. 한 달 안에 제거하지 않으면 산 채로 벌레의 먹이가 될 거다."

진호의 얼굴이 굳어졌다.

'…고독(蠱毒)의 일종이었군.'

독과 주술이 결합돼 만드는 게 고독이다.

예를 들어, 항아리에 백 마리의 뱀을 집어넣고 한 마리만 살아남을 때까지 기다린다. 최후의 한 마리는 잡아먹은 뱀의 독과 원한이 쌓인 최악의 독물이 된다.

이게 남만의 묘족들에게만 전해져 내려오는 고독이다. 의

원이나 독술가조차 고독의 존재는 알지 못한다. 그런데 진호
는 고독에 대해 자세히 알고 있었다.

"살고 싶다면 내 말을 들어야 한다."

"…뭘 원하는 겁니까?"

"촉중당문을 아느냐?"

진호의 안색이 창백하게 변했다.

촉중당문은 독과 암기의 본산이며, 구대문파에 속한 아미
파와 청성파조차 눈치를 보는 사천의 제왕이다.

녹포노인은 품속에서 족자를 꺼냈다.

"이걸 촉중당문에 전해줘라. 그리고 녹잠고에 중독됐다고
말하면 모든 게 해결될 것이다."

녹포노인이 진호에게 족자를 던졌다. 족자를 받은 진호는
녹포노인을 뚫어지게 노려보았다.

"어서 출발해라. 촉중당문은 멀다."

진호는 뒤돌아섰다. 그리고 뛰었다. 그런데 이십여 보를
밟기도 전에 걸음을 멈추고 뒤돌아섰다.

"…뭐 하는 거냐, 어서 가지 않고?!"

"기다린다."

"…뭘 기다린다는 거냐?"

"네가 죽을 때를!"

"이, 이놈이!"

녹포노인이 격노했다. 치밀어 오르는 분노로 얼굴색이 시

뻘겋게 변하더니 새하얗게 탈색됐다.

"우웩!"

녹포노인이 시커멓게 죽어버린 피를 토해내며 힘없이 무릎을 꿇었다. 안 그래도 한계에 도달했는데 진호로 인해 내상이 격발된 것이다.

"나는 무림세가의 생리를 잘 알고 있지."

"무, 무슨… 소리냐?"

"촉중당문이 과연 나를 살려줄까?"

녹포노인의 흐릿한 눈이 순간적으로 번뜩였다.

진호가 예상과 다른 행동을 했다는 것보다 무림세가의 생리를 안다고 말한 점이 마음에 걸린 것이다.

"이곳의 참화는 이 족자 때문이겠지. 그렇다면 이 족자를 얻은 자는 비밀을 지키려고 무슨 짓이든 할 거야."

죽은 자만이 비밀을 지킨다.

강호에 내려오는 격언이다. 대부분의 강호인들은 이 격언을 입 밖으로 꺼내지는 않지만 실행할 준비를 갖추고 있다. 하물며 무림세가라면 두말할 필요가 없다.

"그, 그래도 살길은 하나밖에 없다."

"과연 그럴까? 내 생각엔 촉중당문에 들어가는 순간 내 목숨은 없다고 보는데."

"그, 그래서… 어떻게… 할 거냐?"

녹포노인의 상세는 촌각이 지날수록 악화됐다.

"일단 이 족자부터 보고 정하지."

진호는 입가에 비웃음을 띠며 족자를 펼쳤다.

폭포가 쏟아지는 계곡을 운무가 휘감고, 원숭이들이 울창한 수림과 암벽에서 놀고 있는 그림이 나타났다. 원숭이들은 하나같이 다른 자세를 취하고 있었고 표정마저 달랐다.

"하나, 둘, 셋, 넷……."

진호는 원숭이의 숫자를 셌다.

원숭이는 모두 백 마리였다. 진호는 전율했다. 어째서 세 부류의 인물들이 목숨을 던졌는지, 녹포노인이 죽어가면서도 촉중당문에 배달시키려고 했는지 깨달았다.

"…백원도(百猿圖)."

백 마리의 원숭이가 그려진 그림.

강호에서 백원도라고 불리는 그림은 강호의 전설이었다. 그림의 비밀을 깨우치는 자, 천하무적이 된다는 소문이 퍼진 강호 최대의 기보였다.

"백원도라면… 피를 부르고도 남지."

진호의 안색이 창백했다.

'이 마물을 가지고 있다간 고독이 발작하기도 전에 죽을 거다.'

정확한 판단이다.

진호는 마른 죽엽을 끌어 모았다. 그리곤 부싯돌을 꺼내 불

을 붙였다. 죽엽이 활활 타오르자 반쯤 감겼던 녹포노인의 눈
이 퉁방울처럼 커졌다.

"… 지, 지금… 뭐, 뭘… 하려는… 거냐?"

진호는 행동으로 대답했다.

백원도를 불구덩이에다 집어 던진 것이다. 녹포노인의 안
색이 납빛으로 변했다.

"이, 이놈! 네… 네놈을 주, 죽여… 컥!"

녹포노인이 피를 토하며 쓰러졌다. 전신에 경련이 왔는지
사지를 푸들푸들 떨다가 움직임을 멈췄다. 녹포노인은 눈을
부릅뜬 채 숨이 끊어졌다.

진호는 사망한 녹포노인을 노려보다가 뒤돌아섰다.

"응? 뭐지, 이 냄새는?"

기이한 향기가 진호의 코끝을 스치고 지나갔다.

진호는 다시 뒤돌아섰다. 향기가 나는 곳은 불구덩이, 정확
히 말하면 불타는 백원도였다. 불길이 거세질수록 향기가 짙
어졌고, 진호의 눈은 몽롱하게 변해 버렸다.

갑자기 진호의 눈앞에 운무가 펼쳐졌다. 굉음과 함께 폭
포가 나타나고 계곡이 펼쳐졌다. 백 마리의 원숭이가 나타
나 진호의 주변을 빙글빙글 돌며 온갖 기이한 자세를 취했
다.

실제인지 환상인지 구별할 수 없었다. 진호는 어느새 원숭

이들과 하나가 되어 춤추고 있었다. 원숭이들을 흉내 내면서.

"…으음……."
진호는 새벽녘에 눈을 떴다.
머리가 빠개질 것처럼 아픈지라 주먹으로 이마를 툭툭 두드리며 일어섰다.
"무슨 일이 있었던 거지?"
진호는 주위를 둘러보았다.
변한 것은 아무것도 없었다. 뒤편으로 시체가 가득하고, 눈앞에는 원통한 표정을 지은 채 눈조차 감지 못하고 사망한 녹포노인이 쓰러져 있다. 그리고 모닥불의 잔재인 잿더미…….
백원도의 잿더미를 노려보자 진호의 뇌리에 백 마리의 원숭이가 나타났다.
"이게 백원도의 비밀이었군."
지금까지 백원도의 비밀을 풀지 못한 게 당연했다. 어느 누가 백원도를 불태울 생각을 했겠는가. 고이고이 모시며 비밀을 풀겠다고 그림만 파고들었을 뿐.
"하하하! 어이없군."
백원도의 비밀이 풀린들 무슨 소용이 있으랴. 비밀을 쥔 진호의 생명이 한 달밖에 남지 않았는데…….
진호는 힘없이 터벅터벅 걸었다.
사체들 사이를 지나 아래로 내려갔다. 더 이상 산봉우리도

집도 진호에겐 아무런 의미가 되지 않았다.

　한 무리가 참화의 현장에 나타났다.
　"장로님부터 찾아라!"
　뜻밖에도 젊은 여자가 우두머리였다. 제법 괜찮게 생겼지만 창백한 피부와 째진 눈매가 미모를 망쳤다. 특히 감정이 없는 음산한 눈빛이 일품이었다.
　"장로님을 찾았습니다!"
　일제히 녹포노인의 사체 주위로 모였다. 그들은 촉중당문의 사람들이었던 것이다.
　"녹잠고는?"
　한 사내가 빈 상자를 내밀었다.
　젊은 여인의 눈매가 더욱 가늘어졌다. 상자를 내민 사내는 주눅이 들었는지 자라목이 됐다. 젊은 여인은 녹포노인의 사체를 조사하기 시작했다.
　"복호금강력(伏虎金剛力)이 치명타였군."
　녹포노인을 죽음으로 몰아버린 복호금강력은 아미파 내에서 수련자가 다섯 명밖에 없는 비전절기였다.
　"사체 중에 아미파의 장로인 수인 사태가 있습니다."
　중년인이 젊은 여인에게 보고했다.
　젊은 여인은 당사옥(唐些鈺). 촉중당문의 문주인 독수무정(毒手無情) 당력의 외동딸이었다.

"수인 사태의 사인은?"

"장로님의 칠교사(七蛟梭)에 즉사한 것 같습니다."

사(梭)는 피륙을 짤 때 씨올의 실꾸리를 넣는 베틀의 부속품인 북을 말한다. 촉중당문이 자랑하는 칠교사는 일곱 개의 북으로 이루어진 암기였다.

"장로님의 칠성수혼(七星受魂)에 당했군."

"그렇습니다, 아가씨."

중년인이 맞장구쳤지만 당사옥은 시선조차 돌리지 않았다. 당사옥의 시선은 촉중당문의 장로인 녹포노인의 사체에 고정돼 움직이지 않았다.

"응?"

당사옥의 눈에 기이한 게 들어왔다.

녹포노인의 검지만 흙이 묻어 있었던 것이다. 당사옥은 녹포노인의 검지를 뚫어지게 노려보다가 녹포노인의 손바닥을 옆으로 치웠다.

"진호?"

녹포노인이 죽기 전에 진호의 이름을 땅바닥에 적고 손바닥으로 가려놓았던 것이다.

당사옥이 벌떡 일어났다.

그리곤 주변을 둘러보다가 모닥불의 잔해를 발견했다. 그녀는 위화감을 느꼈다. 현장에서는 처절한 혈전이 벌어졌고, 전원 사망했다. 이런 곳에서 모닥불을 피울 여유가 있을 리 없다.

당사옥은 잿더미를 뒤졌다.

새까맣게 그을린 축(軸)이 나왔다. 축의 목적은 족자를 감을 때 사용하는 것. 잿더미에서 나온 축은 불타 버린 백원도가 남긴 유일한 흔적이었다.

"형겊."

중년인이 당사옥에게 수건을 바쳤다. 당사옥이 수건으로 축을 닦았다. 축의 표면이 깨끗해지자 음각된 글자가 드러났다.

무욕자(無慾者) 득인연(得因緣) 원공(猿公).

"빠드득!"

당사옥이 이를 갈았다.

"일조."

"네."

열 명의 사내들이 대답했다.

"형제들의 시신을 본 문까지 운구(運柩)해라."

"명을 이행하겠습니다."

"이조."

"네."

이번에도 열 명의 사내들이 대답했다.

"아미파와 청성파의 사체를 지켜라."

"알겠습니다."

"아미파와 청성파의 인물들이 나타나 시체의 양도를 요구할 것이다. 절대로 넘겨선 안 된다."

"네, 명대로 이행하겠습니다."

현장에 남아 있던 승도속(僧道俗)의 사체는 아미파와 청성파, 촉중당문의 인물들이었다.

"삼조는 나를 따른다."

"네."

당사옥은 삼조를 이끌고 현장을 떠났다.

진호는 정처없이 걸었다.

지금 어디에 있는지, 어디로 가는지도 관심없었다.

"크윽!"

갑자기 왼쪽 손목이 불타는 것처럼 뜨거워지면서 격렬한 통증이 시작됐다. 진호는 손목을 부여잡고 데굴데굴 굴렀다.

'…마, 망할 영감탱이야! 하, 한 달이라며!'

녹포노인을 욕했다.

그러나 죽은 자를 욕한들 무슨 소용이 있으랴.

인내할 수 있는 고통의 한계를 넘어서자 진호의 신체 기관은 의식을 끊어버렸다. 한마디로 진호는 기절했다.

해가 지고 달이 뜨기를 몇 번.

진호는 의식을 찾지 못했다. 그동안 진호의 의식은 깨어나지 못했지만 육체는 달랐다. 끊임없이 엄습하는 고통과 싸우며 간헐적으로 꿈틀거렸다.

"으음……."

진호가 신음성을 흘리며 의식을 차렸다. 힘겹게 눈을 떴지만 온몸이 쑤시고 아팠으며 사지에 힘이라곤 한 줌도 없었다.

"…나른해."

진호는 비틀거리며 일어섰다.

작은 샘이 눈에 들어왔다. 진호는 손바닥으로 샘물을 떠다 마셨다. 정신이 어느 정도 돌아오자 수면을 바라보았다.

수면에 비친 진호의 모양새는 엉망이었다. 머리는 산발이고 옷은 흙투성이에 풀과 마른 죽엽이 묻어 있다. 진호는 물을 떠서 얼굴을 씻고 머리카락을 정리했다.

파문이 가신 수면에 진호의 얼굴이 다시 드러났다. 진호는 깜짝 놀란 눈으로 수면에 비친 자신의 얼굴을 쳐다보았다. 검었던 피부가 정상인 수준으로 변했고, 항상 흐릿했던 눈동자가 놀랄 정도로 선명해졌기 때문이다.

"서, 설마……."

진호가 결가부좌를 하고 양손을 모아 계란을 감싼 듯한 자세를 취하더니 눈을 감고 숨을 들이켰다.

내공심법이었다.

번쩍.

진호가 눈을 뜨자 눈동자에서 섬광이 작렬했다.

"으하하하!"

웃음소리에 미약하지만 내력이 담겨 있었다.

진호는 왼쪽 손목에 낙인처럼 찍힌 녹색 반점을 노려보았
다.

"너, 꽤나 웃기는 놈이구나."

진호는 벌떡 일어났다. 그리고 집을 향해 출발했다.

촉남죽해는 광활한 죽림 지역이다.

주민들은 띄엄띄엄 떨어져 집을 짓고 살아가며 왕래를 극
도로 꺼렸다. 그러나 사람이 혼자 살아갈 수는 없다. 홀로 의
식주를 해결한다는 것은 쉬운 일이 아니기 때문이다.

그래서 보름마다 시장이 열린다.

촉남죽해의 보름장에 당사옥과 삼조가 나타났다.

"진호의 정보를 알아내라."

당사옥이 명령을 내렸다.

"알겠습니다, 아가씨."

삼조의 무인 십 인이 장터로 흩어지자 당사옥은 노천 주점
으로 들어갔다. 노천 주점에서 술을 마시던 손님들은 당사옥
이 들어오자 하나둘 자리를 떴다. 당사옥이 내뿜는 위험한 기
운을 감지한 것이다. 노천 주점의 주인은 울상을 지은 채 한
숨만 내쉬었다.

얼마 후, 삼조의 무인들이 노천 주점에 나타났다.

그들은 상인으로 보이는 남녀 다섯 명을 데리고 왔다.

"이들이 진호를 알고 있습니다."

삼조의 조장인 중년인이 상인들을 가리키며 말했다. 당사옥이 고개를 끄덕이자 조장이 상인들을 살벌한 시선으로 노려보았다. 상인들은 부들부들 떨었다.

"어서 말씀 올려라."

상인들은 서로 눈치를 보다가 어렵게 입을 열었다.

"진호는 타지 사람입니다. 대략 삼사 년 전부터 청룡호 근처에 집을 짓고 살기 시작했는데 처음에는 광동 말씨를 썼습니다. 그리고……."

온갖 잡다한 이야기가 나왔다.

당사옥은 말없이 경청하다가 탁자에 화선지를 깔았다. 삼조의 조장이 먹과 벼루를 꺼내더니 상인들에게 말했다.

"진호의 용모를 자세히 말해라."

상인들이 진호의 용모를 설명하자 당사옥은 거침없이 초상화를 그렸다. 초상화가 완성되자 당사옥은 상인들에게 보여줬다.

"또, 똑같네."

"와아~ 정말 잘 그렸다!"

상인들이 감탄하자 당사옥은 한 냥짜리 은두(銀豆) 다섯 개를 탁자에 내려놓았다.

"수고비다."

“가, 감사합니다.”

상인들은 은두를 날름 집어 들었다.

당사옥과 삼조가 노천 주점을 떠나자 상인들은 희희낙락하며 자기 좌판을 향해 떠났다.

“오늘 장사는 끝이다.”

“그럼, 그럼.”

은 한 냥을 벌려면 서너 번은 장사를 해야 한다. 몇 번 혀를 놀린 것만으로 이런 이득을 취했으니 기쁠 수밖에 없다.

“아이고! 처음에는 겁나게 살벌한 놈들에게 끌려가는 통에 이젠 끝장이구나 생각했는데…….”

데구루루~

손에 쥔 은두가 땅바닥에 떨어졌다.

“이봐! 왜 그러는 거야?”

질문하는 상인의 얼굴에 검은 반점이 검버섯처럼 피어났다. 은두를 떨어뜨린 상인이 힘없이 쓰러졌고, 질문했던 상인마저 피를 흘리며 힘없이 주저앉았다.

땅바닥에 떨어진 은두는 새카맣게 변색됐다.

상인 다섯 명의 얼굴도 은두처럼 새카맣게 변한 채 숨이 끊어졌다. 장터에 있던 사람들이 몰려왔다.

“까아악!”

“살인이다!”

상인 다섯 명은 독살당했다. 촉남죽해의 보름장은 혼란에 빠졌고, 어느 정도 정리됐을 때 진호가 나타났다.

늙은 상인이 진호를 발견했다.

후닥닥.

늙은 상인은 진호의 손을 잡고 죽림 속으로 뛰어들었다. 진호는 의아했지만 늙은 상인의 손을 뿌리치지는 않았다.

"하아~ 하아~ 큰일 났네."

"무슨 일이십니까, 허 노인?"

"자넬 찾는 무사들이 있었네."

진호의 얼굴이 굳어졌다.

"혹시 그들이 광동 말투를 썼습니까?"

"사천 말씨를 썼네. 그리고 왕씨와 엄가 여편네 등이 끌려갔는데 모두 죽었네."

"어떻게 죽었습니까?"

"주점을 하는 공가의 이야기로는 뱀처럼 생긴 젊은 여자가 자네 초상화를 그린 후 무인들이 떠났고, 그때까지는 왕씨나 엄가 여편네는 멀쩡했다고 하네. 그런데 길을 가다가 갑자기 안색이 검어지면서 죽었다더군."

독이다.

그럼 촉중당문인가?

진호의 머리가 무서울 정도로 빠르게 회전했다.

'내 이름을 알 리가 없다. 아는 자는 녹포노인뿐. 그렇다면 죽기 전에 내 이름을 남겼다는 거로군.'

진호는 언제나 머릿속이 안개에 휘감긴 듯 멍했고, 생각하는 것조차 싫어했다. 그러나 녹잠고가 발작한 후로 머릿속은 청명한 하늘처럼 맑아졌고, 호수처럼 고요하게 변해 버렸다.

"목숨을 부지하려면 어서 떠나게."

"고맙습니다, 허 노인."

"감사는 나중에 하고 어서 도망치… 어라? 자네 얼굴이 좀 달라진 것 같은데……?"

진호는 눈빛과 피부 색만 달라진 게 아니었다.

기형일 정도로 삐뚤어졌던 눈과 코, 입의 위치가 어느 정도 균형을 잡았고 키도 약간 커진 상태였다.

"오랜만에 봐서 그렇게 느껴지는 겁니다."

"그런가?"

"그럼 이만 가보겠습니다."

"그렇지. 어서 가게."

장터를 나선 진호는 남쪽을 향해 달렸다. 수중에는 땡전 한 푼 없고 정해진 목적지도 없다. 그저 살기 위해 달려갔다.

허 노인은 안도의 한숨을 내쉬고 장터로 나왔다.

"시주께 묻고 싶은 게 있습니다."

허 노인 앞에 오십대 나이의 여승과 도사가 나타났다. 여승과 도사가 은연중에 내뿜는 기세에 눌린 허 노인은 주춤거리며 뒤로 물러섰다.

"노시주가 독살당한 시주들과 친분이 있다고 들었습니다.

그들이 왜 독살당했는지 이유를 아십니까?”

“그, 그게…….”

허 노인은 식은땀을 뻘뻘 흘렸다.

여승과 도사의 눈빛이 무서울 정도로 차가워졌다. 허 노인은 자신도 모르게 입을 열었다. 그러나 진호를 만난 것만은 결코 밝히지 않았다.

진호의 작은 대나무 집.

당사옥과 삼조의 무사 십 인이 나타났다.

“뒤져라!”

삼조의 무사들은 대나무 집 주변을 이 잡듯이 샅샅이 뒤졌다. 그러나 나오는 건 아무것도 없었다. 집 안 역시 옷가지 몇 벌만 있을 뿐 신분이나 정체를 밝힐 만한 물품은 나오지 않았다.

당사옥이 이마를 찌푸렸다.

“백령!”

죽림 속에서 새하얀 섬광이 뻗어 나왔다. 섬광은 당사옥의 면전에서 멈췄다.

왕왕!

섬광의 정체는 동물이었다.

머리부터 꼬리까지 새하얀 털로 뒤덮였고 허리는 길며 다리는 짧았다. 몸통만 보면 족제비인데 머리는 개였다. 또한 족제비에 비하면 덩치가 너무 컸다.

"이 냄새를 맡고 추적해라."

왕왕.

개소리가 분명하다.

게다가 옷가지에 남아 있는 진호의 체취를 맡은 백령의 모습에서 개를 떠올릴 수 있다. 백령은 개가 틀림없었다.

크르릉!

코끝을 세우고 주변의 냄새를 맡던 백령이 갑자기 죽림을 향해 이빨을 드러냈다. 이질적인 냄새를 맡은 것이다.

당사옥은 백령이 노려보는 방향을 향해 외쳤다.

"누구냐?"

여승과 도사가 나타났다.

두 인물은 불쌍한 허 노인을 협박해 상황을 파악한 후 곧바로 진호의 거처로 달려왔던 것이다.

당사옥의 눈에 이채가 떠올랐다.

"아미파의 수명 스님과 청성파의 청송 도장님께서 이 궁벽한 곳에 웬일로 납시셨습니까?"

당사옥은 여승과 도사를 한눈에 알아봤다.

"본 파와 청성파 형제들의 주검을 당문의 제자들이 지키고 있더군. 인도를 요구했지만 그들은 거부했네."

"소녀가 그리하라고 시켰습니다."

"어째서 그런 명령을 내린 건가?"

수명 사태가 따졌다.

그럼에도 당사옥의 표정은 변함이 없다.

'그래야 당신들이 이성을 잃고 이조를 공격할 거니까!'

삼 파의 인물이 혼전을 벌이다 전멸했다. 생존자가 없으니 옳고 그름을 가리기도 어렵고, 기보인 백원도가 연관돼 있다. 이럴 땐 상대편에 허물을 씌우는 게 좋다.

그래서 당사옥은 이조에게 시체를 넘기지 말라고 명령을 내렸다. 그녀는 이조를 제물로 삼으려고 한 것이다.

"사건의 전모를 파악하려면 현장을 보전해야 합니다. 그래서 시신을 움직이지 못하게 명령을 내렸습니다."

"시신 중에 당문의 인물은 없더군."

수명 사태가 곧바로 반론을 제기하자 당사옥의 볼이 순간적으로 씰룩거렸다.

"본 문의 형제들에 관해서는 조사를 끝냈습니다."

"그럼 지금쯤이면 남은 조사도 끝냈겠군. 범인인지 아니면 목격자인지 모르는 진호의 거처까지 조사했으니 말일세."

수명 사태의 혓바닥은 송곳처럼 날카로웠다.

당사옥은 패배를 인정했다.

'언젠가는 배로 갚아주지, 늙은 할망구.'

그러나 속마음과 달리 그녀의 얼굴은 웃고 있었다.

"지금쯤이면 끝났을 겁니다."

"그럼 여시주에게 형제들의 주검을 요구해도 되겠는가?"

"당연히 돌려 드려야죠."

당사옥이 예의 바른 태도로 대답했다.

수명 사태가 양손을 모아 합장하며 입을 열었다.

"여시주의 자비로운 마음에 사의를 표하겠네."

"감사합니다."

수명 사태의 노안에 섬뜩한 광채가 순간적으로 나타났다.

'무서운 계집이로다. 소문대로 촉중당문의 흑사갈(黑蛇蠍)은 뱀처럼 교활하고 전갈처럼 악독하구나.'

흑사갈은 당사옥의 별호다.

그녀가 검은색 옷을 즐겨 입는 데다 심성이 뱀처럼 악독하고 혓바닥은 전갈의 침처럼 사악해 그런 별호가 생겼다.

"시체는 양 파에 양도하겠습니다. 하지만 이번 사건으로 본 문은 장로님을 비롯해 많은 형제를 잃었습니다. 오늘은 좋은 모습으로 끝났지만 다음에 다시 만날 때는 다를 겁니다."

우두둑.

청송 도장이 주먹을 움켜쥐었다.

수명 사태가 아니었다면 그는 시체를 지키던 이조를 몰살시키고 눈앞에서 쫑알거리는 당사옥도 박살 냈을 것이다.

"참으세요, 청송 도우. 어린아이 앞에서 부끄러운 꼴을 보이실 겁니까?"

"무량수불."

청송 도장은 도호를 외우며 분노를 가라앉혔다.

당사옥도 자신이 다치는 것은 싫은지 혀를 놀리지 않았다. 그러나 이 기회를 놓치기도 싫었다.

"아미파와 청성파의 고수들이 뭐 때문에 촉남죽해에 모인 건지 이해할 수가 없군요."

"아미타불… 빈승은 당문의 인물이 양 파의 모임에 난입한 이유가 궁금하네."

당사옥이 핵심을 찌르는 말을 지나가듯 던지자 수명 사태가 멋지게 반문으로 되받아쳤다.

"먼저 말씀해 주시면 알려 드리겠습니다."

"그럴 필요가 있을까?"

청송 도장이 퉁명스럽게 말했다.

당사옥이 화사하게 웃었다.

그녀는 창백한 안색과 뱀처럼 쭉 찢어진 가느다란 눈, 표독함이 느껴지는 얇은 입술 때문에 인상이 매우 나빴다. 그런데 화사하게 웃자 인상이 달라졌다.

"진실을 캐는 데 필요한 단서는 사실 속에 숨겨져 있어요."

"무슨 말인지 알겠네."

수명 사태가 당사옥의 의견에 수긍했다.

그녀 역시 사건의 진실이 궁금했기 때문이다.

"본 파와 청성파는 사천을 대표하는 양대문파일세. 사천 무림의 평화를 위해 촉남죽해에 모여 회의를 열었네."

"양 파의 우호 증진이라……. 좋은 일이군요. 그런데 본 문은 왜 빠졌는지 모르겠군요.”

당사옥의 끝말은 미묘했다. 회의에 촉중당문을 배제한 점을 따지는 것인지, 아니면 사천의 삼대세력을 양대세력이라고 말한 점을 따지는 것인지 명확하지 않았다.

수명 사태와 청송 도장은 입을 다물었다.

당사옥이 다시 입을 열었다.

“우연히 백원도를 발견하지만 않았다면 이런 참화도 없었을 테고… 소녀와 만날 일도 없었겠죠.”

“백원도를 놓고 어떤 불화가 있든 당문이 상관할 일이 아니다. 하지만 너희는 끼어들었다.”

청송 도장이 불편한 심기를 드러냈다.

당사옥의 입술이 반달처럼 휘었다. 이전의 화사한 미소와는 전혀 달랐다. 눈이 뱀처럼 차가웠다.

“본 문의 장로님은 중요한 일을 해결하려고 남만을 방문하셨습니다. 촉남죽해가 귀향하던 길에 포함된 것은 장로님에게 닥친 악연이었죠.”

남만에서 녹잠고를 구해오는 게 녹포노인의 임무였다.

당사옥은 잠시 말을 끊었다가 다시 이었다.

“이유도 모른 채 아미파와 청성파의 분란에 끼어들었고, 지은 죄도 없이 목숨을 잃으셨습니다.”

“여시주, 작위적인 해석은 위험하다네.”

“장로님의 사인은 복호금강력이더군요.”

수명 사태가 핀잔을 주자 당사옥은 아픈 곳을 찔렀다.

청송 도장은 두 여인의 설전이 짜증나는지 얼굴을 붉히며 입을 열었다.

"어떻게 해서 일이 생겼고 어떤 식으로 끝났는지는 아무도 모른다. 빈도는 형제들의 주검을 인도받고 백원도를 찾아내 주인을 가리는 것밖에 관심없다."

"화끈해서 좋군요."

당사옥이 소매에서 백원도의 축을 꺼냈다.

수명 사태와 청송 도장의 눈이 순간적으로 흔들렸다. 촉중 당문은 독과 암기의 종가, 당사옥이 꺼낸 축을 위험한 암기라고 생각해도 이상한 일은 아니다.

"직접 확인해 보세요."

당사옥은 백원도의 축을 청송 도장에게 던졌다.

청송 도장은 도포로 백원도의 축을 휘감았다. 포물선을 그리며 날아온 축에서 일체의 내력을 감지하지 못했지만 독이 없다고 확신하지 못했기 때문이다.

청송 도장은 축을 보다 글자를 발견했다.

"무욕자 득인연 원공? 이게 뭔가, 당 소저?"

"백원도의 축, 정확히 말하면 타고 남은 백원도의 잔해죠."

"그게 무슨 소리냐?"

"그전에 한 가지만 묻겠어요. 두 분은 진호라는 이름을 어디서 들으셨죠?"

수명 사태가 입을 열었다.

"여시주를 찾다가 우연히 알게 됐네."

"그렇다면 우리가 왜 진호를 찾는지도 모르겠군요."

수명 사태와 청송 도장은 고민하다가 고개를 끄덕였다.

당사옥이 한숨을 내쉬었다.

"누가 죽어라 일해서 얻은 걸 누구는 날름 먹었군요."

"그게 무슨 말이냐?"

"백원도는 불탔고, 우리는 이곳에 왔어요."

"서, 설마… 진호란 자가 백원도를 태웠다는 거냐?"

"잡으면 알겠죠."

"이런 빌어먹을!"

청송 도장이 화를 내며 백원도의 축을 던졌다.

팍!

백원도의 축이 당사옥의 발밑에 꽂혔다.

당사옥은 눈썹 한 올 까딱하지 않았다. 마치 가면이라도 쓴 것처럼 무표정했다. 수명 사태와 청송 도장이 당사옥을 노려보는 가운데 숨 막히는 대치 상황이 이어졌다.

그사이에 백령이 사라졌다.

백령은 진호의 냄새를 맡고 추적하라는 당사옥의 명령을 이행한답시고 홀로 움직인 것이다. 문제는 그 누구도 백령을 신경 쓰지 않았다는 데 있었다.

제2장

화도산(火刀山)의
수련동(修練洞)

진호는 귀주를 지나 광서에 들어섰다.

그동안 진호에게 많은 변화가 나타났다. 눈동자는 심연처럼 깊어지고, 삐뚤어졌던 얼굴이 균형을 맞추면서 더 이상 추해 보이지 않았다. 그리고 키도 두 치나 자랐다. 게다가 체력이 나날이 강해져 이동 속도가 점점 빨라졌다.

진호는 중부 지역에 도착하자 갑자기 남서쪽으로 방향을 틀었다. 남만으로 향한 것이다. 기온은 점차 상승했고, 숲은 우거지다 못해 밀림으로 변했다. 그러나 진호는 멈추지 않았다.

'이제 한 달이 다 돼가는군.'

녹포노인이 지정한 날짜가 다가오자 진호의 마음에 어두운 그림자가 드리워졌다.

"본모습을 찾아가는데… 이젠 죽어야 한단 말이지?"

진호의 얼굴에 허무함과 슬픔이 배어 있었다.

"어쨌거나 고맙다, 죽기 전에 내 얼굴을 찾아줘서."

진호는 왼쪽 손목의 녹색 반점을 담담하게 쳐다보며 말했다. 화나지만 담담하게 죽음을 맞기로 마음을 정한 것이다.

'고향에서 끝없이 멀고, 지난 사 년간 살았던 촉남죽해에서도 먼 남만에서 죽어야 한다면 마지막 욕심은 부려야겠다.'

진호의 마지막 욕심은 길한 터에 뼈를 묻는 것이었다. 그러나 사방이 밀림이고 온갖 독충이 들끓는 남만에서 좋은 묏자리를 찾는 건 백사장에서 바늘 찾는 것만큼이나 어려웠다.

진호는 포기하지 않았다.

비록 죽음을 선고받은 날이 이틀밖에 남지 않았지만 진호는 포기하지 않고 산등성이를 올랐다.

산등성이 위로 길이 나왔다. 화려한 붉은색의 옷을 입은 소녀가 온갖 잡동사니를 바리바리 짊어진 나귀를 끌고 진호 쪽으로 오고 있었다. 진호는 소녀를 봤다.

고양이다!

소녀의 얼굴은 고양이처럼 귀여웠다.

'홍묘(紅苗)구나.'

묘족은 입는 옷의 색깔로 홍묘와 백묘(白苗), 화묘(花苗), 흑묘(黑苗), 청묘(青苗)로 분류한다.

"꼬마야, 길 좀 묻자."

"흥!"

묘족 소녀는 진호의 위아래를 훑어보더니 콧방귀를 뀌었다. 그리고는 일언반구도 하지 않고 진호를 지나쳤다.

"어이!"

"다 큰 처녀를 애라고 부르면 기분 좋겠어요?"

묘족 소녀가 고개를 홱 하니 돌리곤 투덜거렸다. 얼굴의 반을 차지한 큼지막한 눈이 이글이글 타올랐지만 도리어 귀염만 가중될 뿐이었다. 진호는 미소를 지었다.

"글쎄다. 처녀가 되려면 엄마 젖을 더 먹어야겠는데?"

빠직!

묘족 소녀의 이마가 내 천(川) 자를 그렸다.

"웃기셔!"

묘족 소녀가 진호를 더 이상 상대할 가치가 없다는 표정을 짓고는 나귀를 끌고 앞으로 걸어갔다. 진호가 한달음에 달려가 앞을 가로막았다.

"뭐 하는 짓이에요?"

묘족 소녀가 허리 뒤편에 찬 칼을 절반쯤 뽑았다.

"설마… 당신, 색한?!"

빠직!

이번엔 진호의 이맛살에 내 천 자가 그려졌다.

"어이! 네 자신을 알고 말해라!"

"뭔 소리죠?"

"그런 망상은 말이다, 엄마 젖을 더 먹고 가슴부터 키운 다음에 품도록 해라."

묘족 소녀는 어깨를 부들부들 떨다가 입을 열었다.

"원하는 게 뭐야?"

"산세 좋고 물 좋은 곳을 찾는다."

"그곳에서 살려고?"

"집을 짓고 몸을 누이려고."

무덤을 의미했지만 묘족 소녀가 알아차릴 리 없다.

"저 길 따라가면 풍광 좋은 산이 나올 거야."

"길이 없는데?"

묘족 소녀가 수풀을 치우자 길이 나왔다. 아니, 길이라고 말하면 길이란 단어에게 미안할 정도였다. 땅바닥은 잡초가 가득하고 가시넝쿨이 친친 감겨 있다.

"이게 무슨 길이라고……."

"길이야."

"하아~ 그래, 길이라고 치자. 그런데 이 길을 사용한 흔적이 없는데?"

"산세 좋고 물 좋은 곳이 남아 있겠어? 딴 놈들이 벌써 차지했지. 남은 산은 가는 길이 험한 곳밖에 없지."

"산세 좋고 물도 좋으냐?"

"물론이지."

묘족 소녀가 엄지손가락을 치켜세웠다.

왠지 신용이 안 간다.

"고맙다."

그러나 진호에게는 남은 시간이 별로 없었다. 믿든 못 믿든 더 이상 선택할 길이 남지 않았다. 그래서 진호는 묘족 소녀가 가르쳐 준 길로 들어섰다.

"망할 고양이 꼬마 계집!"

잡초나 가시넝쿨은 애교였다.

늪이 나오고 온갖 독물들이 쏟아졌다. 진호는 이런 곳에서 숨을 거두고 싶지 않았다. 길을 잃어버려 되돌아갈 수도 없었다. 그저 하염없이 앞으로 나갈 뿐이다.

그나마 다행이라면 독물들이 진호를 피한다는 것이다. 독사는 물론 독충, 피를 빠는 거머리마저 진호가 다가오면 도망쳤다. 왼쪽 손목에 깃든 녹잠고 때문에 일어난 현상이었다.

"도대체 어디까지 이어진 거야?"

천금 같은 하루를 꼬박 날렸다.

마침내 늪지가 끝나고 마른땅이 나왔다. 우거진 수림 뒤로 장대한 암벽 산이 모습을 드러냈다. 황량해 보이지만 기기묘묘한 절경으로 이루어진 산이었다.

"거짓말은 아니었군."

진호가 산을 향해 발걸음을 내밀었다. 반나절 만에 산 어귀에 들어섰다. 암벽 사이로 수풀이 있고 작은 폭포가 흘렀다. 그야말로 산세 좋고 물 좋았다.

"크으윽!"

기쁨도 잠시,

온몸이 타 들어가는 통증이 몰아쳤다. 마침내 녹잠고가 발작할 시간이 온 것이다.

"으아아악!"

진호가 비명을 지르며 데굴데굴 굴렀다. 한계를 넘어선 통증이 의식을 끊어버렸다. 그리고 신체가 죽어갔다.

녹포노인은 녹잠고가 알을 까고, 알에서 태어난 유충들이 살을 파먹는다고 말했다. 그런데 전혀 다르게 진행됐다.

저벅저벅.

진호를 향해 무언가가 다가오고 있었다.

새하얀 털로 뒤덮인 거대한 성성이였다. 성성이의 붉은 눈동자가 진호의 왼쪽 손목을 응시했다. 녹색 반점이 꿈틀거리며 독기를 내뿜고 있었다.

성성이가 진호의 왼쪽 손목을 잡았다. 녹색 반점이 성성이의 손바닥 안에 들어갔다.

콰르르!

성성이의 손바닥에서 열양진기(熱陽眞氣)가 뿜어졌다.

치이익!

진호의 손목에서 연기가 피어오르며 살이 타는 냄새가 퍼졌다. 냄새 속에는 독기가 타면서 발생한 역한 악취도 섞여 있었다.

성성이가 손을 떼자 진호의 왼쪽 손목이 드러났다. 새빨갛게 달아오른 피부와 화상 자국이 나타났다. 그런데 녹색 광채가 번뜩이면서 화상 자국이 아물기 시작했고, 순식간에 원상으로 돌아갔다. 녹잠고의 힘이다.

성성이는 진호를 일으켜 세운 뒤 결가부좌를 취하게 했다. 그리고는 진호의 지양혈(至陽穴)에 손바닥을 댔다.

우우웅~

지양혈을 통해 진호의 내부로 들어간 성성이의 진기가 둘로 나눠지더니, 하나는 상승하고 다른 하나는 하강했다. 상승한 진기는 독맥(督脈)을 따라 두정(頭頂)으로 돌진했고, 하강한 진기는 회음을 지나 단전으로 진입했다.

부르르.

진호의 신체가 요동쳤다.

단전에 진입한 진기가 소용돌이치면서 폭발적으로 세를 불리더니 임맥(任脈)을 따라 이동했다.

"허억!"

진호가 숨을 토해내며 정신을 차렸다.

'무, 무슨 일이 일어난 거야?'

진호는 등 뒤에 누가 있다는 것을 깨달았다. 그러나 고개를 돌릴 수 없었다. 내력이 소주천(小周天)의 항로를 밟고 있었기 때문이다. 진호는 눈을 감고 운기에 몰두했다.

다음날 아침, 진호가 눈을 떴다.
진호는 주변을 살펴보다가 개울물을 발견했다. 힘겹게 일어나 개울가에 가서 물속에 머리를 처박았다. 찬물로 인해 정신을 확 깨어나자 진호는 머리를 들어올렸다.
"허억! 허억!"
진호는 거칠게 숨을 내쉬었다.
"…살아났어."
운명의 날을 넘겼다. 그러나 왼쪽 손목의 녹색 반점이 아직 남아 있었다. 녹잠고가 제거된 것은 아니었다.
"누굴까?"
생명의 은인이 있었다. 비록 정체는 모르지만 만나서 사의를 표해야 한다. 그리고 더 중요한 것은 그에게 녹잠고를 제거할 방법이 있을지도 모른다는 점이다. 그렇지 않다면 죽어가던 자신을 살릴 수 없었을 테니까.
물에 빠진 놈 구해줬더니 보따리 내놓으라는 격이다.
그러나 진호는 절박했다.
"어디 계십니까? 진호가 사의를 드리고자 합니다!"
진호는 큰 소리로 외치며 돌아다녔다. 그러나 생명의 은인은 나타나지 않았다. 진호는 산봉우리에 올랐다.

산은 넓고 컸다.

기암괴석이 병풍처럼 펼쳐져 있고, 빽빽한 수림 지대와 폭포들이 겹쳐져 있다. 그야말로 산세 좋고 물 좋은 곳이었다.

정상의 중심부는 거대한 분화구였지만 연기와 열기도 없었다. 사화산(死火山)인 것이다. 그리고 산을 중심으로 거대한 늪지와 밀림 지대가 펼쳐져 있다. 산은 육지의 섬 같았다.

진호가 사방을 훑어보았다. 그 어디에도 인적이 없고 인공이 가미된 흔적도 없었다. 진호는 반대편으로 내려가면서 샅샅이 뒤졌지만 끝내 생명의 은인을 찾지 못했다.

"으음… 은인께선 부끄럼을 많이 타나 보군."

그러나 이대로 포기할 진호가 아니었다. 개울가에 움막을 짓고 본격적으로 추적과 탐사에 나섰다.

그리고 한 달이 가까워졌을 때…….

"오늘 저녁은 배부르게 먹겠군."

진호는 토끼 두 마리를 들고 움막으로 향했다. 움막 앞에 모닥불을 피워놓고 토끼 구이를 만들었다. 토끼 고기가 맛있게 구워지자 진호는 걸신들린 사람처럼 먹었다.

식사가 끝나자 진호는 개울가에 가서 손을 씻었다. 그러다 수면에 비친 얼굴을 바라보았다.

"…언제 봐도 익숙하지가 않아."

놀랄 정도로 수려해졌고, 키도 그사이 두 치나 자랐다. 온갖 산나물과 동물 등 가리지 않고 닥치는 대로 먹어치운 것도 한몫했지만 가장 큰 원인은 녹잠고였다.

"불만이 있다면 예전과 달리 체력이 좋아져 게으름을 부릴 수 없게 된 정도랄까?"

진호는 이죽거리다가 수면에 비친 새하얀 그림자를 발견했다. 깜짝 놀라 뒤돌아섰지만 아무도 없었다.

"…헛것을 봤나?"

진호는 고개를 갸웃거리곤 뒤돌아섰다. 그런데 또다시 수면에 새하얀 그림자가 비춰졌다.

팍.

진호의 앞뒤가 환상처럼 뒤바뀌었다.

"서, 성성이……."

십여 장 밖에 새하얀 털로 뒤덮인 육 척 크기의 성성이가 서 있는 게 아닌가! 성성이가 뒤돌아서서 걸어갔다.

"…저, 저럴 수가!"

성성이가 한 걸음을 내밀자 한순간에 십여 장을 이동했다. 걷는 게 아니라 아예 공간을 잡아당긴 것 같았다.

"추, 축지성촌(縮地成寸)!"

공간을 압축해 이동한다는 전설상의 신법이다.

진호는 성성이를 뒤쫓았다. 발바닥이 닳도록 뛰었지만 성성이를 잡지는 못했다. 비록 성성이가 느긋하게 걸음을 옮겼지만 일 보마다 십여 장씩 이동하는데 어떻게 따라잡겠는가. 차이가 벌어지지 않는 것이 최선이었다.

"비, 빌어먹을! 더럽게 빠르네."

진호는 포기하지 않았다. 심장이 터져 나가더라도 성성이를 잡아야 했다. 생명의 은인과 성성이가 연관이 있다고 생각했기 때문이다. 성성이는 산 중턱에 있는 폭포 앞에서 멈췄다.

산에 있는 수십 개의 폭포 중 가장 큰 폭포였다.

콰르르릉!

폭포수가 쏟아지면서 천지를 울리는 굉음을 토해냈다.

성성이가 새하얀 섬광이 되어 폭포를 향해 몸을 날렸다.

펑!

성성이가 폭포수를 뚫고 들어가 버렸다. 진호는 폭포 앞에서 걸음을 멈췄다.

"으음… 저런 곳에서 숨어 살았단 말인가?"

그러니 못 찾는 게 당연하다.

이젠 폭포를 돌파하고 들어가는 게 문제였다.

"어쩔 수 없지."

진호는 뒤로 십여 장 물러난 뒤 전력으로 질주했다. 가속도를 이용해 폭포를 향해 몸을 던졌다.

투웅!

폭포수는 강했다.

진호는 폭포수에 휘말려 추락했고, 수중의 와류에 휘말려 뱅글뱅글 돌다가 의식을 잃었다.

성성이가 다시 나타나 기절한 진호의 목덜미를 잡고 폭포

속으로 들어갔다.

　폭포 뒤편에는 동굴이 있었다. 성성이는 진호를 어깨에 메고 동굴 안쪽으로 걸어갔다.

　진호가 눈을 떴다.

"여기는 어디지?"

　석실 중앙에 있는 청동 향로가 밝은 불꽃을 내뿜고 있었다. 진호는 주위를 둘러보다가 석실의 벽체에 시선이 고정됐다. 벽에 무수한 요결과 가부좌를 한 그림이 적혀 있었다.

　진호의 눈이 화등잔만큼 커졌다.

구층연심법(九層煉心法).

제일층 공부. 수심(收心)―마음을 거둬들인다.

제이층 공부. 심기(尋氣)―기를 찾는다.

제삼층 공부. 축기(築氣)―기를 닦는다.

제사층 공부. 개관(開關)―관문을 연다.

제오층 공부. 진식(眞息)―마음으로 호흡한다.

제육층 공부. 득약(得藥)―약을 얻는다.

제칠층 공부. 결단(結丹)―단을 맺는다.

제팔층 공부. 연허(煉虛)―허를 단련한다.

제구층 공부. 공령(空靈)―천지와 하나가 된다.

"이, 이건 진가육단공(陳家六段功)!"

진가육단공은 진호의 가문에서 내려오는 내공 심법이며, 구층연심법의 육층 공부까지 해당됐다.

"이게 어떻게 된 거지?"

진호의 시선이 벽체에서 떨어지지 않았다.

육층 공부까지는 진가육단공과의 차이를 살펴보는 정도지만 칠층 공부부터는 달랐다. 처음 보는 내용이었으며 요결마다 극상승의 연공 비결이 숨겨져 있었다.

"으음… 생각보다 어렵군."

뜻을 가늠하기 어려운 부분에 도달하자 진호는 한숨을 내쉬며 시선을 돌렸다. 그제야 제정신을 차려 '아차!' 하며 자신이 처한 상태를 깨달은 진호는 석실의 출구로 발길을 옮겼다.

"허! 장관이구나!"

석실 밖은 거대한 지하 동부였다.

높이만 십여 장에 달했고 면적은 천여 평이 넘었으며, 수십여 개의 청동 향로가 불길을 뿜어내 주변을 밝혔다.

"화도산 수련동에 들어온 것을 축하하네."

갑자기 뒤편에서 말소리가 들리자 진호는 뒤돌아섰다. 그런데 사람은 보이지 않고 성성이만 서 있었다.

"내가 말한 거네."

"서, 성성이가 말을 하다니……."

진호는 입을 떡 벌렸다. 성성이가 사람처럼 능숙하게 말을 했으니 당연하지 않겠는가.

"앉게나."

성성이가 지하 동부의 한편에 있는 의자를 가리켰다. 진호
는 아무 말도 하지 못하고 의자에 앉았다.

"내 이름은 방각이네."

"지, 진호라고 합니다."

"매우 놀랐나 보군."

"…네."

당연하지 않겠는가.

방각의 붉은 눈동자에 아픔이 묻어났다.

"내 비록 짐승처럼 보이지만 사람으로 태어났네."

"…어쩌다 그렇게 된 겁니까?"

"친구라고 믿었던 자에게 당했네."

"독입니까?"

방각이 고개를 끄덕이며 입을 열었다.

"운이 좋아 살아났지만 해독 과정의 부작용 때문에 이런
괴상한 몰골이 되었다네."

진호가 쓰디쓴 웃음을 지으며 왼쪽 손목을 잡았다. 녹잠고
를 떠올리며 아픔을 같이했다.

"사실… 한 달 전에 자넬 구한 것은 일종의 변덕이었네. 하
지만 자넬 이 수련동에 끌어들인 건 자네의 몸에서 구층연심
법의 흐름을 발견했기 때문이네."

"가전지학(家傳之學)인 진가육단공이 구층연심법의 육단계까지 해당됩니다."

"진가육단공의 연원을 아는가?"

"대대로 내려왔을 뿐 누가 만들었는지는 모릅니다."

"아무래도 자허존자(紫虛尊者)께서 후인을 키우셨나 보군."

그 후인이 진호의 가문에 구층연심법의 일부를 전수한 것 같다는 이야기는 언급하지 않았다. 방각의 성정은 확인된 사실이 아니면 꺼내지 않기 때문이다.

진호는 고개를 갸우뚱거리며 의아해했다. 방각이 언급한 자허존자라는 별호를 들어본 적이 없어서였다.

"구층연심법을 남긴 분이 자허존자입니까?"

"그렇다네. 자허존자는 이곳에서 수련을 하셨지."

"제가 견문이 짧아서인지 자허존자라는 별호는 금시초문(今始初聞)입니다."

"나 역시 이곳을 발견하기 전까진 자허존자를 몰랐다네. 그분은 속세를 멀리한 은자셨네."

한마디로 이름조차 남기지 않았다는 뜻이다.

진호가 말없이 고개를 끄덕이자 방각이 입을 열었다.

"자네에게 궁금한 게 또 하나 있네. 도대체 어쩌다가 녹잠고에 중독된 건가?"

"독에도 조예가 있으십니까?"

“살기 위해서 배울 수밖에 없었지.”

방각의 음성에 아픔과 함께 묘한 그리움이 깔려 있었다.

중독된 몸을 해독하려고 독을 배운 것 말고도 또 다른 사연이 숨겨져 있는 것 같았다. 그러나 진호는 묻지 않았다.

“그 덕택에 지난 한 달간 자네에게서 일어난 변화를 설명해 줄 수도 있게 됐지.”

“무슨 말씀입니까?”

“용각산(龍角散).”

진호의 안색이 창백하게 변했다.

방각이 진호를 물끄러미 쳐다보다가 입을 열었다.

“용각산은 근육과 뼈를 뒤틀어 용모를 훼손시키고 뇌성을 마비시켜 백치로 만들지.”

“…잘 아시는군요.”

“자네의 외모가 왜 바뀌어가는지 아는가?”

“이 녀석 때문이겠죠.”

진호가 왼손의 녹색 반점을 방각에게 보였다. 방각이 고개를 끄덕이며 입을 열었다.

“녹잠고는 고독을 다루는 남만의 묘족들조차 두려워하는 마물이라네. 조종이 불가능한 데다 만독을 먹어치우지. 녹잠고에게 있어 용각산은 간식거리에 불과하네.”

“칭찬이라도 해줘야겠군요.”

진호가 녹색 반점을 노려보며 빈정거렸다.

"누가 자네에게 용각산을 먹였는가?"

방각의 질문이 진호의 얼굴을 딱딱하게 만들었다. 진호는 입을 굳게 다물고 아무 말도 하지 않았다.

무거운 침묵이 흘렀다.

"쌍둥이의 슬픔을 아십니까?"

진호가 침묵을 깼다.

"불길하다 해서 죽이거나 버리는 경우가 많지."

"쌍둥이가 권력을 다투다가 멸문의 위기에 처했던 잘난 집 안이 있습니다. 위기를 넘긴 가문은 쌍둥이가 태어나면 무조건 한쪽을 죽이라는 가법을 만들었습니다."

"그 가문의 쌍둥이로 태어났군."

"네. 그것도 동생으로 태어났습니다. 부친은 핏덩이인 저를 죽이려고 했고, 어머니께서 목숨을 걸고 막으셨다더군요."

"으음… 자네 부친도 자넬 죽일 생각은 없었군."

여인에게 무슨 힘이 있어 한 가문의 수장을 막을 수 있겠는 가? 그것도 막 해산했다면 말이다.

"아닙니다. 부친은 진심이었습니다. 가문의 삼대호법까지 동원해 막 해산한 어머니를 핍박했다고 하더군요."

"자당께서 무공을 익히셨는가?"

"어머니는 조부님의 수제자로 가문제일의 고수였습니다. 부친도 어머니의 적수는 아니었다고 들었습니다."

"무슨 뜻인지 알겠네."

방각이 고개를 끄덕였다.

진호는 모친을 떠올리며 씁쓸한 웃음을 지었다.

'어머니는 나를 지켜주셨지.'

진호의 모친은 그 후로도 십몇 년을 넘게 진호를 지켰다. 해산한 몸을 풀지도 못한 상태에서 혈전을 치른 데다 십몇 년간의 무리가 그녀의 생명을 깎아먹었다.

진호의 모친은 끝내 숨을 거뒀다.

"모친상이 끝나기도 전에 부친이 직접 용각산을 제게 먹이고 감옥에 가둬 버렸습니다."

진호는 부친의 눈을 떠올렸다.

애정의 파편조차 없는 차가운 눈이었다. 그에게 핏줄은 아무런 의미도 없었다. 오직 가문만이 중요했다.

"그 후론 어떻게 됐나?"

"바보 흉내를 내며 기회를 엿보다가 탈출했습니다. 그 후 촉남죽해에 터를 잡고 사 년 동안 숨어 살았습니다."

진호가 백치를 면한 것은 모친 덕분이었다. 그녀는 아들에게 자신의 모든 무공을 전수했고, 밤마다 진원지기를 아끼지 않고 격체전공을 베풀었으며, 항독 능력까지 키워주었다.

진호의 체내에 잠재한 진원지기와 항독 능력이 용각산의 효과를 어느 정도 봉쇄했던 것이다.

"녹잠고는 어쩌다 중독된 건가?"

방각의 질문은 진호를 고민케 했다. 녹잠고의 사연을 밝히려면 백원도를 언급할 수밖에 없었기 때문이다. 진호는 고민 끝에 모든 것을 밝히는 게 낫다고 판단을 내렸다.

"시작은 청룡호에 낚시하러……."

진호가 하나도 빠뜨리지 않고 상세하게 설명했다.

방각은 백원도가 언급될 때 잠시 호기심을 드러냈을 뿐 별다른 반응을 보이지 않았다. 다만 백원도가 불타면서 떠오른 환상에 대해서는 관심을 보였다.

진호의 설명이 끝나자 방각이 입을 열었다.

"백원도의 재질은 환몽초(幻夢草)였을 것이네."

"환몽초가 뭡니까?"

"이 세상에는 온갖 신비한 물건이 많다네. 환몽초도 그중 하나인데 꿈과 환상을 일으키는 신비한 기초(奇草)일세. 나도 말로만 들었지 실재하리라곤 생각지 못했네."

"아, 그랬군요."

"전설이 옳다면 자네가 본 환상이 백원도의 무공일 거네."

진호는 고개를 살짝 저었다.

환상 속에서 본 백 마리의 원숭이에게선 무공의 흔적을 느끼지 못했기 때문이다.

"강호의 수많은 전설 중에서도 백원도는 백미(白眉)라네. 수많은 사람들이 백원도를 얻고자 노력했고, 몇몇은 얻었지만 누구도 비밀을 풀지 못했지. 그림 속에 무공이 숨어 있을 거라고 생각했기 때문이네. 백원도를 태워야 비밀이 풀릴 거

라고 누가 감히 생각했을 것이며, 또한 그 생각을 관철했겠는
가?"

방각은 백원도를 남긴 기인에게 감탄했고, 희대의 보물을
가차없이 불사른 진호에게도 감탄했다.

'내가 사람을 잘 구했구나.'

방각은 진호에 대한 호감이 높아졌다.

"아참, 당문의 녹포노인이 자네에게 거짓말을 했네."

"네? 그건 또 무슨 말씀입니까?"

"녹잠고는 고독이네. 고독은 특별한 제조 방법과 주술이
결합돼 만들어진 독물이지."

"무슨 뜻이십니까?"

"자연의 생명체가 아닌 이상 암수 구분이 없네. 그런데 어
떻게 유충을 낳을 수 있겠는가?"

"네? 이, 이런 빌어먹을 늙은이."

진호는 녹포노인을 떠올리며 이를 갈았다.

벌레의 밥이 되는 자신의 모습을 상상하며 전전긍긍하던
때가 떠오르자 부끄럽기도 하면서 열이 솟구쳤다.

"그래도 한 달 뒤에 죽는다는 건 맞네."

"한 달이 지났으니까 이젠 문제가 없겠군요?"

"그렇지 않으이. 녹잠고는 한 달마다 발작하네."

진호의 얼굴이 굳어졌다.

"이걸 처리할 방법이 없습니까?"

진호가 왼쪽 손목을 들어올리며 말했다. 녹색 반점이 번들거리며 음산한 기운을 뿌렸다.

"독은 불에 약하지. 문제는 녹잠고가 자네 뼛속에 뿌리를 내렸다는 데 있네."

"네?"

"한 달 전에 자넬 구할 때 자네 왼손에 자리 잡은 독을 발견하고 열양진기로 태우려고 했네만 실패했네. 일반적인 독이 아니라 고독이었고, 뼛속에 뿌리를 내렸기 때문이지."

"빌어먹을……."

녹포노인이 진호의 손목뼈를 부러뜨린 게 화근이었다. 녹잠고가 부러진 뼈를 고치면서 뿌리를 내린 것이다.

"그 당시 나는 자네의 몸이 견딜 수 있는 한계까지 화력을 올렸네. 그 이상의 열은 자네를 재로 만든다네."

"왼팔을 자르면……."

"뿌리가 골수에 퍼져 있어 또다시 녹잠고가 자라나네."

"제기랄……."

"방법은 삼매진화(三昧眞火)밖에 없네."

내공이 극한에 도달한 자가 운공 삼매경에 빠졌을 때 몸속에서 모든 사악한 것을 불사르는 불꽃이 피어나는 것을 삼매진화라 한다. 그야말로 전설 속에서나 나오는 용어였다.

"삼매진화가 가능한 겁니까?"

"구층연심법의 결단은 육층 공부에서 얻은 약을 삼매진화로 변화시켜 내단을 만드는 단계라네. 부수적으로 삼매진화가 이전의 육체를 불살라 새로운 육체를 만들지. 흔히 말하는 탈태환골의 경지이기도 하네.”

“어째… 갈 길이 먼데요?”

“천 리 길도 한 걸음부터라네. 그리고 지금 자네가 첫 번째로 할 일은 녹잠고의 발작에서 살아나는 것일세.”

“네?”

진호가 놀라 반문했다.

대답은 방각이 하지 않고 녹잠고가 했다. 녹색 반점이 꿈틀거렸고, 통증이 느껴졌다.

“따라오게.”

“…네.”

진호가 통증을 참아내며 방각을 뒤따랐다. 방각이 동부의 구석에 있는 석문 앞에서 멈췄다.

“오독대법(五毒大法)이란 게 있네. 오행과 연계된 다섯 종류의 독을 비율과 순서에 맞춰 복용해 이독공독(以毒攻毒) 현상을 일으키는 것이지. 성공하면 백독불침(百毒不侵)의 몸을 얻고 내력도 경이적으로 증가한다네.”

끼이익!

방각이 석문을 열었다.

코를 마비시킬 정도로 비릿한 냄새와 독기가 풍겨왔다. 독사와 전갈, 지네, 두꺼비 등등, 온갖 독물들이 칠흑 같은 어둠

속에서 꿈틀거리고 있었다.

"오독대법의 실패율이 높은 것은 사람마다 의식과 체질이 달라 비율과 순서가 달라서라네. 하지만 자네는 녹잠고가 있으니 비율과 순서는 물론 독의 양도 상관없지."

"서, 설마……."

"녹잠고가 마음껏 독을 먹으면… 아마도 독에 취해 발작하지 않게 될 걸세."

"저… 아마도라는 말씀이 왠지 마음에 걸립니다."

"신경 쓰지 말게."

방각이 진호의 등을 가볍게 두드렸다.

"으아악!"

진호가 독물이 가득한 석실, 오독동(五毒洞)이란 명칭의 마굴로 날아갔다. 방각은 진호의 애처로운 비명이 끝나기도 전에 석문을 닫아버렸다.

그리곤 석문을 향해 입을 열었다.

"죽지 말게."

이 무슨 무책임한 발언인가.

십이정경(十二正經)은 인체의 기간(基幹)을 이룬다. 그에 비해 음신(陰神)에 속한 기경팔맥(奇經八脈)은 닫혀서 움직이지 않는다. 오직 양기로 부딪쳐 열어야 한다.

양기의 채취는 음교맥(陰蹻脈)에서 시작된다.

웅~ 웅~ 웅~

양기가 뒤꿈치에서 일어나 경골과(經骨踝) 위로 상행하며, 대퇴부 안쪽을 돌아 음부(陰部)로 들어가 복부를 돌아서 쇄골상와(鎖骨上窩)에 들어갔다. 경동맥(頸動脈) 박동부(搏動部) 앞으로 나와 인후에 이르더니 협골(頰骨) 안쪽으로 들어가 상행하여 눈 가장자리에 들어갔다.

음교맥이 움직였다.

진호는 구층연심법의 축기 편과 개관 편에 수록된 팔맥경(八脈勁)의 요결을 떠올렸다.

충맥(衝脈)은 머리 뒤에 있고, 임맥(任脈)은 배꼽 앞에 있으며, 독맥(督脈)은 배꼽 뒤에 있고, 대맥(帶脈)은 배에 있으며, 음교맥(陰蹻脈)은 음낭 밑에 있고, 양교맥(陽蹻脈)은 고리뼈에 있으며, 음유맥(陰維脈)은 정수리 앞에 있고, 양유맥(陽維脈)은 정수리 뒤에 있다.

기경팔맥이 활동을 재개했다.

소주천 행공의 첫 번째 관문이 뚫린 것이다. 이런 경지에 도달하려면 최소한 수십 년을 수련해야 가능하다. 진호의 모친이 밤마다 행했던 격체전공이 빛을 발했기 때문이다.

임맥과 독맥의 강대한 경력이 해일처럼 밀려왔다. 진호는 개관의 요결을 암송했다.

쿠쿵!

두 줄기의 경력이 관문을 후려쳤다.

진호는 의식을 잃을 정도의 충격을 받았다. 그러나 기절하지 않았다. 여기서 쓰러지면 모든 게 끝이기 때문이다. 진호가 두 줄기 경력에 힘을 보탰다.

경력은 관문을 연달아 공격했다. 수십 차례나 공격했지만 관문은 뚫리지 않았다. 관문은 금성철벽이었고, 두 줄기 경력은 차츰차츰 힘을 잃고 끝내 퇴각했다.

"…어렵군."

임독양맥의 타통은 모든 무림인들의 꿈이다.

도전하다 죽는 자가 많아 생사현관이라고도 불린다. 그럼에도 무림인들이 임독양맥의 타통에 목숨을 거는 이유는 일종의 고속도로를 개설한 것과 같아 내력의 운용 속도나 활용도가 비약적으로 높아지며 내력의 증진도 몇 배로 높아지기 때문이다.

"벌써 다섯 달이 다 돼가는데……."

며칠 후면 진호가 수련을 시작한 지 다섯 달이 된다. 그것은 오독동을 다섯 번이나 방문했다는 뜻이다.

"빠드득! 다시는… 다시는 들어가고 싶지 않아."

진호가 이를 갈았다.

이마에 흘러내리는 식은땀은 오독동의 공포를 대변하고도 남는다. 제아무리 목숨이 연장되고 내력마저 높아진다지만 온갖 독물들에게 물어뜯기는 것만은 참기 어려웠다.

"하아! 미치겠네."

며칠 안에 오독동을 또 들어가야 한다.

생각만으로도 진호는 골이 빠개지고 등골이 서늘해진다. 그나마 다행이라면 오독동의 악몽을 꾸지 않는다는 것이다. 다른 악몽이 진호의 밤을 차지했기 때문이다.

"하아! 이게 무슨 꼴인가? 하아!"

진호는 한숨을 푹푹 쉬다가 돌침대에 드러누웠다. 피곤해서인지 드러눕자마자 진호는 잠들어 버렸다.

끼익~ 킥킥킥~

기괴한 울음소리를 내며 원숭이들이 몰려왔다.

"빌어먹을! 이놈의 악몽은 하루도 안 빠지는구나."

꿈속의 세상이다.

구층연심법을 수련한 날부터 시작돼 다섯 달째 이어진 꿈이라 이젠 익숙하다 못해 지겨울 정도였다.

캬오오~

원숭이가 공격을 가했다. 진호는 능숙하게 피했다.

그러나 원숭이는 모두 백 마리였다. 한꺼번에 덤벼들자 대책이 없다. 진호는 있는 힘껏 대항했다. 그러나 언제나 그랬

듯이 떼거리 앞에 방법 없음을 증명하며 묵사발이 됐다.

"크으으……."

진호가 잠에서 깨어났다.

"…온몸이 쑤시고 아프군."

단순한 악몽이 아니었다. 두들겨 맞은 부위에 통증이 남아 있고, 원숭이와 싸울 때 무리하게 사용한 근육은 가벼운 마비 증세를 호소했다. 게다가 내력마저 바닥을 드러낸 상태였다.

"빠드득! 그놈의 원숭이들, 언젠가는 박살 내주마!"

진호가 이를 갈았다.

하루 이틀도 아니고 다섯 달 동안 묵사발이 된다면 누구라도 원한을 가지게 된다. 그게 설령 꿈속의 존재라 해도.

"목욕이나 하자."

온통 땀에 흠뻑 젖었고, 온몸이 쑤시고 아팠다. 이럴 땐 온천에 몸을 담그는 게 최고다.

다행히 지하 동부의 여러 석실 중엔 온천도 있었다.

"어, 어르신."

방각이 진호를 기다리고 있었다.

지난 다섯 달 동안 진호가 방각과 얼굴을 마주친 것은 손가락으로 꼽을 정도였다. 방각은 대부분의 시간을 자기 수련에 쏟아 부었고, 오독대법이 있는 날만 모습을 드러냈다.

‘설마 오늘이……. 내가 날짜를 잘못 셌나?

아직 한 달이 되려면 며칠 남았다고 생각하며 안도하던 진호에게 방각의 등장은 악몽이나 다름없다. 진호는 자신도 모르게 오독동을 향해 시선을 돌렸다.

“팔을 보여주게.”

진호가 조심스럽게 왼팔을 들어올렸다. 녹색 반점이 손등 전체와 팔뚝의 반을 잠식해 있었다.

“예상보다 심각하군.”

“상태가 위중한 겁니까?”

“자네에게 있어 오독대법은 치료가 아니라 위험을 뒤로 미루는 일에 불과하네. 결국 위험은 더 커질 수밖에 없지.”

진호의 안색이 어두워졌다.

“그럼 어떻게 해야 합니까?”

“녹잠고가 더 성장하기 전에 초기 상태로 돌려야 하네.”

“방법이 있습니까?”

“삼매진화를 자네 몸에 주입하는 방법 말고는 없네.”

“제가 견딜 수 있습니까?”

방각이 고개를 저었다.

“삼매진화의 진화는 만물을 불사르는 의지의 불꽃이네. 최소한의 화력이라도 자네는 재가 될 걸세.”

“…방법이 없군요.”

“자네, 모험을 해보겠나?”

"어떤 겁니까?"

"소주천을 이루면 최소한의 삼매진화는 견뎌낼 수 있네."

임독양맥의 타통이 소주천의 첫 번째 조건이다.

진호가 다섯 달 동안 엄청난 수련을 했지만 임독양맥의 타통은 아직도 요원하기만 했다.

"단숨에 소주천을 이루는 방법이 있는 겁니까?"

"위험하지만… 방법은 있네."

방각이 진호의 눈앞에서 손바닥을 폈다.

장심에서 빛이 뿜어지더니 진홍빛 구슬이 나타났다. 구슬의 크기는 콩알 정도였다.

"그게 뭡니까?"

"소약(小藥)을 형상화한 거네."

구층연심법 육층 공부인 득약은 정과 기로 이루어진 약을 얻는 과정이고, 소약과 대약의 단계로 나눠진다.

진호가 경악했다.

'맙소사! 어르신의 경지는 득약의 단계를 넘어섰구나.'

놀람도 잠시, 납득할 수 없는 부분이 생겼다.

구층연심법의 육층 공부를 넘어섰다면 칠층 공부인 결단의 경지이다. 결단은 삼매진화를 일으켜 탈태환골할 수 있다. 그렇다면 방각이 원숭이 껍질을 벗지 못할 리 없다.

'맞다. 어르신이 삼매진화를 일으킬 수 있다고 했지? 그럼 어떻게 된 거야?'

진호의 눈이 복잡한 심정을 드러내자 방각이 웃었다.

"하하하! 나는 연허의 벽에서 헤매고 있네."

구층연심법의 팔층 공부를 수련 중이라는 뜻이다.

진호의 의문은 더욱 커졌다.

"내가 아직 이 껍질을 벗지 못한 건 무리하게 중독을 풀려다 부작용을 얻었기 때문이네."

"어르신, 죄송합니다. 제가 그만 어르신의 아픈 곳을 떠올리게 만들었군요."

"괜찮네. 그보다 지금은 이 소약을 이용해 자네가 사층 공부인 개관의 경지를 넘는 게 중요하네."

진호는 아직 모험을 허락하지 않았다.

그런데 방각은 소약을 실체화시켰고, 어느새 모험을 기정사실로 만들어 버렸다. 진호가 그 점을 이야기하려는데,

"이 소약을 자네의 단전에 집어넣겠네."

진호는 말을 꺼내기도 전에 안색이 시퍼렇게 변해 버렸다.

단전은 기를 담는 그릇. 용량을 넘치는 기는 담지 못하고 배출한다. 격체전공이나 흡성대법이 큰 효과를 발휘하지 못한 것도 그릇의 용량 때문이다.

소약을 진호의 단전에 심겠다는 것은 찻잔 속에 호수를 통째로 집어넣겠다는 것과 같은 이야기다. 용량 이상의 기가 들어가면 배출되는 게 아니라 그릇 자체가 박살난다.

"위험하다는 것은 나도 알고 있네. 하지만 자네가 살 방법

은 이것밖에 없어.”

“하아! 강행하실 생각이군요.”

“자넬 위해서라네.”

이렇게까지 나온다면 방법이 없다.

진호는 만사를 포기하고 받아들이기로 결심했다.

“저는 뭘 하면 됩니까?”

“일단 웃통부터 벗고 가부좌를 하게.”

진호가 방각의 말대로 이행하자 방각이 진호의 단전을 향
해 손바닥을 뻗었다. 허공에 둥둥 떠 있던 소약이 진호에게
날아들더니 피부에 스며들었다.

‘뜨겁다!’

빨갛게 달아오른 석탄이 하복부에 들어온 느낌이다.

소약이 단전에 자리를 잡은 것이다.

“개관의 요결을 떠올리고 운기하게.”

진호가 운공을 시작했다.

방각이 진호의 등 뒤에서 운공을 도와줬다.

쿠쿠쿵!

소약이 급격히 불안정해지더니 순식간에 붕괴되면서 엄청
난 양의 진기가 발생했다. 콩알만 한 소약에서 나온 거라고는
믿기지 않을 정도로 진기의 양은 방대했다.

순식간에 단전이 가득 차고 터질 것처럼 부풀어 올랐다. 그
러나 이건 소약의 일부분에 불과했다.

‘크윽!’

진기가 무서운 속도로 임맥과 독맥을 따라 이동했다. 그러나 단전에서 빠져나가는 양보다 소약이 붕괴되면서 발생하는 양이 압도적으로 많았다.

‘…제어해야 해!’

그야말로 흰소리에 불과했다.

진기가 혈도 전체에 가득 차버려 정체 현상을 일으켰다. 이런 상황에서 무슨 제어가 된다는 것인가?

게다가 진기가 혈도에 가득 찼지만 소약이 끊임없이 진기를 토해냈다. 한계점에 도달하자 몸 전체가 부풀어 올랐다.

빠가각! 빠가각!

경락이 찢겨 나가고 살이 파열되며 골절이 발생했다.

방각의 눈빛이 어두워졌다.

이대로 가면 진호의 생명이 위험해진다.

지금 포기하면 진호는 살아나지만 고작 두어 달 생명을 연장하는 것에 불과했다. 녹잠고가 더 이상 성장하면 이 방법마저 사용할 수가 없기 때문이다.

‘으아악!’

진호의 내부에서 끝없는 비명이 터져 나왔다.

마침내 녹잠고가 활동을 시작했다.

상처를 치료하고 뼈를 맞췄다. 그러나 단기적인 치료에 불과했다. 고쳐 봐야 또 터져 나갔다.

마침내 한계점에 도달하자 진호의 의식이 분화됐다. 분화된 의식이 고통에 몸부림치는 진호를 냉정하게 바라보았다. 고통에 견디다 못해 의식을 잃었지만 분화된 의식은 깨어 있었다.

마침내 한계점을 돌파하자,

콰쾅!

임독양맥이 뚫렸다.

격동하던 진기가 새로 생긴 고속도로를 이용해 움직였지만 부풀어 오른 몸은 변하지 않았다. 소주천의 입문을 이루었지만 소약의 힘을 감당할 수 없었던 것이다.

쿠쿵!

그때 기경팔맥의 남은 맥인 충맥과 대맥, 양교맥, 양유맥, 음교맥, 음유맥이 차례대로 타통되며 새로운 길이 열렸다.

소주천이 완성된 것이다.

우두둑! 우두둑!

부풀어 올랐던 몸이 정상으로 돌아가면서 어긋났던 뼈들이 제자리를 찾았다. 이는 일종의 환골 작용이다.

진호의 안색이 편안해졌다.

그러나 일시에 불과했다. 소약의 힘은 소주천의 행공으로 제어하기에는 너무 강했고 양이 많았다. 또다시 진기의 정체 현상이 발생했고, 몸이 부풀어 오르기 시작했다.

갑자기 분화된 의식이 움직였다.

원관(元關)이 나타나면 소식로(逍息路)가 열리고 백맥(百脈)을 잊은 듯 법륜(法輪)이 주행한다.

분화된 의식이 구층연심법의 오층 공부인 진식의 요결을 떠올리자 백맥이 깨어나며 새로운 길이 생겨났다.

이는 대주천의 입문 과정이었다.

길이 순식간에 수백 갈래로 늘어났다가 사라지기를 되풀이하며 격동하는 진기를 풀어냈다. 또한 모공이 열리면서 과부하 진기가 외부로 방출됐다.

"카악!"

진호는 검붉은 피를 한 사발이나 토해냈다. 막혔던 피를 토해내자 호흡이 편안해졌다. 그러나 진호는 호흡하지 않았다. 어느새 모공으로 호흡하고 있었다.

임독양맥의 타통은 개관의 완성이다.

이에 비해 진식은 기경팔맥을 연결해 소주천을 완성하고 백맥을 열어 대주천의 초입에 들어서는 과정이다. 진호는 진식의 호흡을 하고 있었다.

백 마리의 원숭이가 나타났다.

진식의 호흡으로 황홀경에 빠진 진호는 원숭이들을 의식하지 못했다. 운무가 뒤덮인 계곡과 울창한 수림, 기암괴석이 나타나자 진호는 꿈꾸는 자신을 의식할 수 있었다.

'이건 백원도의 전경!'

진호는 백 마리 원숭이들의 움직임이 모두 초식이며, 백원도의 전경이 초식의 운기법이라는 것을 자연스럽게 알게 됐다. 다섯 달 동안 원숭이들에게 묵사발 난 이유는 백원도의 전경을 발견하지 못했기 때문이다.

이번에도 백 마리 원숭이들이 덤볐다.

그러나 진호는 싸우지 않았다. 오히려 원숭이들과 어울려 춤추며 놀았다. 마침내 백원도의 비밀이 풀린 것이다.

방각이 진호의 등에서 손을 뗐다.

"예상외로군."

방각의 예상은 진호가 개관을 이루고 소약의 진기 대부분을 방출하는 것이었다. 그런데 진호가 진식의 단계에 올라 소주천을 이뤘고, 이 할 정도의 진기만 체외로 방출했다.

방출된 진기도 헛된 게 아니었다. 그로 인해 모공이 열려 진식의 호흡을 얻었으니 오히려 큰 이익을 얻은 셈이다.

게다가 오 할의 진기가 골수와 혈에 숨어들어 잠력으로 전환됐으니 진호는 득약의 경지를 쉽게 이룰 수 있는 발판을 만들었다. 이보다 더 좋을 수가 없게 끝난 것이다.

"재질도 훌륭하지만 운도 타고난 건가?"

그릇을 넘어선 힘은 없는 게 낫다. 역량을 벗어난 힘은 위

힘을 부를 뿐이다. 인간의 신체는 생존을 위해 자동적으로 과부하된 힘을 버린다. 진호가 오 할의 진기를 잠력으로 전환한 것은 그만큼 높은 역량을 가졌다는 반증이었다.

번쩍!

진호가 눈을 뜨자 섬광이 작렬했다.

섬광은 환상처럼 사라졌고, 호수처럼 맑고 그윽한 눈동자가 드러났다. 방각이 입을 열었다.

"축하하네."

"감사합니다. 이 모든 게 어르신 덕분입니다."

진호는 자신의 변화를 인지했다.

신체는 깃털처럼 가벼워 조금만 힘을 줘도 날아갈 것 같았고, 의식과 동시에 몸이 움직였다. 이에 비하면 몇 배로 늘어난 내력의 증가는 아무것도 아니었다.

"그럼 시작하세."

"네?"

"삼매진화 말일세. 조금은 힘들 거네."

방각이 진호의 왼팔을 잡았다.

진호가 당황했다.

"자, 잠시 쉬고… 으아악!"

"입을 다물게. 절대로 열어선 안 되네."

가공할 열기가 진호의 왼손을 달궜다.

타오르는 화력이 진호의 몸 전체로 퍼져 나갔다. 진호는 지옥의 접화가 있다면 지금 자신이 느끼는 거라고 생각했다. 그러나 가장 괴로운 것은 이런 상황에서도 비명은 고사하고 신음성도 내지 못한다는 것이었다. 진호는 최후의 수단을 썼다.

한겨울의 얼음!

'크윽… 너무 뜨거워서… 얼음을… 상상했는데… 크윽… 금방 녹아… 버렸다.'

상상조차 소용없었다.

의식을 저 멀리 은하 밖으로 보내도 효과가 없었다.

진호는 삼매진화를 고스란히 경험해야 했다. 비록 삼매진화라고 말하기에는 민망할 정도로 미약했지만 삼매진화인 것은 확실했고, 진호는 끝내 의식을 잃었다.

파르르!

녹잠고의 세력이 급속도로 몰락했다.

손등과 팔뚝의 절반까지 확장했던 녹색 반점이 부들부들 떨며 원래의 크기로 되돌아갔다.

제3장
어느새 손이 나갔다

오진위제(五進衛制)에 의하면 다섯 명을 오(伍)라 하고, 다섯 오를 갑(甲)이라 하며, 오갑이 모여 대(隊)를 구성한다.

동창은 천지현황(天地玄黃)으로 분류된 네 개의 대외무력부대를 운영하고 있었다. 대외무력부대는 고수들로 이루어져 있고, 태반이 피에 미친 살인귀들이었다.

어느 날, 현대(玄隊)의 대주가 삼, 사, 오갑에게 명령했다.

"역적 방각을 체포해라."

세 갑장과 칠십오 인의 살인귀가 남만으로 출발했다.

오랜 시간 끝에 남만에 도착한 그들에게 가장 먼저 당착한

문제는 화도산의 위치였다. 지도만으로 찾기 어려웠던 것이
다. 그들은 지역 주민의 도움을 받기로 했다.

"으아악!"

"사, 사람 살려!"

어느 홍묘족의 마을이 불타고 있었다. 현대의 삼갑과 사갑,
오갑의 살인귀들이 주민들을 학살했다. 그들은 열한 명만을
남기고 학살을 끝냈다. 열한 명의 생존자 중 한 명은 엄마 품
속에 안겨 있는 젖먹이였다.

"화도산을 아느냐?"

생존자들의 얼굴에 공포라는 감정이 떠올랐다. 화도산이
란 명칭이 이끌어낸 공포였다.

"그, 그곳은 갈 수 없습니다."

칼이 수급을 날렸다. 생존자 중 한 명이 비명조차 지르지
못하고 세상을 떴다.

"다시 묻지. 화도산을 아느냐?"

삼갑장인 쌍마륜(雙魔輪) 장우가 싸늘한 어조로 질문했다.
생존자들은 고개를 끄덕이며 말했다.

"아, 알고 있습니다."

"우리는 그곳에 가려고 한다. 안내를 부탁하마."

"그, 그럴 수는 없습니다. 거긴 식인 요괴가 있습니다."

또다시 칼이 섬광을 그렸다.

"으아악!"

이번엔 비명을 질렀다.

장우가 살기 가득한 시선으로 생존자를 훑어보았다.

"또 죽고 싶은 놈이 있으면 나와라."

"아, 안내해 드리고 싶어도 저희는 갈 수가 없습니다."

도살자가 칼을 들어올렸다. 장우가 손짓으로 중지시켰다.

"무슨 뜻이냐?"

"화도산은 독물들이 가득한 밀림의 한복판에 있습니다. 길이 하나 있기는 하지만 그걸 아는 사람은……."

생존자들의 시선이 젖먹이를 안고 있는 여인에게 향했다.

장우가 미소를 지었다. 음산한 살기를 풍기는 미소였다.

"으아악!"

"크악!"

도살자가 젖먹이를 안고 있는 여인을 제외하고 남은 생존자들을 모두 죽였다. 여인은 젖먹이를 품에 안고 부들부들 떨었다. 공포에 질려 아무 말도 할 수 없는 상태였다.

장우가 여인의 품에서 젖먹이를 빼앗았다.

"아아악! 내 아기를 돌려줘요!"

"화도산까지 안내하면 돌려주지."

"할게요! 할 테니 내 아기를 어서 돌려줘요!"

"도착하면 돌려주지."

"흑흑! 어서 돌려주세요!"

여인이 애원했다.

사갑장인 산화창(散花槍) 양개가 장우에게 다가갔다.

"왜 그러나?"

"돌려주게."

장우가 양개를 노려보았다. 양개도 물러서지 않았다. 삼갑과 사갑의 살인귀들이 대치 관계를 형성했다.

"아직 임무가 끝나지 않았다. 이런 상황에서 동료끼리 싸운다면 무슨 득이 있겠는가?"

묵묵히 있던 오갑장인 철괴리(鐵拐李) 이괴가 나섰다.

"아기만 돌려주면 되네."

"좋아. 그러지."

장우가 젖먹이를 여인에게 돌려줬다. 여인은 젖먹이를 품에 안고 눈물을 흘리면서 양개에게 사의를 표했다.

"가자."

살인귀들이 화도산으로 출발했다.

마을은 화염에 휩싸여 까만 재를 날렸다. 그런데 작은 그림자가 불타는 가옥 사이로 슬그머니 나타났다. 작은 그림자는 마당 한편에 쓰러져 있는 당나귀에게 걸어갔다.

딱!

작은 그림자가 당나귀의 다리를 후려쳤다.

"죽은 척 그만 하고 당장 일어나!"

히이잉!

당나귀가 벌떡 일어섰다.

“쳇! 이놈은 살아 있지만 장사 밑천을 모두 날려 버렸으니 이젠 앞날이 깜깜하네.”

작은 그림자는 소녀였다. 진호를 화도산으로 안내한 원흉이었다. 묘족 소녀는 불타는 가옥을 쳐다보며 고개를 저었다. 가옥에다 상품들을 보관했던 것이다.

“에휴! 이젠 어느 마을에 정착한다? 내가 살기만 하면 마을이 박살 난다는 말도 안 되는 나쁜 소문이 퍼져서 이제 받아 줄 마을도 없는데…….”

묘족 소녀는 이런 참상을 몇 번이나 경험했다. 그럼에도 아직까지 살아 있는 걸 보면 재수가 없는 것은 아니다.

“운남에 묘족들이 많다던데… 거기로 가볼까?”

지금까지 살았던 마을이 통째로 불타고 주변엔 시체가 가득한데 묘족 소녀는 태연하기 그지없다.

“가자.”

푸르릉~

그러나 묘족 소녀의 계획은 물거품이 됐다. 거구의 백발노인이 갑자기 나타나 앞을 가로막은 것이다.

“…우와! 크다!”

묘족 소녀는 감탄사부터 내질렀다. 간이 배 밖으로 나왔다기보다 감정의 일부가 결여됐다는 게 정확할 것이다.

“아가야, 네 이름은 뭐니?”

“숙녀의 이름을 묻는 건 실례예요. 통성명을 하고 싶다면 자기 이름부터 먼저 밝히세요.”

“허!”

거구의 백발노인이 고개를 설레설레 저었다. 평생을 통틀어 이런 맹랑한 소녀는 처음 본 것이다.

“내 이름은 팽가섭이다.”

“저는 가을(哥乙)이에요, 팽 할아버지. 만나서 반가웠어요. 그럼 저는 바빠서 이만…….”

가을이 나귀의 고삐를 쥐고 뒤돌아섰다. 팽가섭이 가을의 앞을 막아섰다.

“하아! 제게 원하는 게 있나요?”

“화도산을 아느냐?”

“대충 알아요.”

“안내해 줄 수 있겠니?”

“거긴 위험한 곳이에요. 독물들이 득실거리는 밀림 속에 있어요. 게다가 화도산에는 식인 괴물이 살아요.”

“안내해 줄 수 없다는 거니?”

“아니요. 요금이 비싸다는 뜻이에요.”

가을이 손바닥을 내밀며 말했다.

팽가섭은 어이가 없다는 표정을 지으며 가을을 쳐다보았다. 가을은 방실방실 웃으며 손바닥을 흔들었다. 팽가섭은 고개를 설레설레 저으며 품속에 손을 넣었다.

수십여 기마(騎馬)가 밀림 앞에서 멈췄다. 그들은 홍묘족 마을을 초토화시켰던 현대의 삼갑과 사갑, 오갑의 무리였다.

"저기예요."

젖먹이를 품에 안은 묘족 여인이 바윗덩이를 가리켰다. 바윗덩이가 밀림을 향해 연달아 이어져 있었다.

"징검다리로군."

장우가 인상을 찌푸렸다.

지금부터는 말을 타고 편히 이동할 수가 없다.

각 갑당 말을 지킬 일인을 차출하고 남은 병력은 화도산에 갈 준비를 했다. 묘족 여인이 양개에게 다가갔다.

"나리, 쇤네를 이만 놔주세요."

묘족 여인이 잔뜩 겁먹은 얼굴로 애원했다. 양개는 고개를 끄덕이려다가 무심코 말을 지키라고 차출한 세 위사의 표정을 보고 말았다. 세 위사가 탐욕스런 눈으로 묘족 여인을 보고 있었다.

"가시오."

"감사합니다, 나리."

묘족 여인이 몇 번이나 사의를 표하고 뒤돌아섰다.

양개가 갑자기 묘족 여인의 등을 창으로 찔렀다. 창날이 묘족 여인의 심장을 꿰뚫고 젖먹이마저 찔러 버렸다. 묘족 여인은 고통조차 느끼지 못하고 숨을 거뒀다.

'이게 내가 해줄 수 있는 자비요. 편히 가시오.'

양개는 창을 거두고는 세 위사에게 시선을 돌렸다. 무서울 정도로 차가운 시선이었다.

"양지 바른 곳에다 묻어줘라."

세 위사의 얼굴이 창백하게 변했다.

"…네!"

"아, 알겠습니다."

현대의 무리가 밀림 속으로 진입했다. 모두 사라지자 세 위사는 안도의 한숨을 내쉬었다.

"후아! 죽는 줄 알았네."

"이봐, 너희 갑장, 너무한 거 아냐?"

두 사람이 불만이 가득한 눈으로 사갑 소속의 위사를 노려봤다. 사갑 소속의 위사가 화를 냈다.

"양 위령을 모독하는 건 용서하지 않는다!"

"제기랄! 충신 났네, 충신 났어!"

"뭐라고!"

"그만 해. 동료끼리 싸워서 뭘 하겠다는 거야?"

오갑 소속의 위사가 말리자 언쟁을 높였던 두 위사는 고개를 돌렸다. 삼갑 소속의 위사가 격분했는지 어깨를 파르르 떨다가 묘족 여인의 시체로 걸어갔다.

"빌어먹을!"

아기를 품고 있는 묘족 여인의 시체를 발로 찼다.

단순한 화풀이였다.

"이놈들! 망자를 모욕하다니, 살려둘 가치가 없구나!"

천둥 같은 노성에 세 위사가 화들짝 놀라 고개를 돌렸다.

격노한 팽가섭이 세 위사를 향해 주먹을 휘둘렀다.

퍼버벅!

무시무시한 권풍이 세 위사의 안면을 가격했다.

세 위사의 머리가 폭죽처럼 터져 버렸다.

가을이 묘족 여인에게 달려갔다.

"언니!"

가을이 기억하는 묘족 여인은 착하고 친절했다. 마을 사람 대부분이 가을을 꺼려하고 멀리했지만 그녀만은 가을을 친동생처럼 대했다. 가을의 눈에 맑은 이슬이 맺혔다.

"응애! 응애!"

젖먹이가 갑자기 울음보를 터뜨렸다. 양개의 창에 죽지 않았던 것이다. 위험을 감지한 모성이 젖먹이를 살린 것이다. 젖먹이는 기절해 있다가 땅바닥에 내동댕이쳐지면서 깨어났다.

"아리야!"

가을이 젖먹이를 품에 안았다. 젖먹이의 이름이 아리였다.

"팽 할아버지, 도와주세요."

아리는 매우 위중했다. 팽가섭이 곧바로 아리에게 약을 먹이고 창에 찔린 상처에 금창약을 발랐다. 그리곤 진기를 주입해 아리의 숨을 고르게 했다.

"아리는 괜찮은 거죠?"

“다행히 크게 다치지는 않았다.”

“하아!”

가을이 안도의 한숨을 내쉬었다.

얼마 후 아리가 편안한 얼굴로 잠들었다. 팽가섭은 아리를 가을에게 넘기고 묘족 여인을 매장했다. 무덤이 만들어지자 가을은 향을 살랐다.

“언니, 아리는 걱정하지 마세요.”

가을은 무덤에다 삼배를 올린 후 몽둥이를 들었다.

“뭘 하려는 거냐?”

“내가 지금 할 수 있는 복수를 하려는 거예요.”

가을은 팽가섭의 질문이 끝나기가 무섭게 대답했다.

히이잉~

히잉~

가을은 말들을 쫓아냈다.

말을 안 듣는 말은 몽둥이로 말을 듣게 만들었다. 말들이 모두 도망가자 가을은 미소를 지었다.

“그게 복수냐?”

“말했죠. 내가 할 수 있는 복수를 한다고요.”

“그래서 마음이 편해졌느냐?”

“아뇨. 화가 나요.”

가을은 무력한 자신에게 분노했다. 복수가 고작 말을 쫓아 내 원수들이 걸어가게 만드는 것이었으니 한심할 뿐이었다.

“내게 힘이 있었다면…….”

가을의 눈동자가 섬뜩한 광채를 흘렸다.

팽가섭이 가을을 물끄러미 쳐다보다가 입을 열었다.

“여기까지 안내해 주느라 수고했다.”

“수고랄 게 있나요. 정당한 거래였는데…….”

“이만 돌아가렴.”

“싫어요.”

팽가섭이 눈살을 찌푸렸다.

“따라올 생각이냐?”

“당연하죠.”

“위험하다. 잘못하면 죽을 수도 있다.”

“그럴까요?”

오히려 반문하는 가을.

팽가섭은 답답함에 한숨을 내쉬었다. 그러나 가을은 개의치 않고 바위로 올라갔다. 그리고 징검다리처럼 이어진 바위를 향해 몸을 날렸다.

“아기는 내게 맡겨라.”

“괜찮아요.”

가을은 아리를 넘기지 않았다. 바위와 바위 사이는 성인 남자가 맨몸으로 뛰어넘기도 어려울 정도로 간격이 넓었다. 그럼에도 가을은 갓난아기를 품에 안은 채로 뛰어넘었다.

‘호오! 대단한 탄력과 균형감이구나.’

팽가섭은 감탄했다.

그러나 진정으로 감탄할 존재는 당나귀였다. 당나귀가 산양처럼 폴짝폴짝 뛰면서 뒤를 따랐다. 동창의 위사들이 타고 온 말들이 바보가 되는 순간이었다.

밀림의 중간을 지났을 때,

쉐에엑~

회색 섬광이 가을에게 날아왔다.

팽가섭이 칼을 뽑았다. 표적은 빠른 속도로 회색 섬광을 뒤쫓는 거대한 검은 뱀이었다. 몸통은 먹물을 바른 것처럼 새카맣고 길이는 십 장에 달하는 묵린거망(墨鱗巨蟒)이었다.

파악!

팽가섭이 칼을 휘둘렀다.

묵린거망이 머리부터 꼬리까지 양단됐다.

"우와와!"

가을이 입을 쩍 벌리며 팽가섭을 바라보았다. 존경심이 깃들어 있는 시선이었다. 팽가섭은 가을의 뒤편에 숨어 있는 동물을 쳐다보았다. 동물은 가을에게 날아왔던 회색 섬광이었다.

"그건 뭐라는 동물이냐?"

"글쎄요?"

몸 전체에 진흙덩이가 말라붙어 지저분했고, 꼿꼿이 곤두선 털에서 야성이 느껴졌다.

"다리는 짧고 허리는 긴 것이 족제비처럼 생겼는데… 족제
비치고는 덩치가 너무 크군."

"그렇군요."

크르릉!

개가 흉성을 드러낼 때 내는 소리였다.

동물은 개였다.

이름은 백령. 당사옥이 내린 명령대로 진호를 뒤쫓아 촉남
죽해에서부터 남만의 밀림까지 추적한 명견이었다.

백령은 반년 전에 밀림에 들어왔지만 개고기를 즐기는 묵
린거망에게 찍혀서 지금까지 고생했다.

왕왕왕왕!

백령이 맹렬하게 짖으며 이빨을 드러냈다.

당나귀가 소리없이 백령에게 다가와 앞발을 들었다. 그리
곤 앞발로 백령의 머리를 짓누르더니 담배꽁초 끄듯이 비볐
다. 은혜를 모르는 놈에게 응징을 가한 것이다.

캥!

백령은 짧은 단말마를 남기고 기절해 버렸다.

당나귀가 백령을 덥석 물더니 머리 위로 날렸다. 백령은 당
나귀가 허리에 찬 바구니에 들어가 버렸다.

"허!"

팽가섭이 어이없다는 표정을 지었다.

섬광처럼 재빠른 백령이 거북이처럼 느린 당나귀에게 당

한 게 납득하기 어려웠던 것이다. 게다가 가을의 당나귀는 눈을 씻고 쳐다봐도 평범한 당나귀였다.

"팽 할아버지, 부탁할 게 있어요."

손녀가 할아버지에게 대하듯 귀여운 모습으로 말했다.

"뭐냐?"

"들어준다고 약속부터 해주세요."

"내가 할 수 있는 거라면 들어주마."

최대한 앙증맞고 귀엽게.

가을의 행동 강령이다. 팽가섭은 어리석게도 당했다. 어쩌면 손녀 같아서 일부러 당해줬는지도 모른다.

"무공을 가르쳐 주세요."

"안 된다."

단호했다.

"어째서 안 되죠?"

"내 무공은 가전 무공이다. 오직 혈족에게만 전할 수 있다. 그리고 내 무공은 여자가 익혀선 대성할 수가 없다."

팽가섭이 칼을 보여줬다. 도신의 폭은 넓고 길이는 사 척이 넘었다. 두께도 만만치 않은 것이 무게가 장난이 아니었다. 여자가 휘두르기에는 무리가 있었다.

"…그렇군요. 그런 걸 휘두르고 다녔다간 계집애가 무식하게 힘만 세다는 말을 듣겠어요."

그런 의미가 아니다.

팽가섭은 이렇게 외치고 싶었지만 입을 다물었다. 모로 가든 서울에 가면 된다는 말처럼 무공을 가르쳐 줄 수 없다는 것을 가을이 납득했는데 더 이상 거론할 이유가 있겠는가.

"이만 가죠, 팽 할아버지."

가을이 다음 바위를 향해 나비처럼 날아올랐다.

진호는 암벽을 노려보았다.

"타!"

일백여 개의 손바닥이 암벽에 쏟아졌다. 폭음도 없고 공기의 진동도 없었다. 그러나 암벽에 백여 개에 달하는 장인(掌印)이 찍혔다. 깊이는 모두 세 치. 하나같이 일정했다.

쩡!

유리창이 깨질 때 나는 소리가 나면서 암벽이 허물어졌다.

무시무시한 위력이었다.

"이거… 사람에게 썼다간 일나겠군."

과연 일만 나겠는가!

말 그대로 뼈도 못 추릴 것이다. 그리고 진호는 흉악무도한 악귀로 낙인찍힐 것이다. 백원중첩장(百猿重疊掌)이라고 이름을 붙인 장법은 백원도의 무공 중에서도 가장 흉맹했다.

진호가 아직 백맥을 개통하지는 못했지만 일기관통(一氣貫通)을 이뤄 대주천의 초입지경에 도달했다.

육층 공부인 득약의 단계도 그리 멀지는 않았다. 그러나 진호의 목표는 구층연심법의 칠층 공부인 결단. 삼매진화로 녹잠고에서 해방되는 것이다.

진호가 결가부좌를 취했다.

전신 모공이 열리고 기를 빨아들이자 단전이 용광로처럼 달아오르고 기경팔맥이 한꺼번에 약동했다.

'미약하지만 움직인다!'

석 달 만에 변화가 생겼다.

골수와 혈도에 숨었던 소약의 진기가 마침내 움직였다. 지난 석 달간의 수련이 헛된 것이 아니었던 것이다. 진호는 어느새 무아지경에 빠졌다.

스르륵.

진호를 향해 다섯 명이 접근했다.

화도산에 도착한 동창의 위사들이었다. 그들은 각 오로 나뉘어 수색에 들어갔고, 오갑 좌오(左伍)가 진호를 발견한 것이다.

제압해라!

좌오의 오장(伍長)이 수신호로 명령을 내렸다.

네 위사가 운공삼매 중인 진호에게 달려들었다. 진호가 네 위사에게 포획당하려는 순간,

"혁!"

진호가 양팔을 뻗어 두 위사의 손목을 잡았다. 기기묘묘한 내력이 두 위사의 몸에 침투했다.

진호가 나포한 두 위사를 다른 두 위사에게 집어 던졌다.
네 위사가 부딪쳤다.

퍼벅!

위사들이 폭죽처럼 터져 버렸다.

피범벅이 된 바닥에 산산조각이 나버린 고깃덩이들이 펄떡펄떡 경련하고 있었다.

진호는 피비린내 때문에 운공을 멈추고 눈을 떴다.

"…이건 뭐야?"

참혹한 살육의 현장이 눈앞에 펼쳐져 있었다.

진호가 눈살을 찌푸리며 의아해했다.

진실은 명확하다.

무의식이 운공삼매 중인 의식을 대신하여 위험에 반응한 것이다. 위사들의 참혹한 죽음은 힘이 과해 일어난 불행한 사고에 불과했다. 하지만 목격자의 입장은 다르다.

"아, 악랄하구나!"

좌오의 오장이 턱을 부들부들 떨며 말했다.

'…어, 어떻게 운공 중에 움직이고도 멀쩡한 거지?

이건 속임수다.

처음부터 운공 중인 것처럼 속여서 우릴 유인한 거다.

좌오의 오장은 이렇게 결론을 내렸다. 진호를 무공도 강하면서 교활한 데다 잔인하기까지 한 놈이라고 판단했다.

'나 혼자는… 위험해!'

좌오의 오장이 일 척 길이의 대나무 통을 꺼냈다.

퍼엉! 펑!

대나무 통은 폭죽이었다.

좌오의 오장이 쏴 올린 폭죽이 화려한 불꽃을 만들었다. 진호는 무심한 시선으로 좌오의 오장을 쳐다보았다.

"와아아!"

폭죽을 보고 오갑의 위사들이 몰려왔다.

"무슨 일이냐?"

오갑장인 철괴리 이괴가 좌오의 오장에게 질문했다.

좌오의 오장은 아무 말도 못하고 그저 손가락으로 진호를 가리킬 뿐이었다. 이괴는 진호와 인간의 잔해로 이루어진 피의 구덩이를 보았다.

"네놈은 누구냐?"

이괴가 진호에게 질문했다.

진호가 무심한 시선으로 훑어보다가 입을 열었다.

"그쪽부터 밝히는 게 예의가 아닐까?"

"네놈이 간이 부었구나. 동창의 위사를 네 명이나 살해하고도 뻣뻣하게 군단 말이냐?"

진호의 안색이 변했다.

'…꼬였군.'

어쨌든 살인을 했고, 원한이 만들어졌다.

이것만은 변명할 여지가 없다. 어떤 식으로든 해결할 수밖에 없었다. 그러나 상대가 동창이라면 문제가 다르다.

죽거나 죽이는 수밖에 없다.

진호는 후자를 선택했다. 단 한 명도 남기지 않고 깨끗하게 청소하지 않으면 죽을 때까지 동창에게 쫓겨야 한다.

진호는 결정했다.

그러나 그전에 알아낼 게 있었다. 동창의 무리가 화도산에 온 목적과 원인이다. 그래야 대처법을 세워둬 나중에라도 동창과 다시 붙는 일을 피할 수 있기 때문이다.

"산천초목이 벌벌 떤다는 동창의 나리들께서 뭘 먹을 게 있다고 남만의 외진 구석까지 왔는지 모르겠군."

진호가 빈정거렸다.

이괴의 안색이 검붉게 타올랐다. 화가 머리끝까지 치밀어 오른 것이다.

"저놈을 산 채로 포박해라! 이 몸이 친히 태어난 걸 후회하게 만들어주겠다!"

동창의 위사들이 밧줄 달린 쇠갈퀴를 꺼냈다.

수십 개의 비조가 진호에게 날아갔다.

팟!

진호가 허깨비처럼 사라졌다. 수십 개의 비조가 허공을 갈랐고, 동창의 위사들이 사방을 둘러봤다.

"피해라!"

이괴가 외쳤다.

그러나 이미 늦었다. 진호가 동창의 위사들을 스치고 지나가면서 사혈을 짚었다.

털썩! 털썩!

열아홉 구의 시체가 쓰러졌다.

이괴와 좌오의 오장이 전율했다.

"여기에 왜 온 거냐?"

진호가 질문했다.

이괴는 대답하지 않고 사분지 일 지점에 손잡이가 달린 강철봉 두 자루를 꺼냈다. 철괴리(鐵拐李)라는 별호를 선사한 길이 이 척의 이공괴(李公拐:톤파)였다.

"호오~ 재미난 병기를 쓰는군."

부웅~ 부웅~

이괴가 왼손에 든 이공괴를 회전시키고 오른손에 든 이공괴는 뒤로 숨긴 상태로 진호에게 천천히 다가갔다.

진호는 이괴의 접근을 허락했다.

공격권 안에 들어서자 이괴는 오른손을 휘둘렀다. 진호가 가볍게 피하자 빙글빙글 돌리던 왼손의 이공괴로 찌르기를 시도했다. 이번에도 진호는 피했다.

이괴가 오른손에 쥔 이공괴로 후려치기와 찌르기로 상체를 공격하면서 왼손의 이공괴를 반대로 돌려 잡아 손잡이가 앞으로 향하게 했다.

'잡았다!'

이괴는 쾌재를 불렀다.

이공괴의 손잡이로 진호의 다리를 걸었기 때문이다. 왼쪽의 이공괴를 잡아당기며 오른쪽 이공괴로 진호의 이마를 노렸다.

"헉!"

진호의 다리가 움직이지 않았다.

그야말로 요지부동이다. 게다가 오른손의 이공괴가 진호에게 잡혀 버렸다.

"제대로 다루지 못하는군."

우웅~

진호가 이공괴에다 내력을 가하자 이괴의 손이 튕겨 나갔다. 이괴는 어이없이 병기를 빼앗기자 당황했다.

"이공괴는 이렇게 사용하는 거다."

진호가 왼손으로 이공괴를 쥐고 휘둘렀다.

부웅~

바람 소리가 달랐다.

쩌엉!

"크윽!"

이괴가 왼손에 쥔 이공괴로 막았지만 충격이 컸다. 안쓰러울 정도로 이괴의 왼팔이 부들부들 떨리고 있었다. 진호가 한 바퀴 돌면서 이공괴를 휘둘렀다.

엄청난 힘이 느껴졌다.

“아, 안 돼!”

이괴가 뒷걸음치며 이공괴로 막았다.

깡!

이괴의 손에 들렸던 이공괴가 하늘 높이 치솟았다.

“왁!”

이괴가 피를 토하며 비틀거렸다.

진호의 공격은 이공괴만 날린 게 아니었다. 이공괴가 부딪칠 때 암경이 이괴의 내부에 침투한 것이다. 이괴의 경락이 뒤흔들리고 내장이 파열됐다.

“다시 묻지. 이곳에 왜 왔느냐?”

진호가 힘없이 주저앉은 채 피를 토하는 이괴에게 차가운 어조로 질문을 던졌다.

“가, 감히 동창의 위령을 협박하느냐!”

“마지막으로 묻겠다. 왜 왔지?”

“네놈이야말로 순순히 오라를 받아라!”

좋게 말하면 꿋꿋한 것이고 나쁘게 말하면 어리석은 것이다. 특히 상대가 어떤 사람인지, 자기가 어떤 상황에 처했는지 제대로 판단하지 못했으니 죽어도 할 말이 없을 것이다.

퍽!

“커억!”

진호가 이공괴로 이괴의 머리를 후려쳤다.

이괴는 두개골이 깨지면서 즉사했다.

진호가 이괴의 품속을 뒤졌다. 동창의 위령임을 밝히는 신분증인 명패와 은괴가 나왔다. 진호는 슬그머니 자기 품속에 집어넣고는 땅바닥에 떨어져 있는 이공괴를 집어 들었다.

양손에 이공괴를 쥐고 빙글빙글 돌리며 좌오의 오장에게 걸어갔다. 좌오의 오장은 겁에 질려 벌벌 떨었다.

"네게 묻겠다. 이곳에 왜 왔지?"

"여, 역적 방각을 잡으라는 명령을 받고 왔습니다."

동창의 위사는 온갖 수련을 받는다.

그중에는 고문하는 법도 있고 고문을 견디는 법도 있다. 그럼에도 좌오의 오장은 고문을 받기도 전에 무너졌다. 죽음 앞에서 장사가 없는 것이다.

'대답하지 않으면 죽는다!'

차라리 고문을 했다면 좌오의 오장은 견뎌냈을 것이다.

"역적 방각?"

진호가 의아해하자 좌오의 오장이 입을 열었다.

잠시라도 지체했다간 자기 머리도 박살 난다고 겁먹었기 때문이다. 좌오의 오장은 동창의 전위 공격대로 활동하며 수많은 생명을 빼앗은 주제에 자기 목숨은 아까워했다.

"그, 그는 혜제 시절에 금의위의 천호였던 자입니다."

"왜 그를 찾는 거냐?"

"소, 소인은 말단이라 그런 것까지는 모릅니다."

"네놈들 말고 다른 놈들도 왔는가?"

"삼갑과 사갑, 모두 합해 오십 명이 더 있습니다. 그리고 밀림 밖에 말을 지키고 있는 세 놈이… 커억!"

유엽비도가 날아와 좌오의 오장을 죽였다.

진호는 비도가 날아온 방향을 주시했다. 폭죽을 보고 달려온 삼갑과 사갑의 무리가 모습을 드러냈다.

"동창에 입이 가벼운 놈은 필요없다!"

양개가 차갑게 말했다.

진호가 무표정한 시선으로 양개를 응시하며 입을 열었다.

"백보비도(百步飛刀)인가?"

"방각은 어디에 숨었느냐?"

양개가 진호의 질문을 가볍게 씹어버리고는 대뜸 본론으로 들어갔다. 진호가 피식 웃었다.

'똑똑한 놈이군.'

양개는 진호가 방각과 연관이 있다고 판단했다. 나름대로 머리도 좋고 행동력도 있었다.

"너희가 다냐?"

진호는 동창의 무리를 전멸시키기로 결심했다.

동창의 대외무력부대는 성격상 피와 죽음에 익숙하다. 그럼에도 진호에게 두려움을 느꼈다.

살기가 안개처럼 퍼져 나갔다.

"귀갑도진(龜鉀刀陣)을 펼쳐라!"

양개가 외쳤다.

사갑의 위사 스물네 명이 사각 방패를 왼손에 착용하고 사열 횡대로 모였다. 선두에 있던 네 위사가 방패로 앞을 가리자 뒤에 있던 위사들이 방패를 위로 올려 지붕을 만들었다.

거북이 등짝 같았다.

찰칵! 찰칵!

방패의 중앙에 있는 작은 틈을 통해 칼날이 튀어나왔다. 거북이라고 놀리기에는 너무 위험해 보였다.

"삼갑은 포위망을 만든다!"

장우가 외치자 삼갑의 위사들이 사방으로 흩어져 진호를 포위했다. 진호의 입가에 미소가 떠올랐다.

"재미있군."

무림인들은 기마, 궁수, 방패, 군진(軍陣) 등을 꺼려한다.

일 대 일의 승부가 익숙한 무림인에게 집단전을 펼치는 군대란 조직은 상대하기가 까다로울 수밖에 없다. 동창의 대외 무력부대는 무공 고수로 이루어진 군대였다.

그야말로 무림인의 천적이었다.

그러나 상대가 너무 나빴다.

"돌격!"

귀갑도진이 진호를 향해 돌진했다. 거북이를 형상화한 진이라고는 믿기지 않을 정도로 빨랐다.

고오오~

진호의 오른손에 들린 이공괴가 빛을 뿜어냈다.

강기였다.

무형의 기를 유형화시켜 물리력을 얻는다. 만물을 파괴하며 소주천에 도달한 고수만이 사용할 수 있었다.

그게 강기다.

강기는 크게 네 단계로 나눈다.

첫 번째 단계는 소주천의 초입에 들어서면 사용하는 경지로, 강기를 병기에 순간적으로 씌울 뿐 지속하지는 못한다.

두 번째는 병기에 강기의 막을 씌우고 지속시키는 단계다.

세 번째는 강기가 병기보다 길어지거나 커지는 단계다.

네 번째는 강기를 압축해 투사하는 경지로 강환(罡丸)이라고 부르는 단계이다.

진호가 이공괴를 휘둘렀다.

강기가 귀갑도진의 전면을 후려쳤다.

콰쾅!

강철 방패가 종이처럼 찢겨져 나갔다.

"피, 피해라!"

양개가 외쳤지만 이미 때는 늦었다.

전면은 몰살했고 귀갑도진을 형성한 위사 절반이 강기의 여파에 휩쓸려 박살 났다. 생존자들도 치명타를 입어 운신도 불가능했고, 차라리 죽는 것보다 못한 상태였다.

진호가 그들에게 자비를 베풀었다.

파바박!

이공괴가 십여 개로 늘어나더니 생존자들의 사혈을 짚어 버렸다. 그들은 고통없이 세상을 떠났다.

"으아아아!"

양개가 창을 쥐고 진호에게 달려들었다. 부하들이 몰살당 하자 이성을 잃어버린 것이다. 상대가 강기를 사용하는 초고 수라는 것조차 잊어버렸다. 오직 분노만이 그를 지배했다.

부우웅~

창날이 바람을 가르며 진호에게 날아들었다. 이공괴가 창 날을 후려쳤다.

타앙!

양개가 뒤로 튕겨졌고, 창이 극심하게 요동쳤다.

진호가 이번에는 강기를 사용하지 않았기에 양개는 목숨 을 구했지만 내상을 피할 수는 없었다.

"전원 돌격!"

장우가 격앙된 얼굴로 부하들에게 외쳤다.

삼갑의 위사들이 진호에게 돌진했다.

그들을 쳐다보는 진호의 눈은 심연처럼 깊고 칠흑처럼 어 두웠다. 인간의 감정이 사라진 눈이었다. 그 어떤 살인자나 맹수의 눈보다도 섬뜩했다.

'…그놈들 도움이 크군.'

진호는 꿈속에서 백 마리의 원숭이들과 싸우면서 집단을 상대하는 방식에 익숙해졌다.

"죽어라!"

삼갑의 위사들이 진호를 공격했다.

진호가 위사들 사이로 지나치며 빠져나갔다. 마치 수초 속을 헤엄치는 물고기처럼 유연했다.

양개가 또다시 진호에게 돌진했다. 창끝은 진호의 심장을 향했고, 두 눈은 얼음처럼 차가웠다. 진호는 창날이 면전에 도착하자 이공괴를 움직였다.

탕!

이번에도 창이 튕겨 나갔다.

그러나 이전과 달리 양개는 몸을 한 바퀴 돌리면서 반탄력을 흡수해 자기 힘으로 만들었다.

파악!

커다란 원을 그리며 휘둘려지는 창에서 강대한 기세가 느껴졌다. 원심력이 합쳐져 막강한 파괴력이 형성된 것이다.

스르륵~

진호가 창의 공격권 내로 파고들어 갔다.

장병기인 창은 근접전이 약점이었고 이공괴는 근접전이 장점이다. 게다가 양개는 창을 크게 휘두른 상태. 진호가 안쪽으로 파고들어 간 순간부터 위험해진 것이다.

위이잉~

이공괴가 양개의 복부를 노렸다.

양개에겐 방어할 수단이 없었다. 당연히 안색이 새파랗게 변할 수밖에 없었다.

쉐에엑~

장우가 폭 일 척에 네 개의 칼날이 달린 철륜(鐵輪)을 진호의 등을 향해 날렸다.

팟!

진호가 양개에게 가하던 공격을 멈추고 재빠르게 뒤돌아서며 이공괴를 휘둘렀다.

쩌쩡!

철륜이 산산조각났다.

파편이 주변에 있던 삼갑의 위사들에게 암기처럼 날아갔다.

"으아악!"

"크악!"

섬광처럼 빠른 파편을 막기에는 위사들의 역량이 부족했다. 십여 명에 달하는 위사들이 피를 쏟으며 쓰러졌다.

장우는 분노했다.

그는 하나 남은 철륜을 왼팔 안에 감아 매고 날아올랐다. 진호에게 내리꽂히면서 철륜을 내리그었다.

파악!

반대편에 있던 양개마저 진호를 향해 창을 뻗었다. 창이 나선을 그리며 소용돌이쳤다.

양가창의 비기인 나선창(螺旋槍)이었다.

고오오~

진호가 두 개의 이공괴를 양쪽으로 뻗었다.

이공괴의 끝과 창날이 일직선으로 만났고, 다른 이공괴는 내리긋는 철륜을 박살 내며 장우의 흉부를 찍었다.

콰직!

"크아악!"

장우가 비명을 내질렀다.

갈비뼈가 박살 나면서 폐와 심장에 박혀 버렸다. 맥없이 날아간 장우는 고통에 몸부림치다가 끝내 사망했다.

그에 비해 양개는 나선창이 막히자 손바닥이 찢겨지고 손가락뼈가 모두 탈골했지만 목숨을 잃지는 않았다.

"…크으윽!"

양개가 기형적으로 구부러진 자기 손가락을 보며 신음성을 흘렸다. 이젠 공격은 고사하고 창을 들 수도 없었다.

진호는 이공괴를 빙글빙글 돌리며 양개에게 다가갔다.

최후의 일격을 가하려는 것이다.

"으아아!"

"사, 사람 살려!"

위사들이 칼을 버리고 도망쳤다.

양개에게 최후의 일격을 가하려던 진호가 걸음을 멈췄다. 그런데 멈춘 순간 유령처럼 사라졌다.

"으아악!"

"사, 살려줘!"

위사들이 공포에 질려 비명을 질렀다.

진호가 죽음의 바람이 되어 그들을 휩쓸었다.

"이제 너만 남았군."

진호가 양개에게 시선을 돌렸다.

삭초제근(削草制根).

풀을 뽑으면 뿌리까지 제거해야 하는 법. 봄이 되면 다시 풀이 자라나기 때문이다.

이와 마찬가지로 일단 손을 쓴 이상 끝장을 봐야 한다. 어설프게 인정을 베풀었다간 평생을 동창에 쫓기는 신세가 된다. 단 한 사람의 목격자도 남길 수 없었다.

진호가 양개에게 걸어갔다.

"온정을 부탁하네."

갑자기 들려온 음성에 진호는 발걸음을 멈췄다.

진호가 음성이 들려온 방향으로 시선을 돌렸다. 그곳에 팽가섭이 당당하게 서 있었다.

제4장

과거는 물처럼
흘러 버렸다

고수는 고수를 알아보는 법.

진호는 팽가섭과 겨뤄보지 않아도 그가 강함을 피부로 느꼈다.

터벅터벅.

'산이 다가오는 것 같다.'

팽가섭의 체구가 크다는 의미가 아니다.

웅장함이 풍기는 걸음과 전신에 흐르는 기백이 산을 연상시켰다. 진호는 깨달았다. 팽가섭의 역량이 우위에 있다는 것을.

"교, 교두 어른."

양개가 죄지은 사람처럼 고개를 푹 숙였다.

“오랜만이구나, 양개.”

“그, 그동안 무탈하셨습니까?”

팽가섭은 고개를 끄덕이고는 진호에게 시선을 돌렸다. 머리부터 발끝까지 샅샅이 살펴보는 시선이었다. 진호는 불쾌감을 느꼈지만 어리석은 짓은 하지 않았다.

“참으로 놀랍군.”

팽가섭은 진호가 도달한 경지에 놀라움을 금치 못했다. 이제 겨우 이십대 청년이 자신과 비교해 약간의 손색이 있는 정도의 경지에 도달했으니 어찌 놀라지 않겠는가.

“동감입니다. 동창에 노선배 같은 기인이 몸을 담그고 있는 줄은 몰랐습니다.”

“나는 금의위 사람이었네.”

진호가 보기에 금의위나 동창이나 같은 곳이다. 세상 사람들은 두 조직을 묶어 창위(廠衛)라고 부르고 있으니 진호의 생각이 틀린 것도 아니다.

“지금은 아니라는 말씀입니까?”

“이곳으로 오기 전에 손을 씻었네.”

“그럼 무엇 때문에 오신 겁니까?”

“방 형을 만나려고 왔네.”

진호는 좌오의 오장이 말했던 방각의 과거를 떠올렸다.

이십여 년 전 금의위의 천호였던 방각, 금의위의 교두였던 팽가섭. 두 사람 사이에 무슨 사연이 있는 것 같다.

“그렇습니까.”

“방 형을 만나고 싶네.”

“그전에 할 일이 있습니다.”

진호가 양개를 노려보았다. 얼음처럼 싸늘한 시선이다.

팽가섭이 고개를 저었다.

“그럴 수는 없네.”

“이곳에 온 이상 살아서 돌아갈 수는 없습니다.”

진호가 본심을 우회적으로 드러냈다.

“나도 포함되는 건가?”

“저자에 관해 말한 겁니다.”

팽가섭이 시시비비를 따지자 진호가 선을 그었다.

“양개를 놔주게.”

“그럴 수는 없습니다.”

“양개가 지금은 동창의 위령이지만 몇 해 전만 해도 금의
위의 백호로 내 밑에 있었다네.”

“그렇다면… 별수없군요.”

진호가 왼손에 쥔 이공괴를 풍차처럼 돌리며 오른손에 쥔
이공괴를 등 뒤로 숨겼다. 이괴가 취한 자세였다. 그러나 풍
기는 기세가 전혀 달랐다.

팽가섭이 진호를 노려보며 입을 열었다.

“양개.”

팽가섭은 입으론 양개를 찾았지만 진호에게서 시선을 떼

지 않았다. 진호가 그리 만만한 상대가 아니기 때문이다.

"네, 교두 어른."

"어서 떠나라."

"은혜를 잊지 않겠습니다."

양개가 팽가섭에게 포권지례를 올리고 도망치듯 떠났다. 진호는 팽가섭과 대치한 상황이라 시선조차 돌릴 수 없었다.

부웅~ 부웅~

이공괴의 회전 속도가 빨라지면서 섬뜩한 파공성이 일었다.

팽가섭이 칼을 뽑아 진호를 겨누었다.

우웅~

도명(刀鳴)이었다.

진호가 빙글빙글 돌리는 이공괴에 내력을 실었다.

푸른빛의 막이 이공괴를 감싸 버리자 마치 푸른빛의 원형 방패처럼 변해 버렸다.

"놀랍군. 자네 나이에 강기라니……."

강기를 사용하는 고수는 강호 전체를 통틀어 서른 명에 불과하다. 세상에 알려지지 않은 은거기인들을 합해도 결코 쉰 명을 넘지 않는다는 게 정설이다.

게다가 이단계 경지의 강기를 사용했고, 등 뒤에 숨긴 이공괴도 강기를 형성한 상태였다. 동시에 두 자루의 병기에다 강기를 일으킨 것이다. 그야말로 경악스런 일이다.

우우웅~

팽가섭의 칼이 피처럼 붉은 광채에 휩싸였다.

적색의 도강(刀罡)이었다. 강기는 오직 강기로만 막을 수 있는 법. 팽가섭도 강기를 일으켰다.

"그대를 상처 없이 제압할 자신이 없네. 미숙한 이 몸을 용서하시게."

경지에 도달한 자라면 나이를 초월한다.

팽가섭은 이제 겨우 이십대 초반인 진호를 동년배의 고수급 인사를 대하듯 행동했다.

"상관없습니다. 제가 이길 거니까요."

진호는 구층연심법과 백원도의 무예를 믿었다. 비록 내공과 실전 경험 등이 달리지만 이길 수 있다고 판단한 것이다.

팟!

진호와 팽가섭이 동시에 움직였다.

순식간에 두 사람이 마주쳤다. 진호는 등 뒤로 숨겨둔 이공괴를 휘둘렀다.

허즉실(虛卽實), 실즉허(實卽虛).

풍차처럼 돌리던 왼손의 이공괴는 시선을 돌리려는 허였고, 등 뒤에 숨긴 이공괴가 실체였다. 그러나 팽가섭은 수많은 격전을 치른 노장. 진호의 수법을 훤히 꿰뚫고 있었다.

번쩍!

붉은색의 벼락이 내리쳤다.

콰쾅!

도강과 봉강이 충돌했다.

"크윽!"

반 수 차이는 컸다.

강기가 충돌하면서 발생한 충격파가 진호의 내장을 뒤흔들었다. 진호의 입가에서 가느다란 핏줄기가 흘렀다.

파지지직!

도강과 봉강이 교차한 지점에서 방전 현상이 일어났다. 팽가섭이 전진하자 진호는 뒤로 밀리기 시작했다.

허실생동(虛實生動).

진호가 왼손에 쥔 이공괴를 수직선으로 휘둘렀다. 마치 거꾸로 치는 번개 같았다.

오른손의 이공괴와 칼이 맞붙은 상태라 팽가섭은 방어할 수단이 없었다. 팽가섭은 뒤로 물러났다.

쩌르르릉!

도강이 이공괴의 강기를 톱질하듯 긁어내렸다.

강기끼리 부딪치자 불꽃이 튀고 방전 현상이 일어났다.

빠지지직!

이공괴의 강기가 일그러지면서 산산이 흩어졌다. 칼이 빠져나갔을 땐 이공괴의 표면에 실금이 거미줄처럼 퍼져 있었다.

쨍그랑!

이공괴의 균열이 커지더니 끝내 산산조각나 버렸다. 파편이 쏟아져 내렸고, 진호의 안색은 극도로 창백해졌다.

역습은 실패했고, 병기마저 잃었다. 게다가 내상이 깊어졌고, 강기의 충돌을 받아내는 바람에 오른팔에 무리가 가서 마비 증세가 일어났다. 그럼에도 진호는 웃었다.

섬뜩할 정도로 차갑고 불길함이 느껴지는 미소였다.

"그런 사용법도 있었군요. 좋은 걸 배웠습니다."

팽가섭의 도강은 여타 강기와 달리 톱날처럼 돌기가 달린 기이한 강기였다.

"도강마화(刀罡魔火)라고 부르네."

"저도 강기를 파괴하는 강기가 있습니다. 도강마화가 강한지, 아니면 제 수법이 강한지 한번 겨뤄보죠."

"호오~ 궁금하군."

진호가 왼손에 쥔 이공괴를 앞으로 내밀었다. 이공괴를 감싼 강기가 이공괴의 끝 부분으로 모였다.

파르르~

이공괴의 끝이 빛을 뿜어내면서 세 치 길이로 늘어났다. 송곳처럼 날카로운 칼날 형상이었다.

"으음… 그런 수법이 있다니……."

강기의 삼단계는 병기보다 강기가 커지는 경지다.

그에 비해 진호가 사용한 수법은 이단계의 강기를 병기 끝에 압축해 삼단계처럼 늘어뜨린 것이다.

'찌르기로군.'

이공괴의 몸체가 고스란히 드러났고, 끝에만 삐죽이 강기가 튀어나온 형국이다. 이는 방어를 도외시하고 오직 공격, 그것도 찌르기를 감행하겠다는 뜻이다.

진호가 이를 악물었다.

'…역시 무리인가?'

구층연심법의 개관을 이뤄 임독양맥을 뚫으면 강기의 일단계를 사용할 수 있다. 진식에 이르면 이단계가 가능하고, 득약을 얻어야 삼단계가 가능하다. 강기의 사단계인 강환은 구층연심법의 칠층 공부인 결단에 올라야 익힐 수 있다.

진호의 기묘한 강기는 백원도의 운기법을 연구하다 발견한 것으로, 강기의 이단계와 삼단계 사이에 해당하는 편법적인 수법이다. 진식의 경지인 진호가 사용하기에는 무리였다.

무리수를 뒀기에 허점이 생길 수밖에 없고, 노회한 팽가섭이 그것을 놓칠 리가 없다.

"타!"

팽가섭의 눈에 이채가 떠오르자 진호가 선공을 가했다. 허점을 공격받기 전에 먼저 움직이는 게 최선책이기 때문이다.

고오오~

진호가 이공괴를 쭉 내밀며 돌진했다.

일체의 방어를 도외시하고 공격을 극단적으로 추구한 것으로 피하거나 부딪치는 방법밖에 없다.

흔히 돌격창이라고 불리는 방식이었다.

팽가섭이 돌격해 오는 진호를 향해 오호단문도법(五虎斷門刀法)의 절초인 오호출동(五虎出洞)을 펼쳤다.

카오오!

호랑이의 포효 같은 도명이 터져 나오면서 다섯 줄기의 강대한 기세가 진호에게 쏟아졌다.

'줄기의 틈새를 파고든다!'

허점은 기세가 다섯이고, 각 기세 사이에 틈새가 있다는 점이다. 진호는 틈새를 향해 속도를 올렸다.

휘익~

두 사람이 격돌하기 전에 새하얀 그림자가 끼어들었다.

차악!

이공괴와 칼이 새하얀 털로 뒤덮인 손에 붙잡혔다.

"헉!"

팽가섭은 전율했다.

그는 강기를 맨손으로 잡을 수 있다는 이야기는 들어본 적도 없고 상상해 본 적도 없었다. 그런데 눈앞에서 일어났다.

게다가 상대는 사람이 아니라 머리부터 발끝까지 새하얀 털로 뒤덮인 성성이었다.

"어허허! 신화(神話) 속의 선원(仙猿)을 만났는가?"

"네 눈에 내가 짐승으로 보이느냐?"

팽가섭의 입이 떠억 벌어졌다.

지금 꿈꾸는 것인가 싶어 몇 번이고 눈을 비볐다. 그러나 눈앞에 있는 성성이는 현실이었다.

"어, 어떻게 이런 일이……!"

"세상에는 상식으로 설명할 수 없는 일이 수없이 많다고 이야기한 적이 있을 텐데?"

팽가섭의 안색이 변했다.

똑같은 말을 자주 하던 사람이 떠오른 것이다. 그는 이십여 년 전 악연으로 운명이 갈린 친구였다. 그리고 팽가섭은 그를 만나려고 화도산에 온 것이다.

"서, 설마… 바, 방 형?"

성성이의 붉은 눈동자와 친구의 눈이 겹쳐졌다.

색깔이 다르지만 느낌이 똑같았던 것이다.

"크크크… 이십삼 년 만인가?"

"어, 어쩌다 그렇게 된 거요?"

"네놈이 저지른 짓으로 내가 이 꼴이 됐거늘 어이하여 그런 질문을 하는 거냐?"

"그, 그럴 수가……?"

칼자루를 쥔 팽가섭의 손이 힘없이 떨어졌다.

방각이 칼을 한 바퀴 돌려 칼자루를 잡았다.

"미안하오, 방 형. 진심으로 미안하오."

"헛소리 그만 하고, 대가나 치러라!"

방각이 살기를 내뿜으며 칼을 들어올리자 팽가섭은 눈을

감았다. 순순히 죽음을 받아들이겠다는 뜻이다.

"안 돼!"

가을이 몸을 숨긴 바위 뒤에서 뛰쳐나왔다.

방각의 시선이 가을에게 향했다.

'하, 하얀 요괴다!'

가을이 그 자리에서 얼어붙었다.

묘족에게 공포의 괴물로 알려진 존재가 노려보고 있으니 제아무리 가을이라도 겁먹을 수밖에 없다.

푸르릉.

당나귀가 슬금슬금 다가와 가을의 볼을 핥았다.

"어디다 더러운 침을 묻혀!"

퍽!

가을이 당나귀의 볼을 주먹으로 후려쳤다. 당나귀는 주인을 원망 어린 눈으로 쳐다보다가 고개를 숙였다.

"앗!"

가을은 주먹을 뒤로 감추고 배시시 웃었다.

묘족에게 공포의 요괴라 불리는 방각이 눈앞에 있지 않은가. 당연히 조심할 수밖에 없다.

"저 애는 뭐냐?"

방각은 처음부터 바위 뒤편에 가을이 숨어 있다는 것을 알고 있었지만 평범한 소녀라 신경을 쓰지 않았다.

진호는 가을이 모습을 드러내자 눈빛이 달라졌다. 팔 개월

전에 화도산을 가르쳐 준 묘족 소녀가 가을이기 때문이다. 그런데 가을은 진호를 알아보지 못했다.

그동안 진호의 외모가 많이 달라졌기 때문이다.

"길 안내를 부탁한 묘족의 소녀라네."

팽가섭이 대답했다.

"재미있는 아이로군."

"나도 그렇게 생각하네."

방각이 살기를 거둬들였다. 갓난아기를 안고 있는 소녀 앞에서 살의를 드러내고 싶지 않았던 것이다.

그렇지만 이대로 넘어갈 수도 없다.

"묻겠다. 어째서 배신했느냐?"

"이십삼 년 전 북평군이 응천부(應天府)를 포위했을 때 환관이 찾아와 나를 협박했네."

팽가섭의 눈동자가 활활 타올랐다.

그 당시를 떠올리자 분노가 치밀어 오른 것이다.

"하북팽가를 제압했으니 가문을 보존하고 부모 형제를 살리고 싶다면 투항하라고 윽박질렀지."

팽가섭의 가문은 하북팽가였다. 그가 진호와 싸울 때 사용한 오호단문도법은 하북팽가의 비전도법이었다.

"…하북팽가가 그리 약했나?"

방각이 빈정거렸다.

"연왕부에 독의 달인이 있었네. 본 가의 혈족이 모두 중독

당했지. 자네에게 먹인 독도 그녀가 만든 것일세."

"그녀?"

"이름은 경화. 현재 자금성의 상궁감(尙宮監)이네."

환관에게 이십사아문이 있듯 여관(女官)에겐 상궁(尙宮), 상의(尙儀), 상침(尙寢), 상복(尙服), 상식(尙食), 상공(尙功)의 육국(六局)이 있다. 이 중에 상궁의 권세가 가장 컸고, 상궁감은 상궁에 속한 여관들을 감찰하는 고위직이다.

"처음 듣는 이름이군."

"그녀의 출신 배경은 극비일세."

방각은 이십여 년 동안 화도산에서 원한을 곱씹었다.

첫 번째 원수는 정난지변을 일으켜 운명을 바꿔 버린 영락제였고, 두 번째 원수는 팽가섭이었다. 그런데 오늘 또 한 명의 원수, 아니, 실질적인 원수를 찾아낸 것이다.

"경화… 상궁감……."

방각은 어깨를 부르르 떨다가 팽가섭에게 시선을 돌렸다.

"원수의 정체를 알려준 것은 고맙게 생각한다. 하지만 황제 폐하와 동료를 배신한 일은 용서할 수 없다."

"나는 가문과 혈족을 살리기 위해 배신자가 됐네. 게다가 그 환관 놈이 자넬 중독시키라고 준 독을 사용한 것도 바꿀 수 없는 사실이지."

"그럼 내 눈에 띄면 죽는다는 것도 알고 있겠지?"

"알고 있네."

"그런데 왜 왔지?"

방각이 한참 동안 팽가섭을 노려봤다.

팽가섭의 표정은 놀랄 정도로 평온했다. 그는 신상에 관한 모든 일을 정리하고 화도산으로 출발한 것이다.

"대가를 치르기 위해서 왔네."

"그럼 지금 죽어도 후회하지는 않겠군."

"그렇다네. 하지만 그전에 자네에게 전할 소식과 물건이 있다네. 받아주겠나?"

"뭐냐?"

팽가섭이 폭이 좁은 긴 상자를 꺼냈다. 상자 뚜껑을 열자 금빛 물체가 나왔다.

"그때 이후로 보관하고 있었네."

"…금선(金扇)."

방각의 별호는 금선무적(金扇無敵)이다. 팽가섭이 보관한 금색 부채는 방각의 독문병기였다.

운명의 그날 팽가섭이 방각을 속여 독을 먹였다. 방각은 최후의 진력으로 금선을 던져 탈출할 기회를 잡았다. 물론 팽가섭이 적극적으로 나섰다면 방각의 탈출은 불가능했다.

방각도 그 사실을 어렴풋이 느끼고 있었다.

"전할 소식은 뭐냐?"

"자네 아들이 살아 있네."

"뭐라고?!"

방각이 경악했다.

얼마나 놀랐는지 붉은 눈동자가 격심하게 흔들렸다.

"자네 아들은 강호에서 응조왕(鷹爪王) 방효람(方孝嵐)이라고 불리고 있네."

"으, 응조왕!"

두 사람의 대화를 묵묵히 경청하고 있던 진호가 경악하며 큰 소리로 외쳤다. 방각이 진호에게 시선을 돌렸다.

"내 아들을 아는가?"

"…어르신의 아드님에 대해서는 모르지만 응조왕 방효람이 누구인지는 대충이나마 알고 있습니다."

진호의 얼굴이 딱딱하게 변했다.

"좋은 내용은 아니군."

"생각에 따라선 좋을지도 모릅니다."

"말해보게."

"강호에 천하구대고수가 있습니다. 오대기인과 흑도삼왕(黑道三王), 무림일괴로 나누는데 응조왕 방효람은 녹림십팔채의 총채주로 흑도삼왕의 일인입니다."

"내 아들이 도적의 수괴라……."

방각이 눈살을 찌푸리다가 갑자기 웃기 시작했다.

"으하하! 못난 아비 때문에 아들이 잘못된 길을 갔구나!"

"자네 아들은 흑도인이지만 자타가 인정하는 호한이네. 결코 잘못된 길을 가지는 않았네."

팽가섭이 정색하며 말하자 방각은 쓴웃음을 지었다.

정난지변 당시 죽었다고 생각한 아들이 살아 있다는 것만으로도 기뻐해야 하거늘 이 무슨 추태인가 싶었던 것이다.

방각이 팽가섭에게 시선을 돌렸다.

일체의 감정을 배제한 눈이었다.

주름이 가득한 팽가섭의 얼굴과 이십여 년 전의 팽가섭의 얼굴이 교차하면서 지나간 세월이 느껴졌다. 또한 팽가섭의 눈에 깔려 있는 회한과 아픔이 방각에게 여실히 전해졌다.

팽가섭도 또 다른 희생자였던 것이다.

"하아……!"

방각이 양손으로 칼의 몸통을 잡고 힘을 줬다.

쟁!

칼이 두 동강 났다.

"이게 자네와 나의 관계다. 지나간 과거는 되돌릴 수 없는 법. 과거는 흐르는 물처럼 지나 버렸다."

"…방 형."

"추억도 지우고 원한도 잊겠다. 이젠 내 기억 속에 팽가섭이란 존재는 없다. 그러니 다시는 만나지 말자."

방각은 두 동강 난 칼을 팽가섭의 면전에 내던졌다. 두 동강 난 칼이 지면에 박혔다.

이게 방각이 할 수 있는 최선이었다.

복수할 수도 없고 용서할 수도 없다면 잊어버리는 수밖에 없는 것이다. 그러나 두 사람은 용서할 수 없었다.

"복수는 연왕과 상궁감 두 사람에게 풀 것이다."

"황제가 세상을 떴네."

영락 이십이년 칠월.

막북 오차 정벌에 나선 영락제가 북경으로 귀환 도중 유목천(楡木川)에서 눈을 감았다.

팽가섭이 북경을 떠나려던 날 그 사실이 공표됐다.

방각이 사시나무 떨듯 전신을 떨었다.

"참으로… 허망하구나."

원수의 죽음이 허망한 것인가, 아니면 조카를 몰아내고 수많은 피를 뿌려서 황위를 얻었지만 끝내 범부처럼 죽어버린 영락제라는 인간에 대한 연민인가?

방각 자신도 알 수 없었다.

"누가 황위를 이었는가?"

방각의 음성과 말투가 달라졌다.

"장자 계승의 원칙을 따르겠지."

"주고후는?"

"한왕으로 봉해졌네. 영지는 산동의 낙안주일세."

"으하하하! 돌고 도는 세상! 과연 천리는 무섭구나!"

방각이 미친 듯이 웃었다.

팽가섭은 방각이 웃는 이유를 알 수 없었다. 방각이 황실의 미래를 예측했으리라곤 생각조차 못했다.

"이만 돌아가게."

방각이 등을 돌리며 말했다.

팽가섭은 회한이 가득한 눈으로 방각의 등을 바라보았다. 새하얀 털로 뒤덮인 방각의 등은 그에게 절벽처럼 느껴졌다. 그는 힘없이 고개를 숙이고 뒤돌아서며 발걸음을 옮겼다.

등을 돌린 방각과 팽가섭 사이에 꽂혀 있는 두 동강 난 칼이 두 사람의 관계를 말해줬다.

가을이 팽가섭의 앞을 막아서며 말을 걸었다.

"이제 떠나실 건가요?"

"가야지. 그런데 너는 어떻게 할 생각이니?"

"이곳에서 할 일이 생겼어요."

가을이 미소를 지었다.

팽가섭은 고개를 끄덕이고는 산 아래로 내려갔다.

가을은 멀어져 가는 팽가섭에게 손을 흔들어 배웅했다. 그리고는 방각에게 쪼르르 달려갔다.

가을은 방각의 면전에 도착하자 대뜸 무릎부터 꿇었다. 그리곤 절을 했다. 일 배… 이 배… 삼 배… 마지막으로 구 배.

정식으로 사제 관계를 맺을 때 올리는 구배지례였다.

"제 이름 가을이에요, 사부님."

완전히 제멋대로다.

방각은 일언반구조차 없다. 그저 무심한 시선으로 가을을 응시할 뿐이다. 가을은 방긋 웃으며 입을 열었다.

"구배지례를 올렸으니까 지금부터 나는 사부님의 제자가 된 거죠? 그럼 앞으로 잘 부탁할게요."

이런 경우는 없다.

누구 마음대로 제자가 된다는 건가.

그러나 가을은 진심이었다. 가을은 힘을 원했다.

더 이상 약자의 설움을 겪고 싶지 않았다. 팽가섭을 따라가지 않은 것도 방각이 더 강해서였다. 스승이 야수이든 괴물이든 상관없었다. 그저 강하면 장땡이었다.

"귀여운 제자를 얻으셨군요. 진심으로 축하드립니다."

진호의 언동은 미묘했다.

방각은 눈살을 찌푸리다가 고개를 설레설레 저었다.

"그만 약 올리게."

"아드님을 만나러 가실 겁니까?"

진호가 갑자기 방각의 허를 찔렀다.

방각은 잠시 침묵하다가 입을 열었다.

"이 모습으로 어떻게 아비라고 말할 수 있겠는가? 나는 아들이 무사하다는 소식을 들은 것만으로도 만족하네."

진호는 입을 다물었다.

지금까지 진호에게 부친이란 존재는 적이나 다름없었다. 그런데 방각을 통해 새로운 부친의 모습을 보게 된 것이다.

‘큭! 달라도 너무 달라.’

방각이 하늘을 쳐다보며 입을 열었다.

“…폐관 수련을 할까 하네.”

구층연심법의 팔층 공부인 연허부터 깨달음이 필요한 심성지공(心性之功)이다. 연허의 경지가 방각을 거부한 것은 그의 마음속에 드리워진 그림자 때문이었다. 원한과 복수, 절망과 분노 등으로 응어리진 마음으론 연허의 경지를 이해할 수 없었다.

그런데 팽가섭과 이야기를 나누면서 응어리가 풀리자 그렇게 찾아 헤매던 연허의 단초가 떠오른 것이다.

“알겠습니다.”

“이만 들어가 수련 준비를 해야겠네.”

방각이 뒤돌아서자 가을이 다리를 붙잡았다.

“에헤헷! 사부님!”

방각의 붉은 눈동자에 난감해하는 기색이 떠올랐다. 가을은 과자를 기다리는 아이처럼 방실방실 웃었다.

방각이 진호에게 시선을 돌렸다.

“부탁하네.”

“네?”

갑자기 화살이 날아오자 진호는 당황했다. 방각은 나 몰라라 하며 수련동으로 도망치듯 사라졌다.

가을이 미소를 지었다.

사제 관계라는 게 그리 쉽게 이루어지지 않는다.

설령 수십 년을 배워도 제자로 인정하지 않으면 문하생에 불과하다. 제자로 인정한다 해도 이름뿐인 기명제자이며 스승의 모든 것을 전수받는 직전제자와는 또 다르다.

부모지간처럼 어려운 게 사제지간이다. 대뜸 구배지례를 올리고 사부님이라 부른다고 제자가 되는 건 아니라는 것을 가을도 알고 있었다. 그런데 다른 사람에게 자신을 부탁했다면 제자로 받아들인다는 의미로 해석할 수도 있었다.

그래서 가을이 미소를 지은 것이다.

부스럭!

당나귀의 바구니에 처박혀 있던 백령이 깨어났다. 백령이 바구니 밖으로 날아올랐다.

크르릉!

백령은 착지하자마자 이빨을 드러냈다.

하필이면 진호의 면전이었다.

번쩍!

진호의 안광이 섬뜩하게 빛났다.

멋진 화풀이 대상이 알아서 나타난 것이다.

깨깽깽깽!

비 오는 날 먼지 나도록 맞아본 적이 있는가?

백령은 뼈저리게 체험했다.

진짜 개같이 두들겨 맞았다.

백령은 독물이 우글거리는 밀림에서 반년 넘게 묵린거망에게 쫓기면서도 꿋꿋하게 버텼다. 그러나 지금의 백령은 잡견에 불과했다. 진호의 구타가 그만큼 심했던 것이다.

"아저씨, 아리를 부탁해요."

가을이 갑자기 아리를 진호에게 넘겼다. 진호는 무심코 아리를 안아 들고는 인상을 찡그렸다.

내 어디가 아저씨냐?

진호가 따지기도 전에 가을은 백령의 목덜미를 붙잡고 개울가로 향해 갔다. 백령은 짐짝처럼 질질 끌려가면서도 어떤 반항도 하지 않았다. 아니, 할 수가 없었다.

그야말로 누더기가 될 정도로 맞아 혓바닥을 내밀 힘조차 없었던 것이다.

첨벙!

가을이 백령을 물속에 집어넣고 빨래를 하듯 씻었다. 백령은 목욕을 가장한 물 고문을 고스란히 견뎌냈다.

"뭐가 이리 지저분해. 다시 빨아야겠다."

역시 목욕이 아니라 빨래였다.

백령은 사람 말을 알아듣는 명견이다. 당연히 그 말을 놓칠 리 없다. 또한 빨래 취급을 받았으니 기분이 두 배나 나빠졌다. 그렇지만 백령은 물 고문을 묵묵히 견뎌냈다.

힘이 없기 때문이다.

어쨌든 목욕이 끝나자 백령은 본연의 모습을 되찾았다.

"어라? 제법 값나가는 모피잖아!"

가을의 눈동자가 반짝거리며 빛나자 백령은 겁에 질려 사지를 바들바들 떨었다.

"응애~ 응애~"

운명의 여신이 백령에게 자비를 베풀었다.

진호의 품속에서 잠을 깬 아리가 울음보를 터뜨리자 가을이 백령을 개같이 버리고―개잖아―아리에게 달려갔다.

가을의 품에 안기자 아리가 울음을 그쳤다. 그립고 따뜻한 품속은 아니지만 어느 정도 익숙한 품속이었기 때문이다.

아리가 가을의 가슴을 만지작거렸다.

배고파 젖을 찾는 것이다. 가을은 난감했다.

"큭큭, 그러니까 엄마 젖 먹고 가슴부터 키우라고……."

진호가 무심코 던진 빈정거림.

그 속에서 뭔가를 깨달은 가을.

진호를 노려보는 가을의 눈망울이 커졌다. 진호는 아차 하며 고개를 저었지만 이미 늦었다.

"그때 그 바보가 아저씨였어요?"

"…바보? 하아!"

진호가 가을을 쳐다보며 한숨을 내쉬었다.

"와아! 반년 만에 완전히 달라졌네요?"

"팔 개월이다."

"에이! 반년이든 팔 개월이든 그게 뭐가 중요해요?"

"하아! 그래그래, 너에겐 그렇겠지."

"그보다 사람이 확 달라지는 비법이 뭐예요?"

진호의 외모는 팔 개월 동안 많이 변해 있었다.

키가 커져 헌칠해졌고, 얼굴은 놀랄 정도로 준수해졌으며, 어둡고 칙칙했던 기운은 흔적조차 찾을 수 없다.

"그런 비법이 있겠냐?"

"아저씨가 증거물이잖아요."

이십대 초반의 청년을 아저씨 취급하더니 이번에는 사람을 아예 물건 취급했다.

그것도 눈을 초롱초롱 빛내면서.

"으아앙!"

아리가 울음보를 터뜨렸다.

배고픈데 젖이 없으니 울 수밖에.

어르고 달래도 소용없다. 아리는 젖 달라며 아기만의 필살기를 유감없이 발휘했다. 그런데 슬금슬금 도망치던 백령이 눈에 들어오자 아리가 울음을 멈췄다.

"까르르!"

아리가 백령을 향해 손을 뻗으며 웃었다.

백령에게 또다시 불행이 닥쳤다.

가을이 즉각 백령의 목덜미를 잡고 아리의 눈높이까지 들어올렸다. 아리가 백령의 귀를 잡아당기며 즐거워했다.

끼잉~ 끼잉~

백령이 신음성을 흘리자 가을이 입을 열었다.

"확 껍데기를 벗겨 버린다?"

협박이 아니다. 가을은 한다면 하는 소녀였다.

백령은 눈치에 관해서는 영물 급인 명견이다. 여기서 잘못하다간 산 채로 가죽이 벗겨진다는 것을 깨달았다.

설령 귀가 찢어져도 입을 다문다.

백령의 생존 본능은 훌륭했다. 아리는 장난감으로 삼은 백령과 놀면서 배고픔을 잊었다. 가을은 이때를 놓치지 않았다.

"아저씨, 아리가 먹을 젖을 구해주세요."

"엥? 뭐라고?"

이런 어이없는 부탁은 처음이다.

아니, 부탁도 아니다. 이건 명령이었다. 당연히 기분 좋을 리 없다. 못마땅한 눈으로 가을을 노려봤다.

"아리가 울면 아저씨가 책임지실래요?"

곧바로 항복했다.

'아기 때문이다.'

진호는 이렇게 되뇌며 계곡으로 떠났다. 그곳에 산양 무리가 서식 중이고, 새끼를 밴 암놈이 있기 때문이다.

가을이 백령에게 시선을 돌렸다.

"오늘부로 너는 식구가 됐다."

멍?

"그러니 이름이 필요하겠지. 으음… 어떤 이름이 좋을까? 털이 하야니까 백……."

백령의 눈이 기대 심리로 반짝거렸다.

"…구가 좋겠다. 어때, 백구?"

백령이 도리질했다.

"꽤나 까다롭네. 좋아. 이번 한 번은 용서하겠어. 하지만 다시 한 번 까불면 밤새도록 거꾸로 매달아 버린다?"

끼잉! 끼잉!

가을의 눈빛이 장난이 아니다. 능히 저지를 사람이다.

"너는 앞으로 요롱(曜籠)이다."

빛나는 대 그릇.

뜻은 나름대로 멋졌다. 어감이 좀 이상하지만.

백령은 일찌감치 포기했다. 이전의 이름을 포기하고 요롱이란 새 이름을 받아들였다. 나름대로 적응력도 영물 급이다.

오늘부로 백령은 요롱이가 됐다.

화도산 수련동.

아리는 진호가 잡아온 산양의 젖을 먹고 가을의 품속에서 잠들었다. 가을도 피곤한지 귀엽게 코를 골며 잠들었다. 요롱이는 침실의 입구를 떡하니 가로막은 채 잠자고 있었다.

그야말로 집 지키는 개였다.

　방각과 진호는 지하 동부에서 대화를 나누고 있었다.

　"폐관 수련도 좋지만 일단 거처부터 옮기는 게 좋겠습니다. 동창에서 또 사람들을 보낼 겁니다."

　"그리 걱정할 필요 없네. 동창은 한동안 이곳에 신경 쓰지 못할 거네."

　"칠십여 명이나 죽었습니다."

　"설령 칠백여 명이 죽었다 해도 마찬가지네."

　"…어째서입니까?"

　"주고후 때문이지."

　진호가 의아해하자 방각의 설명이 이어졌다.

　"주고후는 연왕을 빼 닮았네. 권력에 미친 데다 흉포하고 사나우며 욕심이 많지. 그에 비해 황위에 오를 주고치는 성정이 유순하고 너그럽네."

　"또다시 피가 흐른다는 겁니까?"

　"그건 알 수 없겠지. 하지만 동창의 모든 시선이 주고후에게 집중될 거네. 이곳까지 시선을 돌릴 여유는 없을 걸세."

　"하지만……."

　"알고 있네, 안심할 수는 없다는 것을."

　"언젠가는 거처를 옮겨야 합니다."

　진호는 주장을 굽히지 않았다.

　"알고 있네. 때가 되면 옮기세."

　"…알겠습니다."

어떤 식이든 의견이 받아들여진 이상 끝낼 수밖에 없다.

진호가 수긍하자 방각은 폐관 수련을 할 석실로 들어갔다. 육중한 석문이 닫히자 진호는 가을과 아리가 잠든 석실을 보며 한숨을 내쉬었다.

반년이 지났다.

진호는 그동안 가을이에게 무공을 가르쳤다.

자기 수련으로도 바쁜 데다 한 달마다 오독대법을 겪어야 하는 신세라 무공을 가르칠 여유가 없었지만……

막무가내 앞에 장사 없는 법이다.

"가르쳐 줘요."

무려 열흘 동안 끈질기게 쫓아다니며 귀찮게 했고, 숨기라도 하면 엉엉 울며 난리를 쳤다.

"망할 놈의 개새끼!"

진호가 몸을 숨기면 요롱이가 찾아낸다.

그러면 가을은 진호가 몸을 숨긴 곳에서 눈물을 펑펑 쏟아냈다. 가짜 눈물인 것은 진호도 눈치 챘다. 문제는 덩달아 우는 아리였다. 결국 진호는 백기를 들었다.

그런데,

"하아! 어쩌면 이렇게 둔할 수가……."

진호는 절로 한숨이 나왔다.

무려 반년이 걸려서야 구충연심법의 일층 공부인 수심을

깨우친 것이다. 그런데 가을이 이층 공부인 심기의 수련에 들어가자 어이없는 일이 생겼다.

"헤에~ 이게 기예요?"

가을이 운공하자마자 기를 감지한 것이다.

수심을 이루는 데 반년이나 걸린 둔재가 반나절 만에 심기의 과정을 끝마친 것이다. 이건 있을 수 없는 일이었다.

'뭐야?

진호가 곧바로 삼층 공부인 축기의 요결을 가르쳐 줬다. 가을이 운공조식에 들어갔다. 무려 사흘이 지나서야 눈을 떴다.

"…어이없군."

운기조식은 얼마만큼 집중력을 유지하느냐가 관건이다.

대부분 운공을 처음 시작하면 한 시진만 넘어도 성공이다. 그런데 가을은 사흘이나 운공을 했다.

"으음… 아무래도 이상해……."

진호는 가을을 쳐다보며 구층연심법의 과정을 되새겼다.

구층연심법의 일층 공부는 명경지수(明鏡止水)의 마음을 얻는 과정이며, 이층 공부는 기를 느끼는 과정이다. 삼층 공부부터 본격적으로 내공을 수련한다.

"그렇군."

가을의 성격은 좋게 말하면 쾌활하고 나쁘게 표현하면 미친 망아지이다. 이런 성격의 소녀에게 명경지수의 마음이 필요한 수심의 과정은 고문이다.

어쩌면 반년 만에 수심을 이룬 것도 빠른 진전일 것이다.

그에 비해 심기를 반나절 만에 깨달은 것은 가을이 천성적으로 기를 감지하는 능력을 타고났다는 뜻이다. 하지만 사흘 동안 운공조식을 하는 것과는 별개의 일이다.

'묘하군. 저런 성격은 대부분 집중력이 떨어지는데……'

운공을 끝낸 가을의 내력도 이상했다.

대부분 운공 과정에서 얻은 기는 절반도 축기하지 못한다. 운공을 끝내면 과반수의 기가 흩어져 버리기 때문이다. 그래서 명문대파나 고인들이 후인을 키울 때 운공을 돕는 것이다.

그런데 가을은 그런 도움 없이 구 할의 기를 축기했다. 운공의 효율성이 경이적일 정도로 높았다.

가을은 기의 축복을 받은 아이였던 것이다.

그 후로 진호는 가을에게 기초적인 권각법을 가르쳤다. 가을은 놀라운 평형 감각과 경이적인 탄력, 뛰어난 체력, 동물적인 오감까지 가지고 있었다.

그야말로 무공을 위해 태어난 체질이었다. 석 달 만에 기초적인 권각법을 끝내고 병기술로 넘어갔다.

진호는 가을이에게 봉을 건네줬다.

봉은 백병의 기초였다. 단봉은 도검류의 기본이 되고, 장봉은 창 등 장병기의 기본이다. 봉을 익히면 투사 병기와 채찍, 암기를 제외한 모든 병기의 기초를 닦는 것과 같다.

  진호의 가문은 곤과 봉이 주류였고, 진호의 모친은 가문의
무공을 극한까지 수련했으며, 진호는 모친에게 무공을 배웠
다. 진호에게 봉을 배우는 가을은 행운아인 셈이다.

제5장

진화하는 고독

주나라 목왕에겐 팔준마(八駿馬)가 있었다.

팔준마의 이름은 백의(白義)와 유륜(踰輪), 적기(赤驥), 도려(盜驪), 산자(山子), 거황(渠黃), 화류(驊騮), 녹이(騄駬)였다.

사람들은 자기 말에 팔준마의 이름을 붙이지 않았다.

역모를 꾸민다고 의심받기 때문이다.

한 쌍의 남녀가 화도산의 밀림에 들어갔다.

여인은 백발백미(白髮白眉)였지만 얼굴은 젊고 아름다웠고, 몸매는 풍만하면서 탄력이 넘쳤다. 백발과 백미를 검게 염색한다면 이십대 이상으로는 보이지 않을 것이다.

남자는 학창의(鶴氅衣)를 입은 중년유생이었다. 중후한 인상과 기품이 인상적이었다.

"끔찍한 곳이군."

중년유생이 고개를 저었다.

바닥은 깊이를 알 수 없는 늪 지대며 나무들은 하나같이 음침하고 기괴했다. 게다가 날아다니는 것들은 모두 독충이고 기어다니는 것은 독사와 지네 등 온갖 독물들뿐이었다.

공기마저 독기가 포함돼 있어 숨 쉬는 것조차 괴로웠다.

"내 눈엔 보물 창고로 보여."

"백의(白義), 너와 달리 난 독공을 익히지 않았다."

중년유생이 여인을 백의라고 불렀다.

"흥! 죽고 싶지 않으면 내 곁에서 떨어지지 마라."

밀림의 독물들은 백의 근처에는 얼씬도 하지 않았다. 무슨 천적이라도 되는지 백의가 다가가면 도망치기에 바쁘다.

중년유생은 퉁명스런 얼굴로 백의를 뒤따랐다. 그는 최대한 빨리 이 불쾌한 장소를 벗어나고 싶다는 마음밖에 없었다. 그래서 백의의 빈정거림에도 반론을 제기하지 않았다.

"하아! 이 애는 왜 이렇게 불을 좋아할까?"

가을이 아리를 보며 한숨을 내쉬었다.

아리가 모닥불을 보며 즐거워하고 있었다. 모닥불 주변에는 물고기가 꿰인 꼬치가 박혀 있었고, 맛있는 냄새가 풍겼다. 가을이 진호에게 시선을 돌렸다.

"아저씨, 아리가 이상할 정도로 불을 좋아하는데… 도대체 왜 그런 건지 알 수 있을까요?"

"글쎄다?"

아리가 불을 좋아하는 건 동창의 습격으로 불타는 마을의 모습이 각인됐기 때문이다. 무섭고 두려웠던 일을 극복하기 위해 무의식이 정반대의 감정을 덧씌운 것이다.

진호는 고개를 갸웃거리며 잘 구워진 물고기를 향해 손을 뻗었다. 그런데 가을이 날름 낚아채 버렸다.

빠직!

진호가 이맛살을 찌푸렸다.

가을은 진호가 보든 말든 신경 쓰지 않고 굶주린 아귀처럼 먹고 있었다. 물고기들이 마파람에 게 눈 감추듯 사라졌다.

"어휴~"

진호가 한숨을 내쉬었다.

반년에 걸친 수심의 과정과 석 달간의 기초 권각법, 봉을 수련한 지 석 달. 그렇게 일 년 동안 가을을 가르쳤다. 그동안 가을에 대해 많은 것을 알게 됐다.

소녀답지 않은 무지막지한 식습관에 놀라,

"적당히 먹어라."

"아저씨, 난 아직 성장기라고요!"

그래서 많이 먹고 어서 크라고 말하면 가을은 곧바로 분기

탱천하며 이렇게 말했다.

"숙녀에게 웬 망발이에요!"

그 뒤로 진호는 가을의 식습관을 언급하지 않았다.

"요롱아!"

멍멍!

"물고기를 더 잡아야겠다."

진호의 명령이 떨어지기가 무섭게 요롱이로 개명한 백령이 개울가로 달려갔다.

풍덩!

요롱이가 멋진 개헤엄으로 물살을 가르며 물고기를 잡았다. 물론 사냥감은 곧바로 상납했다. 일 년 동안 요롱이는 진정한 충견으로 다시 태어났다. 물론 살기 위해서지만.

가을이 요롱이가 잡아온 물고기를 보며 입맛을 다셨다.

"좀 기다려!"

"에헤헷!"

진호가 물고기를 다듬어 꼬치를 꿰고 모닥불에 꽂았다. 작업이 끝나자 일어섰다.

"왜요?"

"잠깐 가볼 데가 생겼다."

"저도 같이 가요."

"밥이나 먹어라."

가을이 혀를 내밀었다. 잔소리가 귀찮다는 표정이다.

진호가 산 아래로 내려갔다. 가을은 모닥불에 몸을 맡긴 채 지글지글 익어가는 물고기를 노려보며 입맛을 다셨다.

뚜벅뚜벅.

백의와 중년유생이 길목을 따라 화도산을 오르고 있었다. 두 사람이 갑자기 걸음을 멈췄다.

진호는 나타나 길을 막았기 때문이다.

"놀랍군."

진호는 백의와 중년유생의 깨끗한 옷매무새에 놀랐다. 밀림을 통과했다고 믿기지 않을 정도였다.

"그대는 누군가?"

"손님부터 정체를 밝히는 게 예의가 아닐까?"

중년유생이 질문하자 진호가 빈정거리며 대응했다.

백의가 진호를 싸늘하게 노려보며 말했다.

"죄인이 키운 놈답게 위아래가 없구나."

"예쁘장한 할머니가 혓바닥은 곱지 않군."

백의가 백발 은미를 염색하면 이십대 처녀로 보일 것이다. 또한 그녀의 나이도 할머니 소리를 들은 정도는 아니다.

"뭐, 뭐라고?! 하, 할머니?!"

백의에게 할머니란 단어는 역린(逆鱗)이다.

그녀의 머리카락은 특별한 사정으로 인해 백발이 됐다. 그 뒤로 노파라는 단어는 그녀에게 있어 금기어였다.

“당장 네 입을 꿰매주마!”

“백의!”

중년유생이 막았다. 그러나 머리끝까지 화가 난 백의를 막는 건 무리였다. 아니, 속수무책이었다.

“비켜라, 유륜!”

백의가 중년유생을 팔준마의 이름 중 하나인 유륜으로 호명했다. 또한 그녀의 이름인 백의도 팔준마의 하나였다.

쑤우욱~

백의의 왼손이 새카맣게 변색되고 손톱이 한 자나 늘어났다. 금속성 광채를 뿌리는 손톱이 날카로운 예기를 뿜어냈다.

“오독조(五毒爪)!”

백여 년 전에 오독마군(五毒魔君)이란 마인이 있었다.

독과 암기의 제왕이라던 촉중당문마저 오독마군 앞에선 고개를 숙였다. 오독조는 오독마군의 성명절기였다. 진호가 치를 떠는 오독대법도 오독마군이 만든 것이다.

“호오~ 눈깔은 제대로 박혔구나.”

“…악연이 있어서 잘 알지.”

진호의 안목 덕분에 싸움이 뒤로 미뤄졌다. 유륜은 이때를 놓치지 않았다.

“우리는 죄인 방각을 체포하러 왔다. 죄인은 어디 있느냐?”

“동창이냐?”

진호가 질문했다.

"사람으로 태어나 사내도 아니고 계집도 아닌 괴물들에게 고개를 숙여서야 어찌 하늘을 우러러볼 수 있겠느냐!"

"그럼 금의위?"

"우리는 나라를 찬탈한 역적들과는 관계없다."

이러면 문제가 심각해진다.

진호는 백의와 유륜을 뚫어지게 노려보며 질문했다.

"당신들, 정체가 뭐지?"

"우리는 황제 폐하의 수족이다."

"하늘에 두 개의 태양이 뜨지 않듯 황제도 둘일 수는 없지."

"폐하께선 이 나라의 적통이시다. 북평의 찬탈자와 그 더러운 피를 이은 놈들은 언급할 가치도 없다."

"설마……."

진호의 얼굴이 굳어졌다.

유륜이 진호의 표정을 읽고 의기양양하게 외쳤다.

"그렇다! 네놈의 생각대로 그분이시다!"

"으음, 이거 꽤나 골치 아프게 됐군."

"방각은 황성을 지켜야 할 임무를 저버리고 도망친 죄인이다. 폐하께서 내린 은덕을 잊어버리고 제 목숨을 챙기는 데 급급한 소인에 불과하다."

진호의 이마에 핏줄이 서렸다.

'자신의 어리석음으로 황위를 빼앗겼고, 그로 인해 엄청난 피가 흘렀다. 어르신도 그 때문에 이십 년이 넘게 야수로 살았다. 그런데 이제 와서 죄인이라고…….'

진호는 애초부터 누가 황제를 하든 말든 관심없었다.

세상이 어떻게 돌아가든 신경 쓰지 않았다.

그저 친인들이 행복하길 원했다. 방각은 얼마 없는 진호의 친인 중 한 사람이다.

진호가 강렬한 투기를 내뿜었다.

백의와 유륜의 얼굴이 흉악하게 변했다.

"비천한 놈! 감히 황제 폐하의 성지를 이행하는 우리에게 반항하겠다는 거냐?"

"백성이 없는 자가 무슨 황제냐!"

"뭐, 뭐라고?!"

백의와 유륜이 격노했다.

그러나 손을 쓴 것은 백의였다.

백의가 순식간에 움직였고, 다섯 개의 손톱이 진호의 머리부터 몸통까지 갈라 버렸다.

"쥐새끼 같은 놈!"

잔상(殘像)이었다.

진호는 삼 장 뒤로 이동한 뒤였고, 오독조가 가른 것은 그림자였다. 백의가 진호를 향해 돌진하며 손톱을 휘둘렀다.

파악!

진호가 왼손으로 이공괴를 쥐었다.

손톱이 면전에 도달하자 이공괴를 휘둘러 막았다.

깡!

차가운 금속성이 울려 퍼졌다. 강철도 두부처럼 썰어버리는 손톱이 평범한 이공괴에 막혀 버린 것이다.

백의의 안색이 굳어졌다.

'뛰어난 경(勁)이군.'

풀잎에 경을 담으면 검도 막을 수 있고 낙엽을 경으로 감싸면 어떤 암기보다 위험해진다.

백의가 내력을 끌어올리자 손톱이 검게 변색되면서 독기가 쏟아졌다. 게다가 불길한 기운이 감도는 검은색 광택이 손톱을 휘감았다. 강기의 일종인 조강(爪罡)이었다.

"도, 독강(毒罡)! 방각의 제자를 죽이면 안 돼!"

유륜이 비명을 지르듯 외쳤다.

진호의 표정은 변함없는데 유륜이 난리를 치는 격이다.

"백의, 우리의 목적을 잊지 마라!"

그들의 목적은 방각의 포섭이었다.

방각이 순순히 체포당할지, 아니면 반항할지를 보고 충성심을 확인하려는 것이다. 그런데 방각의 제자로 추정하고 있는 진호를 죽이면 포섭 계획은 물거품이 된다.

씨익.

진호의 입가에 비웃음이 떠올랐다.

오독대법을 통해 백독불침의 신체를 이룬 데다 어떤 독이라도 먹어치우는 녹잠고가 있다. 백의의 오독조가 내뿜는 독기 정도는 간식거리에 불과했다. 문제는 독강이었다.

우웅~

푸른색 강기가 이공괴를 감쌌다.

"강기!"

백의가 경악하며 외쳤다.

강기는 기를 유형화시켜 물리적인 타격력을 가하는 초상승의 무공이다. 고작 이십대 초반에 불과한 진호가 사용할 무공이 아니었다. 놀라는 것도 당연하다.

콰쾅!

오독조강과 이공괴의 강기가 충돌했다. 충격파가 밀려왔지만 진호는 멀쩡했다. 그러나 백의는 가벼운 내상을 입었는지 입가에 실핏줄이 흐르며 비틀거렸다.

부웅~

진호의 오른쪽 주먹이 백의의 복부를 노렸다.

백의는 피하지 않고 오히려 배를 내밀었다. 진호의 주먹이 백의의 복부에 꽂혔다.

투웅~

타격점을 중심으로 기의 동심원이 퍼져 나갔고, 주먹은 튕겨 나갔다. 마치 고무를 때린 것 같았다.

"…이건?"

오독마군의 호신공부인 점의십팔질(粘衣十八迭)이다.

혹독한 수련으로 신체를 강화하는 외문기공이나 진기로 방어력을 형성하는 호체기공과 달리 점의십팔질은 옷에다 활경(滑勁)이란 힘을 덧씌워 타격력을 흩어버린다.

우우웅~

백의의 오른손이 차가운 한풍을 내뿜었다.

한독을 내포한 음풍한독장(陰風寒毒掌)이었다.

진호가 이공괴를 잡아당기자 팽가섭의 도강처럼 강기를 썰고 병기를 자르지는 못했지만 미꾸라지처럼 빠져나왔다. 그리곤 어깨를 비틀어 음풍한독장을 피하면서 백의의 품속으로 뛰어들었다. 백의의 안색이 변했다.

"미꾸라지 같은 놈!"

진호의 대답은 과격했다.

백의의 가슴을 향해 주먹을 날린 것이다. 고작 미꾸라지라고 욕한 것 때문에 여인의 가슴은 공격하지 않는다는 강호의 예절을 가볍게 무시해 버렸다.

"이런 파렴치한 놈!"

분노한 백의가 점의십팔질을 극한까지 끌어올렸다. 그리곤 어처구니없게도 풍만한 가슴을 내밀었다.

'가슴을 치는 순간 넌 죽는다!'

백의의 눈이 살기로 인해 새파랗게 변했고, 오독조의 독강이 음산한 먹빛을 뿌렸다.

퍽!

백의의 턱이 날아갔다. 진호의 주먹이 갑자기 방향을 위로 틀어버린 것이다.

백의의 머리가 뒤로 젖혀지고 몸이 붕 떠올랐다.

쿵!

백의가 비참하게 나동그라졌다.

그녀의 안면은 참혹했다. 턱뼈가 박살 나고 이빨 서너 개가 빠졌으며 입 주변이 피범벅이었다.

점의십팔질은 옷을 방패로 만드는 내가기공이다. 어떤 공격도 활경으로 미끄러뜨려 해소하는 최강의 호신공부지만 노출된 부분은 방어하지 못한다.

진호는 처음부터 점의십팔질의 약점을 노렸다. 일부러 가슴을 노리는 척 공격한 것도 백의를 격분하게 만들어 약점을 노린다는 것을 모르게 하려고 한 것이다.

고도의 심리 전술이었다.

"네 이놈!"

백의가 쓰러지자 유륜이 뛰어들었다.

진호의 등판을 향해 두 주먹을 풍차처럼 돌리며 연환권세(連環拳勢)를 쏟아냈다. 연환권세가 한꺼번에 작렬했다.

콰콰쾅!

지면이 폭격이라도 맞은 것처럼 폭발했다.

먼지가 가라앉자 진호의 모습이 드러났다. 옷은 엉망이고 먼지투성이지만 다친 곳은 없다. 유륜이 눈썹을 파르르 떨었다.

"연환폭뢰권(連環爆雷拳)을 건디다니……."

"일격에 전력을 담았다면 모를까 분산된 힘으로 수백 번을 후려친들 무슨 의미가 있을까?"

진호가 이공괴를 빙글빙글 돌리며 유륜에게 접근했다.

유륜이 양손을 활짝 펴고 앞으로 내밀었다. 유가(儒家)의 비전지학인 대연십장(大然十掌)의 기수식이다.

진호의 눈빛이 달라졌다.

대연십장은 근접전 전용의 무공이다. 좌장과 우장으로 시선을 차단하면서 무릎과 팔꿈치, 어깨 등으로 공격하며, 원을 그리며 움직이는 보법으로 적의 움직임을 차단한다.

대단히 위력적인 무공이다.

그러나 문제는 진호의 백원지학은 근신공방(近身攻防)의 극치라 할 수 있었다.

우웅~

진호의 몸에서 흘러나온 기가 무형의 원을 그렸다.

유륜도 같은 현상이 생겼다. 원은 그들의 공격권이었다.

두 공격권이 겹쳐지려는 순간, 턱이 박살 난 채 기절했던 백의의 오른손이 진호의 등을 가리켰다.

파악!

소매에서 백색 섬광이 튀어나왔다. 백색 섬광이 순식간에 진호의 공격권 안으로 침투했다. 동시에 유륜이 대연십장을 줄줄이 쏟아냈다. 완벽한 합공이었다.

진호가 빙글빙글 회전하면서 대연십장의 공세를 피하며 이공괴로 백색 섬광을 후려쳤다.

팍!

백색 섬광이 땅바닥에 떨어졌다.

날개 달린 뱀.

백색 섬광은 길이 삼 척에 박쥐 날개가 달린 기묘한 뱀이었다. 검은색 눈을 제외하곤 머리부터 꼬리까지 하얀 괴물이었다.

"뭐야, 저건?"

오독마군이 은거 후 고독을 연구했고, 무수한 실험 끝에 날개 달린 검은 뱀과 흰 뱀을 만들었다. 검은 뱀의 형상을 한 고독을 비천흑사(飛天黑蛇), 흰 뱀의 형상을 한 고독을 비천백사(飛天白蛇)라고 이름 지었다.

백의의 소매에서 나온 건 비천백사였다.

샤아아~

비천백사가 독아를 드러내며 날개를 활짝 폈다.

순식간에 백색 섬광이 되어 진호를 향해 날아왔다. 진호가 비천백사를 향해 지력(指力)을 발출했다.

타탕!

강철도 꿰뚫어 버리는 진호의 지력이 효과가 없었다. 비천백사의 껍질은 강철보다 단단했던 것이다.

캬아~

비천백사가 아가리를 쩍 벌리고 진호의 목을 노렸다.

이공괴가 비천백사의 몸통을 후려쳤다. 그러나 비천백사는 이공괴를 휘감으며 똬리를 틀었다.

"죽어라!"

대연십장이 무력화되자 자존심이 상한 유륜은 만 근의 압력으로 적을 짓눌러 버린다는 만압장(萬壓掌)을 펼쳤다.

진호는 만압장의 장세를 향해 이공괴를 휘둘렀다.

퍼억!

이공괴에 똬리를 튼 비천백사가 만압장을 정통으로 맞았다. 비천백사는 장력에 휘말려 십여 장이나 날아갔다.

치이이~

그럼에도 비천백사는 멀쩡했고, 오히려 혀를 날름거리며 독기를 내뿜었다. 진호를 노려보는 비천백사의 눈은 섬뜩했다.

파악!

비천백사가 날개를 활짝 펴고 진호를 향해 날아올랐다. 진호가 내가중수법(內家重手法)으로 비천백사를 후려쳤다.

퍽!

비천백사의 껍질이 내가중수법의 암경(暗勁)마저 팅겨냈다.

껍질이 단단하기만 한 게 아니라 경이적인 질김과 탄력까지 가지고 있었던 것이다.

'이거… 괴물이잖아?'

오독마군이 심혈을 기울여 만든 고독다웠다.

비천백사는 철벽의 방어력과 날개를 이용한 쾌속함, 극악한 독을 가진 희대의 흉기였다.

'위험해!'

진호가 비천백사를 꺼리는 데는 이유가 있다.

대부분의 독물은 녹잠고가 두려워 진호를 피한다. 오독동의 미쳐 버린 독물만이 진호를 공격했다. 비천백사는 미치지도 않았고, 녹잠고를 두려워하지도 않았다.

취이익~

비천백사가 날갯짓하며 방향을 틀었다. 단순 일변도의 공격을 벗어나 변화까지 구사했다.

"강기 앞에서도 버틴다면 너를 존경해 주지."

푸른빛의 강기가 이공괴를 감쌌다. 그러나 진호는 강기로 비천백사를 공격하지 못했다. 어느새 접근한 유륜이 대연십장을 쏟아냈고, 의식을 되찾은 백의가 달려들었다.

"주… 거… 라……."

백의는 턱뼈가 부서져 제대로 발음하지 못했다.

살기를 풀풀 날리며 오독조와 음풍한독장을 퍼붓는 그녀의 모습은 그야말로 백발의 마녀였다.

퍼엉!

"컥!"

끝내 진호가 유륜의 일장을 허락했다.

이인 일수(二人一獸)의 합공에 휘말려 허점을 보인 것이다. 유륜이 진호의 등에다 연환폭뢰권을 퍼부었다.

콰콰쾅!

모공을 통해 뿜어져 나온 호체진기(護體眞氣)가 아니었다면 진호는 뼈도 추리지 못했을 것이다.

"크으윽……!"

진호의 코와 입에서 가느다란 핏줄기가 흘러내렸다. 호체진기 덕에 목숨은 구했지만 내상을 피하지는 못했다.

"아저씨!"

가을이었다.

산 중턱에서 식사를 하던 가을이 폭음을 듣고 싸움터로 달려온 것이다. 가을이 나타나자 진호의 신경이 순간적으로 분산됐다. 비천백사가 그 틈을 놓치지 않았다.

샤아아~

비천백사가 진호의 왼팔을 휘감더니 손목에 독아를 박아버렸다. 하필이면 녹색 반점의 중앙부였다.

"크윽!"

"아, 아저씨!"

가을이 절규하며 싸움터로 뛰어들었다.

진호는 비천백사에게 물리자 왼팔이 마비돼 이공괴를 떨어뜨렸다. 유륜의 눈이 흉악한 광채를 내뿜었다.

고오오~

기압이 급상승하면서 폭발적인 파괴력이 형성됐다.

만압장의 마지막 초식인 건곤진(乾坤進)이었다.

전 내력을 일시에 쏟아내 태산마저 붕괴시킨다는 파괴력을 지녔지만 사전 동작이 크고 느리다는 단점 때문에 실전에서 사용하기가 어려운 초식이었다.

설상가상으로 백의마저 뛰어들었다.

진호에게 달려들어 음풍한독장을 날리며 오독조를 펼쳤다. 진퇴양난의 순간에 가을마저 뛰어들어 위험에 처했다.

진호가 가을에게 장력을 날렸다.

부드러운 경력이 가을을 싸움터 밖으로 밀어냈다. 그로 인해 진호는 공격을 피할 기회를 놓쳤다. 음풍한독장과 오독조가 진호의 등판을 박살 내려는 순간,

"꺄아악!"

백의가 갑자기 비명을 지르며 아랫배를 부여잡았다.

진호가 허리를 비틀어 음풍한독장을 피하면서 땅바닥에 떨어진 이공괴를 발로 차서 위로 올렸다. 오른손으로 이공괴를 쥐더니 건곤진의 장세를 향해 내질렀다.

쩌러렁!

이공괴가 강기를 내뿜으며 건곤진의 장세를 갈랐다.

장엄한 광경이었다.

"크악!"

건곤진을 가른 이공괴가 유륜의 오른쪽 손바닥을 뚫고 들어가 팔뚝에 박혔다. 진호가 내력을 가하자 강기가 유륜의 어깨를 꿰뚫고 모습을 드러냈다.

퍼억!

유륜의 오른팔이 강기를 견디지 못하고 통째로 터져 버렸다. 피와 뼛조각, 살점이 사방으로 흩어졌다.

"으아악! 내 팔! 내 팔이!"

절규하는 유륜.

비참하기 그지없었다.

그러나 진호는 시선조차 주지 않았다. 백의에게서 불길함을 느꼈기 때문이다. 백의는 고통에 몸부림치며 땅바닥을 데굴데굴 구르고 있었다.

불길함을 느낄 이유가 없다. 그럼에도 진호는 불길함을 느꼈다. 일종의 육감이었다.

그때 백의가 갑자기 벌떡 일어나 백색 구슬을 토했다.

쇄애액~

백색 구슬이 공기를 가르며 진호를 향해 날아왔다. 강기로 뒤덮인 이공괴가 백색 구슬을 후려쳤다.

쩡!

강기가 일그러지더니 이공괴가 두 동강 났다.

하늘 높이 치솟은 백색 구슬의 표면은 쩍쩍 갈라져 있었다. 백색 구슬은 우연처럼 나동그라진 가을의 얼굴 쪽으로 떨어졌다.

팍!

백색 구슬이 가을의 얼굴과 두 자 정도 떨어진 곳에서 터져버렸다. 파편이 가을의 입과 코로 흡입됐다.

마치 살아 있는 생명체들 같았다.

"콜록콜록! 이게 뭐야?"

가을이 벌떡 일어나 백색 구슬의 파편을 뱉어내려고 했지만 소용없었다. 벌써 몸속에 들어간 뒤였다.

진호는 가을이 무사하자 안도의 한숨을 내쉬었다.

"휴우~"

"므, 므스은… 지잇을… 하안… 거냐(무슨 짓을 한 거냐)?"

백의가 비틀거리며 일어났다.

그녀의 새하얀 머리카락과 눈썹이 검은색을 띠고 있었다. 백색 구슬을 뱉어냈기 때문에 일어난 현상이다.

"우우~ 우~"

진호가 뭔 소리냐는 표정을 짓자 백의가 진호의 왼팔에 감겨 있는 비천백사를 가리켰다.

비천백사는 껍질만 남아 있었다.

'녹잠고가 이겼군.'

진호는 간단하게 생각했지만 실상은 매우 복잡했다.

녹잠고와 비천백사는 고독이다.

고독의 승부는 먹고 먹히는 약육강식의 세계다. 패배한 비천백사는 녹잠고에게 통째로 먹히고 껍질만 남았다. 여기서 심각한 문제는 녹잠고가 비천백사를 흡수해 이전과는 다른 존재로 변형할 발판을 얻었다는 점이다.

그러나 진호는 그걸 깨닫지 못했다.

"우오오오!"

백의가 피눈물을 흘리며 절규했다. 그녀는 턱이 깨져 제대로 발음조차 할 수 없었기에 짐승처럼 울었다.

오독마군은 검은 구슬과 하얀 구슬을 남겼다.

두 개의 구슬은 오독마군이 자신의 독공과 내력을 응집해 만든 일종의 내단으로 비천쌍사와 심령으로 연결돼 있다. 오독 일파는 두 개의 구슬을 이용해 비천쌍사를 조종했다.

비천백사가 소멸하자 백의가 괴로워하다가 백색 구슬을 토해낸 것도 심령이 연결됐기 때문이다.

오독 일파는 하얀 구슬을 백사단정(白蛇丹精), 검은 구슬을 흑사단정(黑蛇丹精)이라고 불렀다. 단정의 진정한 목적은 비천쌍사의 조종 따위가 아니었다. 오독마군은 단정을 흡수해 자신이 도달한 경지에 오르는 뛰어난 후인을 기대했던 것이다.

"주… 거… 라……."

백의가 검은색 손톱을 세우고 진호에게 돌진했다.

너 죽고 나 죽자는 식의 자폭 정신의 단순무식한 공격이다. 진호에게 이런 공격이 먹힐 리가 없다.

그런데 예상 밖의 일이 발생했다. 갑자기 몸이 마비되고 왼손 손바닥을 활짝 펴더니 검은색 손톱을 향해 뻗었다.

푸욱!

다섯 개의 손톱이 진호의 손바닥을 관통했다. 그러나 진호는 통증을 느끼지 못했다.

'이게 무슨 일이지?'

그보다 당혹스런 표정을 지었다. 무슨 일이 일어난 것인지 이해할 수조차 없었다.

우우웅~

녹색 반점이 꿈틀거리며 백의의 검은 손톱에 내포된 오독지기를 빨아당기기 시작했다. 백의가 놀라 손톱을 빼려고 했지만 소용없었다. 손톱은 글자 그대로 요지부동(搖之不動)이었다.

"므… 무… 어냐?"

녹잠고가 독기를 빨아들이자 흑색 손톱이 탈색됐다. 게다가 백의의 검은 손마저 하얗게 변해갔다. 녹잠고에게 독을 빼앗겨 오독조가 파괴된 것이다.

"으어어… 아악!"

오독조가 무너지자 백의의 신체에 급변이 생겼다.

그녀의 몸은 오독조와 음풍한독장의 독기가 균형을 이루

고 있었다. 그런데 녹잠고 때문에 오독조가 파괴돼 균형이 무너지자 음풍한독장의 한독이 폭주했다.

파사삭!

백의의 오른손이 얼어붙고, 내장에 한독(寒毒)이 침습했으며, 온몸이 새하얀 서리로 뒤덮였다.

소름 끼치는 한기였다.

진호가 왼손에 박힌 손톱을 뽑아낸 후 수도(手刀)로 백의의 오른손을 후려쳤다.

파악!

손이 절단됐지만 피는 흐르지 않았다. 얼어붙은 것이다.

"고… 마… 압… 다……."

백의가 사의를 표했다.

한독의 역류로 몸 전체가 동사한 상태. 그나마 진호가 오른손을 절단해 줬기에 고통이나마 던 것이다.

진호는 무심한 표정으로 쓰러진 백의를 쳐다보았다. 그녀는 독공을 수련한 자들이 신체의 균형을 잃었을 때 어떤 꼴을 당하는지 여실히 보여주는 사례였다.

"까아악!"

가을이 갑자기 내지른 비명 소리에 진호가 급히 고개를 돌렸다. 유륜이 하나 남은 손으로 가을의 목덜미를 잡고 사악하게 웃고 있었다. 진호와 유륜의 눈이 마주쳤다.

번쩍!

그때 백색 섬광이 유륜의 목을 향해 날아갔다.

요롱이었다.

"크아악!"

요령이가 유륜의 목을 물어뜯었다. 피가 튀었고, 유륜은 요롱이를 잡으려고 손을 뻗었다. 그러자 목덜미가 풀려난 가을이 뒤돌아 차기로 유륜의 아랫도리를 후려 찼다.

"크아아악!"

남자라면 공감하는 고통이다.

유륜이 하나밖에 남지 않은 손으로 아랫도리를 부여잡고 데굴데굴 굴렀다.

"더러운 손으로 누굴 만지는 거야, 이 거지 발싸개야!"

가을이 인정사정없이 짓밟았다.

그것도 남자의 치명적인 약점을 집중적으로 공격했다. 거의 미친 망아지 수준이다.

"씩… 씩……!"

가을은 어느 정도 분이 풀리자 구타를 멈췄다.

요롱이도 유륜의 목을 놔줬다.

"괜찮니?"

진호가 가을에게 물었다. 가을은 고개를 끄덕이며 무의식적으로 진호의 왼손을 잡았다.

파악!

두 사람이 접촉하자 문제가 생겼다.

가을이 흡입한 백사단정의 파편이 갑자기 녹아내리며 대량의 정기(精氣)와 독기(毒氣)로 환원됐다. 거센 힘이 해일처럼 일어나 가을의 작은 몸을 휩쓸었다.

"아아악!"

가을이 비명을 지르며 주저앉았다.

급히 가부좌를 틀고 운기조식에 들어갔지만 축기의 운공으론 백사단정의 정기는 통제할 수 없었고, 독기를 해독할 방법은 아예 존재하지도 않았다.

가을의 뼈가 뒤틀리며 신체가 부풀어 올랐다. 게다가 머리카락과 눈썹이 백의처럼 새하얗게 변해갔다.

진호도 심각한 위기에 처했다.

녹잠고에 잡아먹힌 비천백사의 정과 영이 반응해 폭주한 것이다. 진호의 머리카락과 피부가 녹색으로 변했다. 오독대법으로 백독불침을 얻지 못했다면 즉사했을 것이다.

련(煉)이란 불을 다루는 것.

불은 바람이 없으면 타오를 수 없는 법.

법은 상(像)의 조율.

미풍으로 고요히 타오르는 불이 만물을 태우고 자신마저 불사를 때 순양(純陽)이 태어난다. 순양은……

반생반사(半生半死)의 상태에 빠진 진호의 뇌리에 구층연심법 칠층 공부인 결단의 요결 중 일부가 떠올랐다.

화르륵~

전신 모공이 열리면서 열기가 뿜어져 나왔다.

녹색 머리카락이 모조리 빠져 버렸고, 모공에서 새하얀 불꽃이 솟구치면서 진호는 불덩이가 됐다.

진화(眞火)였다.

순식간에 옷이 불타고 녹색 피부가 타 들어갔다. 백옥처럼 깨끗한 피부가 드러났고, 녹잠고는 요동치며 괴로워했다.

진화(眞火)는 녹잠고를 진화(進化)시켰다.

토기가 가마 속에서 도자기가 되듯 녹잠고도 진화에 의해 새로운 형태로 바뀌었다. 녹색 반점은 다리가 기어나오더니 거미 형태로 변했다. 완전한 결단이 아니었기에 탈태의 힘만 가진 절반짜리 진화가 발생해 이런 현상이 생긴 것이다.

우우웅~

진호의 골수와 혈도에 숨어 있던 소약의 진기가 모조리 깨어났다. 단전이 포화 상태를 이루더니 한 점에 압축되면서 진기의 성질이 바뀌었다. 소약(小藥)이었다.

진호는 일부지만 칠층 공부의 요결을 해석했고, 반쪽이나마 진화(眞火)를 일으켰다. 아랫 단계인 득약의 경지는 쉽게 파악됐고, 곧바로 소약이 형성된 것이다.

활짝 열린 모공을 통해 막대한 기가 유입됐다.

소약이 무섭게 성장했다.

쿠웅!

어느 순간 소약이 성장을 멈췄다.

그러나 진호는 운공을 멈추지 않았다. 소약의 질과 밀도가 높아지기 시작했다. 대약의 단계로 넘어간 것이다.

진호와 달리 가을은 심각했다.

신체가 공처럼 부풀어 올라 터지기 직전이었다. 게다가 유륜이 이를 갈며 가을에게 접근 중이다.

"빠드득! 이 망할 계집애! 감히 나를 능멸해!"

크르릉~

요롱이가 막았다.

유륜은 목에 난 상처를 어루만지며 살기를 내뿜었다. 그는 요롱이에게 내가장력을 날리려고 손을 뻗었다.

착!

갑자기 나타난 손이 유륜의 손목을 잡았다. 유륜의 내력이 봉쇄됐고, 손목은 끊어질 것처럼 아팠다.

"누, 누구냐?"

그는 삼십대의 호한이었다.

잘생기지는 않았지만 남자답게 생겼고, 짧은 턱수염이 매력적이었다. 그러나 인상적인 것은 그의 붉은 눈동자였다.

휘익~

삼십대 호한이 유륜을 집어 던졌다.

쾅!

유륜이 십여 장 밖에 있는 암벽에 통째로 박혀 버렸다. 삼십대 호한이 진기로 유륜의 몸뚱이를 감싸지 않았다면 암벽에 부딪쳤을 때 참혹하게 박살 났을 것이다.

으르릉~

삼십대 호한이 가을에게 다가가자 요룡이가 경계했다. 그의 붉은 눈동자가 광채를 뿜어내자 요룡이가 꼬랑지를 흔들며 옆으로 물러났다.

"…위험하군."

삼십대 호한은 가을이 처한 상태를 한눈에 파악했다. 가을의 등에 손을 대고 요동치는 정기와 진기를 조종했다.

쿠우우웅~

제멋대로 폭주하던 정기가 삼십대 호한의 조종에 몸을 맡기고 도도한 흐름을 형성했다.

[가을아!]

전음이 아니었다.

마음속으로 파고드는 마음의 소리였고, 의식으로 뜻을 전달하는 이심전심(以心傳心)의 심어(心語)였다.

가을의 의식이 깨어났다.

삼십대 호한이 구층연심법의 사층 공부인 개관의 요결을 심어로 전해줬다. 그는 놀랍게도 가을의 이름뿐 아니라 구층연심법까지 알고 있었다. 가을이 개관의 운공을 시작했다.

삼십대 호한은 대부분의 독기를 흡수하고 남은 독기는 열양진기로 불태웠다. 그러는 와중에 가을의 임맥과 독맥에 엄청난 힘이 용틀임했다.

쾅!

가을의 임독양맥이 간단하게 뚫렸다. 게다가 기경팔맥이 깨어나 일기관통을 이루어 소주천의 경지에 도달했다.

삼십대 호한이 이번에는 심어로 진식의 요결을 알려주며 가을의 전신 모공을 열어줬다. 모공을 통해 남아 있던 독기가 방출되자 가을은 진식의 호흡을 시작했다.

폭주하던 정기는 소주천의 행로를 따랐고, 풍선처럼 부풀었던 신체가 정상을 되찾으면서 비틀렸던 골격이 이상적인 형태로 바뀌었다. 삼십대 호한은 가을에게 손을 떼고 진호에게 갔다.

진호가 운공조식을 마치고 눈을 떴다.

번쩍!

진호의 눈에서 맑고 밝은 광채가 쏟아졌다. 안광이 환상처럼 사라지자 심연처럼 깊은 눈동자가 드러났다.

삼십대 호한과 진호의 시선이 마주쳤다.

"…날세."

"서, 설마… 어르신?"

삼십대 호한은 방각이었다.

진호가 의아해하며 방각의 얼굴을 쳐다보았다.

"어, 어떻게 된 겁니까?"

“연허의 경지에 들어서면서 탈태환골을 겪었네.”

“축하드립니다.”

“고맙네.”

방각은 자신의 몸을 잠식한 독을 해독하려고 온갖 수단을 다 썼다. 각고의 노력 끝에 해독은 성공했지만 심각한 부작용으로 인해 눈이 붉어지고 외형은 성성이처럼 변해 버렸다.

그로 인해 결단의 경지에 도달해도 탈태환골의 기연을 얻지 못했다. 폐관 수련 끝에 팔층 공부인 연허를 깨닫자 불균형이 해소되면서 탈태환골을 한 것이다.

“대약의 단계에 들어섰군. 자네도 축하하네.”

“감사합니다.”

“그런데 왼손의 문신은 뭔가?”

진호의 손등에 녹색 거미의 문신이 있었다.

“그게…….”

진호가 자세히 설명했다.

방각은 설명이 끝나자 녹색 거미를 자세히 살펴보며 조사하다가 신음성을 흘렸다.

“으음…….”

“안 좋은 겁니까?”

“녹잠고가 사라졌지만 상황은 더 나빠졌네.”

“무슨 말씀입니까?”

“녹잠고가 비천백사를 먹어치우고 진화에 단련되면서 새

로운 형태의 고독으로 진화했네."

"날개 달린 뱀이 비천백사입니까?"

방각이 오독마군의 비천쌍사에 대해 설명했다.

그리고 진화한 고독이 얼마나 위험한지도 알려줬다.

"이것도 한 달마다 발작합니까?"

"아마… 그렇지는 않을 걸세."

"그렇다면 앞으로 오독대법은 겪지 않아도 되겠군요."

녹색 거미는 강렬한 영성과 독성을 품고 있었다. 오독대법으론 통제가 불가능했고, 발작하기 전에 삼매진화로 불태우는 것만이 유일한 해결책이었다.

방각은 진호가 처한 현실을 밝혔다.

"고독이 발작하기 전에 결단을 이루면 되겠군요."

"그렇다네."

"알겠습니다."

진호는 두려워하지 않았다.

죽을 고비를 몇 번이나 넘기면서 삶과 죽음을 담담한 태도로 대하게 된 것이다.

"그런데 어쩌다 오독 일파의 인물과 싸우게 된 건가?"

진호는 잠시 동안 고민했다.

방각의 질문에 대답하려면 백의와 유륜이 건문제의 수족임을 자처한 것을 비롯해 모든 것을 밝혀야 하기 때문이다.

'어르신을 속일 수는 없다.'

　진호는 진실을 밝히기로 마음먹고 입을 열었다.

　이야기가 이어지는 동안 방각의 안색이 시시각각 변했다. 설명이 끝나자 방각은 암벽 쪽으로 시선을 돌려 유륜을 찾았다.

　그런데 없었다.

　방각이 가을을 구하는 동안 도망친 것이다.

　"어르신, 가을의 머리와 눈썹이 왜 하얗게 변한 겁니까?"

　진호의 질문은 의도적이다.

　가을의 변화가 궁금하기도 했지만 진짜 목적은 방각의 초점을 다른 쪽으로 돌리는 데 있었다.

　"오독마군은 백사단정과 흑사단정을……."

　두 개의 단정과 비천쌍사의 관계부터 백사단정을 복용하면 모발이 하얗게 변하고 흑사단정은 복용한 사람의 모발을 검게 만든다는 것을 방각이 자세하게 알려줬다.

　진호가 곤혹스런 표정을 지었다.

　"어르신께선 오독 일파와 연관이라도 있습니까?"

　방각은 너무나도 자세히 알고 있었다.

　이는 오독 일파와 연관이 없다면 불가능한 일이다.

　게다가 진호에게 악몽인 동시에 생명줄인 오독대법은 오독 일파의 비술이다. 진호의 의문은 당연했다.

　"사별한 처가 오독 일파의 인물이었네. 수련동 서고의 의서와 독경은 모두 안사람의 유품일세."

　방각이 극독에 중독되고도 살아남은 건 방각의 아내가 남긴 해독단 덕분이었다. 그녀는 남편을 위해 최고의 해독단을 남겼고, 많은 독경과 의서도 남겼다.

　방각은 아내 덕에 목숨을 구한 것이다.

제6장

낙산에서

가을이 눈을 떴다.

"푸하하!"

가을이 폭소를 터뜨렸다. 눈을 뜨자마자 눈썹 없는 대머리가 보였으니 어찌 웃음이 안 나오겠는가.

"깔깔깔! 아저씨, 그게 무슨 꼴이에요?"

"너도 만만치 않아."

"…엥?"

가을이 주섬주섬 몸을 뒤적이다가 새하얗게 변한 머리카락을 발견했다. 하얀 눈썹은 보이지 않았지만 백발만으로도 가을에겐 충격이었다.

“으아악! 난 몰라! 내가 할머니가 됐어!”

가을이 울고불고 난리가 났다. 진호가 어르고 달랬지만 소용없었다. 가을은 땅을 치며 눈물을 펑펑 쏟아냈다.

“괜찮다. 예쁜 머리카락이다.”

“훌쩍… 훌쩍… 누구세요?”

가을이 눈물을 글썽이며 고개를 갸웃거렸다. 처음 본 사람이지만 목소리가 익숙했다.

“아! 머릿속에서 울렸던 목소리다!”

개관과 진식의 요결을 가르쳐 줬고, 독기도 해독해 줬으며, 폭주하던 정기를 조종해 목숨을 구해준 은인이었다.

가을이 감사의 인사를 드리려고 했다.

“어라? 왜 이러지?”

몸이 움직이지 않았다.

“서, 설마… 진짜 할머니가 된 거야? 몸도 움직이지 못할 정도로 늙은 거냐고!”

“대량의 정기가 네 골수와 관절에 스며들어 가 굳어버렸다. 그래서 몸이 움직이지 않는 거다.”

“그럼 이대로 움직이지 못한단 말이에요?”

“그렇지는 않다.”

방각이 가을의 관절 부위를 손바닥으로 감싸고 내력을 일으켰다. 따뜻한 기운이 정기를 녹였다.

“우와~ 움직인다!”

가을이 팔다리를 휘저으며 일어섰다. 몸이 이상할 정도로 무거웠다. 가을의 안색이 어두워졌다.

"하루가 지나면 관절이 다시 굳어진다."

"네?! 그건 너무해!"

"골수와 관절에 달라붙은 정기를 녹여서 네 힘으로 바꾸면 오히려 복이 될 거다."

오랜 시간의 수련이 필요하다는 말을 일부러 뺐다.

가을은 해맑게 웃었다.

"에헤헷! 괜히 걱정했네. 그런데 아저씨는 누구세요?"

"너의 사부다."

"네? 아닌데요. 제 사부님은 눈이 토끼처럼 빨갛고 몸에는 하얗고 푹신한 털이 났어요."

"그게… 나란다."

"에이, 설마……."

가을이 진호에게 시선을 돌렸다.

진호가 말없이 고개를 끄덕이자 가을이 깜짝 놀란 눈으로 방각의 머리부터 발끝까지 훑어보았다.

"사부님! 멋져요!"

놀랄 만한 적응력이다.

방각이 설레설레 고개를 저었다.

"그래, 고맙구나."

"에헤헷! 뭘요!"

가을이 엄지손가락을 치켜세우며 미소 지었다.

방각이 쓴웃음을 짓고는 동사한 백의에게 다가갔다.

백의의 사체를 물끄러미 내려다보다가 수련동에 가서 독물을 들고 나왔다. 그리곤 백의의 몸에다 독물을 풀었다.

다섯 종류의 독물이 차례대로 독을 주입했다.

독성이 떨어져 말라죽을 때까지.

"으으… 음……."

놀랍게도 숨이 끊어진 백의가 신음성을 흘렸다. 방각이 박살 난 백의의 턱을 만지며 진기를 흘려 넣었다.

우둑! 우두둑!

박살 난 뼈가 제자리를 찾았고, 방각의 진기가 파손 부위를 감싸며 접착제 효과를 발휘했다.

얼마 후 백의가 눈을 떴다.

"…오독… 회혼법이구나."

이전과 달리 정상적인 발음이었다.

백의는 주위를 둘러보다 방각에게 시선을 고정했다.

"당신… 인가?"

방각이 고개를 끄덕였다.

백의의 눈에 허탈한 기색이 역력하다.

오독회혼법은 다섯 가지 독물을 특별한 방법으로 상충 작용을 일으켜 일시적으로 생명력을 증대시키는 비법이다. 이 비법의 단점은 약효가 떨어지면 목숨을 잃는다는 것이다.

“묻고… 싶은 거나… 말해라…….”

“이름을 밝혀라.”

“갈… 아니… 그 이름은… 필요없겠지. 내 이름은… 백의다. 천군단(天軍團)… 팔준의 한 사람이다.”

“천군단은 뭐 하는 단체인가?”

“건문제… 폐하의… 복위를 목표로… 삼은… 조직이다.”

방각의 표정이 눈에 띌 정도로 흔들렸다.

“건문제 폐하의 존체는 무탈하시냐?”

“…모른다.”

“그게 무슨 소리냐?”

“우리는… 팔준… 폐하를 황성으로 모실… 말에… 불과하다……. 그런 우리가… 어찌 존안을… 뵐 수가… 있겠느냐.”

“동행했던 동료는 누구냐?”

“팔준의… 하나인… 유륜이다.”

백의와 유륜은 주목왕의 팔준마 이름이다. 이는 천군단이 어떤 목적을 가지고 있는지를 단적으로 보여주는 사례였다.

“천군단은 어디에 있느냐?”

“어디에도 있고… 어디에도 없다…….”

의미심장한 말이었다.

방각은 더 이상 질문하지 않았고, 백의가 힘겹게 입을 열었다.

“오독회혼법을… 어째서… 아는 거냐?”

"사별한 처가 남긴 서책을 보고 배웠다."

"…이름은?"

"갈연홍."

백의의 입술이 바들바들 떨리고 눈에서 살기가 솟구쳤다.

"배… 신… 자……!"

"아내를 모독하면 용서하지 않는다."

방각의 음성이 냉엄하게 변했다. 죽음을 앞둔 여자라 할지라도 용서하지 않겠다는 뜻을 명확히 밝힌 것이다.

"남자는… 나라를 배신하고… 여자는… 사문을 배신했으니… 부창부수(夫唱婦隨)구나……."

"용서하지 않는다고 미리 밝혔다."

"뜻이… 맞지 않다며… 사문을 떠났으니… 오독 일파를… 멸망시킨… 갈미홍에 비하면… 배신자도 아니겠지."

"갈미홍?"

"갈연홍의… 쌍둥이 언니다……. 갈미홍은 오독 일파를… 멸문시킨 후… 연왕부에… 투신해 정난지변… 당시… 연왕의 정적들을… 독으로 암살하거나… 회유했다."

백의는 힘이 드는지 말을 끊었다.

방각은 당혹스러웠다. 백의가 동질감을 느껴 진실을 토로하게 만들려는 의도로 사별한 처의 이름을 밝혔는데 예상조차 하지 못했던 처형이 튀어나온 것이다.

방각은 아내가 오독 일파의 제자였다는 것만 알았지 쌍둥이 언니가 있다는 것은 몰랐다.

"원수는… 그 공을… 인정받아… 자금성의… 상궁감이… 됐다. 개인의 힘으론… 복수할… 방법이 없어… 천군단에… 입단했는데… 원한을 갚기는… 고사하고… 끝내… 이… 꼴로… 가다니……."

오독회혼법의 효과가 끝났다.

백의가 눈을 부릅뜬 채 숨이 끊어졌다.

방각은 한숨을 내쉬며 백의의 눈을 감겨주었다.

"하아… 상궁감이 처형이라고?!"

상궁감은 방각을 이십여 년 넘게 나락으로 떨어뜨린 독을 만든 원흉이었다. 그런데 처형이라니…….

그야말로 악연이었다.

여기에다 건문제와 천군단까지 끼어들어 머리가 터질 지경이었다. 방각은 암담함에 한숨을 내쉬었다.

"하아! 이를 어쩐다?"

진호가 조심스럽게 입을 열었다.

"어르신."

"뭔가?"

"제가 천군단을 찾아보겠습니다."

"그게 무슨 소리인가? 자네는 결단의 경지에 올라 고독부터 풀어야 하네. 게다가 언제 발작할지 모르거늘……."

방각이 손을 저었다.

“강호에는 도처마다 기인이사가 있습니다. 예를 들어, 남만의 외지에도 어르신이 계시지 않았습니까. 천군단을 뒤쫓다가 우연히라도 고독을 해결할 기인을 만날지 누가 압니까.”

“으음… 자네의 뜻을 알겠네.”

“아저씨, 나도 같이 가요.”

가을이 끼어들었다. 진호가 고개를 저었다.

“그건 안 된다.”

“어째서요?”

가을은 진식의 경지에 올랐지만 골수와 관절에 달라붙은 백사단정 때문에 움직이기 어렵다. 진호와 동행한다는 것은 그야말로 어불성설(語不成說)이었다.

방각이 말했다.

“네 마음대로 사부님을 모셨다. 이젠 사부 마음대로 너를 가르칠 때가 왔구나.”

“아저씨!”

가을이 울상을 지으며 진호를 바라보았다.

진호는 한마디도 하지 않았다.

“내 가르침을 받으면 어느 누구도 너를 업신여기지 못할 것이다. 너의 꿈을 잊었느냐?”

“그렇지만…….”

가을이 머뭇거리자 방각이 급소를 찔렀다.

"네 힘으로 아저씨를 돕고 싶으냐, 아니면 아저씨가 힘들게 발목을 잡을 테냐?"

"…아저씨를 돕고 싶어요."

"그럼 힘을 길러라."

"…시간이 많이 걸리나요?"

"너의 노력에 따라 달라진다."

방각이 화도산을 떠나지 않으려는 것과 진호가 천군단을 추격하겠다고 나선 것은 가을 때문이었다.

가을은 골수와 관절에 백사단정의 찌꺼기가 굳어 있어 방각의 도움이 없으면 운신이 불가능하다. 또한 이대로 방치해 두면 가을은 전신이 마비된다. 백사단정의 찌꺼기를 흡수하려면 특별한 시설의 도움이 필요하고, 수련동에는 그게 있었다.

다음날 아침.

방각이 진호에게 대나무 통을 내밀었다.

"이걸 가져가게."

"그게 뭡니까?"

"자네 머리카락을 담아뒀네."

진화의 불꽃이 타오를 때 빠진 진호의 녹색 머리카락은 강력한 독기를 내포하고 있었다.

"이걸 어째서……?"

“필요할 때가 있을 거네.”

“알겠습니다.”

“가을이 백사단정을 모두 흡수하는 데 일 년 정도 걸릴 거라고 생각하네.”

수련동에서 일 년을 보낸다는 뜻이다.

“그럼 일 년 후에는 다른 곳으로 가도 되겠군요.”

“따로 생각해 둔 곳이 있네.”

“어딥니까?”

“청해일세.”

방각이 자세한 위치를 알려줬다.

사실 가을만 아니라면 지금 당장이라도 청해로 움직였을 것이다. 화도산이 사람들에게 들켰기 때문이다.

동창은 방각의 예측대로 한왕 주고후와 권력 투쟁을 치르느라 화도산에 병력을 보내지 못했지만 천군단은 달랐다.

‘일 년 안에 또 사람을 보낼 것이다.’

방각은 고민했다.

천군단의 사자를 피해야 할지, 아니면 만나야 할지를…….

“천군단을 찾아내면 곧바로 연락하겠습니다.”

“알겠네. 그런데 어떻게 추적할 생각인가?”

“요롱이를 이용할 생각입니다.”

자기 이름이 언급되자 요롱이는 귀를 쫑긋 세웠다.

진호는 요롱이의 능력을 모두 파악했다.

섬광처럼 재빠른 움직임과 가공할 후각, 사람의 말을 알아
듣는 명석한 머리까지…….

진호와 요롱이가 출발했다.

요롱이가 유륜의 냄새를 뒤쫓아 밀림으로 들어갔다. 밀림
곳곳에 박살 난 독물들의 잔해가 이어졌다. 유륜과 사냥에 나
선 독물들 간의 전쟁이 남긴 흔적이었다.

"쯧쯧, 꽤나 고생했군."

유륜은 왼팔을 잃은 데다 심한 내상을 당했다.

하지만 독물의 먹이로 전락할 만큼 약하지는 않았다. 그렇
지만 떼거리로 몰려오는 독물들도 만만치는 않았다. 산더미
처럼 쌓인 독물들의 수만큼 유륜도 상처를 입었다.

멍멍!

밀림을 벗어나자 요롱이가 북쪽을 향해 짖었다.

진호와 요롱이는 북으로 향했다.

남만에서 운남을 지나 사천분지로 추적은 이어졌다. 그동
안 몇 번이나 유륜을 잡을 기회가 있었다.

그러나 진호는 잡지 않았다.

유륜을 잡는 게 목적이 아니기 때문이다. 진짜 목적은 천군
단의 정체를 파악하고 건문제의 실재를 확인하는 거였다.

진호는 유륜이 천군단과 접촉할 때를 기다렸다.

멍멍.

"으음… 골치 아프게 됐군."

요롱이가 선착장을 향해 짖어댔다.

진호의 낯빛이 어두워졌다. 유륜의 자취가 선착장에서 끊어진 것이다. 무려 두 달이나 이어진 추적이 사천 중서부 지역의 낙산에서 끝나 버렸다. 그러나 아직 희망은 남아 있었다.

"어떤 배를 탔느냐가 관건인데……."

낙산은 민강과 청의강, 대도하가 합류하는 교통의 요지다.

선착장에는 세 방향으로 떠나는 여객선이 운행되고 있었다. 여기서 방향을 잘못 선택하면 마지막 희망마저 무너지고 추적은 실패로 끝나는 것이다.

"목격자부터 찾아야겠군."

다행히도 유륜의 외모는 특이했다.

진호에게 오른팔을 잃어 외팔이가 됐고, 두 달 넘게 추적에 시달려 거지꼴이었다.

"꺼져!"

진호는 선착장의 일꾼들에게 말도 꺼내지 못했다.

선착장의 일꾼들은 우악스런 외모에 걸맞게 성질도 더러웠고 불친절했다. 그러나 진호는 참았다.

"아가리를 찢어버리기 전에 꺼져 버려!"

이 정도면 불친절의 단계를 넘어선 것이다.

진호는 이번에도 인내심을 발휘해 참아내고 유륜의 외모

를 설명한 후 목격한 적이 있는지를 물었다.

"개소리 그만 하고 어서 꺼져!"

"어이, 꺼지더라도 살찐 족제비는 놓고 가라. 껍데기는 벗겨서 팔아먹고 고기는 술안주로 삼아야겠다."

동산만 한 배를 드러내고 허벅지를 벅벅 긁던 일꾼이 요롱이를 노려보며 군침을 흘렸다.

으르릉!

살찐 족제비에다 가죽을 벗기고 술안주로 삼겠다는 망언에 착하디착한(?) 요롱이도 화가 났다.

진호가 움직였다.

퍼버버벅!

십여 명이 넘는 일꾼이 널브러지는 데 촌각의 시간도 걸리지 않았다. 요롱이는 끙끙거리며 신음하는 일꾼들의 얼굴에다 영역 표시를 했다. 나름대로 멋진 복수였다.

진호는 선착장을 빠져나왔다.

강변을 따라 걷다가 관불루(觀佛樓)에 들어갔다. 다행히 이층에 좋은 자리가 남아 있었다.

"장엄하군."

강의 반대편에 있는 낙산대불이 눈에 들어왔다.

낙산은 민강과 청의강, 대도하가 합류하는 지역으로 수해가 심했다. 불력으로 재해를 막자며 세 강이 합류하는 지점에 있는 능운산을 깎아 만든 거대 석불이 낙산대불이다.

진호는 술잔을 홀짝이며 낙산대불을 감상했다.

우당탕탕!

아래층이 소란해지더니 계단을 통해 십여 명의 덩치가 우르르 올라왔다.

"어떤 놈팡이냐?"

"저놈입니다!"

눈가에 시퍼런 멍이 든 사내가 진호를 가리켰다. 그는 진호에게 구타당했던 선착장의 일꾼이었다.

덩치들이 진호에게 몰려와 앞뒤로 포위했다.

"네놈이 우리 애들에게 손댔냐?"

우두머리로 보이는 덩치가 살벌한 어조로 말했다. 그러나 진호는 눈짓조차 주지 않았다.

"이 잡것이!"

"형님, 그냥 끝냅시다!"

"갈기갈기 찢어 개 먹이로 만듭시다!"

덩치들의 입에서 온갖 살벌한 말들이 쏟아져 나왔다.

눈치를 보던 손님들이 슬그머니 자리에서 일어나 슬금슬금 도망쳤고, 진호와 십여 명의 덩치만 남았다.

우두머리 덩치가 갈고리를 꺼냈다.

팍!

진호의 탁자에 갈고리가 박혔다.

"아 자식아, 어떻게 죽고 싶냐? 소원대로 해주마!"

팍!

우두머리 덩치가 난간 밖으로 날아갔다. 남은 덩치들은 무슨 일이 일어났냐며 어리둥절한 표정을 지었다.

파바박!

"으아악!"

"꿰에엑!"

덩치들이 한꺼번에 난간 밖으로 팅겨지듯 날아갔다. 다행스럽게도 바깥은 강이었다. 덩치들이 연달아 강물에 빠졌다.

풍덩! 풍덩!

"사, 사람 살려!"

"어푸푸! 사, 살려줘!"

십여 명의 덩치들이 허우적거리며 살려달라고 외쳤다.

강변을 지나가던 사람들이 덩치들의 꼬락서니를 보며 웃고 떠들며 즐거워했다.

얼마 후,

세 남자가 관불루의 이층으로 올라왔다.

선착장의 하오문 무리를 통솔하는 자가 칼잡이 두 명을 대동하고 진호를 찾아온 것이다. 두목은 흉악하게 생긴 애꾸였고, 두 칼잡이의 인상은 얼음처럼 싸늘했다.

애꾸가 입을 열었다.

"이봐, 애송이! 세상은 말이지, 마음대로……."

"네 위로 몇 명이 남았나?"

진호가 애꾸의 말을 중도에 끊어버리고 이상한 질문을 했다.

애꾸가 벙찐 얼굴로 진호를 쳐다보았다.

"아직도 많은가 보군."

그걸로 끝났다.

애꾸가 관불루 밖으로 날아갔다.

칼잡이들이 칼을 뽑았다. 그런데 칼은 남아 있는데 칼잡이들은 보이지 않았다.

타닥!

두 자루의 칼이 바닥에 떨어졌다. 칼잡이들은 주인인 애꾸를 뒤따라 강물에 처박혔다.

"사, 사람 살려!"

"어푸! 어푸!"

애꾸와 두 칼잡이는 허우적거리며 살려달라고 소리쳤다.

뗏목이 와서 그들을 구해줬다.

진호는 또다시 기다렸다.

우르르!

왔다.

그것도 몰려왔다.

그러나 진호가 기다리던 자가 아니었다.

낙산 지현의 관병들이 관불루를 포위하고 포두와 십여 명의 포쾌들이 이층으로 올라왔다.

"죄인은 포박을 받아라!"

포두가 곤봉을 휘두르며 큰 소리로 외쳤다.

진호가 피식 웃으며 말했다.

"내 죄명은?"

"감히 국법의 지엄함을 짓밟으려는 거냐?"

"나는 내 죄명이 뭐냐고 물었다!"

진호가 싸늘하게 말했다.

"어허! 국법조차 조롱하다니! 도저히 용서할 수 없는 놈이로구나! 얘들아!"

"네, 포두 어른!"

"저놈을 당장 포박해라! 반항하면 죽여도 좋다!"

"네, 알겠습니다!"

포쾌들이 진호에게 달려들었다.

포쾌들은 모두 관불루 밖으로 날아가 강물에 빠졌다. 그들도 선착장의 덩치들과 똑같은 신세를 면치 못했다.

포두의 눈이 퉁방울처럼 커졌다.

"꿀꺽! 저… 얌전히 체포당하세요."

포두는 침을 삼키고 객잔의 점소이처럼 공손하게 말했다.

이런 포두는 본 적이 없었다.

절로 한숨이 나온다.

"저어… 도망가면 수배를 내릴 겁니다. 평생을 쫓기면서 살고 싶지 않으면 얌전히 잡혀주세요.”

아무나 포두가 되는 게 아니다.

연줄도 있어야 하고 열심히 손바닥도 비빌 줄 알아야 한다. 하지만 실력이 없다면 말짱 도루묵이다. 무능력하면 낙산 지현의 포두처럼 범인에게 애원하는 꼴이 생긴다.

팍!

진호가 명패를 꺼내 탁자의 바닥에 꽂았다.

포두의 안색이 하얗게 변해 버렸다.

명패가 동창의 신분증이었기 때문이다. 진호가 화도산에서 이괴를 죽이고 탈취한 것이다.

“대, 대인!”

포두가 우렁찬 목소리로 외치며 무릎을 꿇었다.

“다시 묻지. 내 죄명은?”

“대인, 소관을 죽여주십시오!”

“소원이라면 죽여주지.”

진호가 일어서자 포두가 깜짝 놀라며 뒤로 자빠졌다.

“아이고, 대인! 소관에겐 여우 같은 마누라와 토끼 같은 자식들이 있습니다. 소관이 죽으며 어떻게 합니까? 엉엉! 소관에게 자비를 베풀어주십시오!”

포두가 진호의 다리를 붙잡고 눈물을 펑펑 쏟아냈다. 진호가 다리를 밀어내자 포두가 나동그라졌다.

“죽여달라며?!”

"아이고! 살려주십시오!"

포두가 후닥닥 기어와 애원했다.

"안내해!"

"네?"

"삼족지멸을 당하고 싶은가?"

"헉! 아닙니다!"

"그럼 너를 이곳에 보낸 놈에게 안내해!"

포두가 어찌할 바를 몰라 전전긍긍하다가 한숨을 내쉬었다.

"하아! 알겠습니다."

진호가 포두와 함께 관불루를 나섰다.

관불루를 포위한 관병들이 진호에게 창을 겨누자 포두의 안색이 새하얗게 탈색됐다.

"머, 멈춰라!"

관병들이 의아하다는 표정으로 포두를 처다봤다.

"이분은 동차아앙……!"

뻥!

포두가 동창을 언급하자 진호가 포두의 엉덩이를 찼다. 포두는 관병들이 보는 앞에서 공처럼 데굴데굴 굴렀다.

"아고고!"

꼴사납게 널브러진 포두 앞에 진호가 섰다.

"가자."

"…네."

포두는 후닥닥 일어나 진호를 안내했다. 관병들은 멀뚱한 얼굴로 진호와 포두를 쳐다보았다.

안가장은 낙산제일의 장원이다.

담장은 하늘을 덮을 정도로 높았고, 육중해 보이는 정문은 웬만한 성문보다 컸다.

"여기냐?"

"네, 대인."

포두가 안내한 곳은 안가장이었다.

진호는 안가장의 대문을 쓰윽 훑어보고 포두에게 손을 내밀었다. 포두는 눈을 끔뻑이며 진호의 손을 봤다.

"에? 뭐, 뭡니까?"

"곤봉."

포두는 목숨보다 중요한 곤봉을 곧바로 진호에게 바쳤다.

진호가 곤봉을 쥐더니 안가장의 대문을 박찼다.

꽝!

육중한 대문이 발길질 한 번에 가랑잎처럼 날아갔다.

"침입자다!"

칼을 찬 문지기 두 명이 진호에게 달려들었다. 진호는 곤봉으로 문지기의 이마를 후려쳤다.

퍼벅!

두 문지기는 이마가 터진 채 쓰러졌다. 피가 철철 흐르는 것이 꽤나 아파 보였다. 그나마 기절한 게 다행이다.

진호가 문지방을 넘자 포두는 안절부절못했다.

"아이고! 이를 어쩌나!"

"뭐 해? 어서 따라와!"

진호는 안절부절못하는 포두를 닦달하며 안가장 내부로 들어갔다. 포두는 눈물을 머금으며 안가장에 발을 내밀었다. 마치 도살장에 끌려가는 소 같았다.

요롱이가 포두를 감시하듯 뒤따랐다.

"어느 쪽이야?"

높다란 담장이 앞을 가로막았고, 좌, 우측에 회랑이 있었다. 침입자를 대비한 구조였다.

"둘 다 미로입니다."

"그래?"

진호가 담장을 향해 곤봉을 휘둘렀다.

꽈광!

담장이 통째로 날아가 버렸다.

포두가 경악했다. 회랑에서 침입자를 기다리던 무사들도 경악하기는 마찬가지였다.

"이거… 미안하게 됐군."

담장 뒤로 화려한 정원이 있었다.

비싸기로 소문난 태호석과 기화이초가 가득한 아름다운

정원이었다. 담장이 무너지기 전까지는.

"으아악!"

정원사로 보이는 노인이 발을 동동 구르며 비명을 질렀다.

담장이 태호석을 덮쳐 박살 냈고, 파편이 백향목을 비롯해 온갖 진기한 나무와 꽃을 아작 내버렸다.

진호가 엉망이 된 정원으로 들어섰다.

우아한 아취가 느껴지는 전각이 진호의 앞을 막았다.

콰쾅!

이번엔 전각이 날아갔다.

전각의 뒤편에 있던 담장마저 여파에 휘말려 날아갔다. 진호는 가로막는 모든 것을 박살 내며 일직선으로 이동했다.

"저게… 내 곤봉 맞아?"

포두가 벙찐 얼굴로 진호가 휘두르는 곤봉을 쳐다봤다. 박달나무로 만든 평범한 곤봉이 틀림없었다.

호원 무사들이 칼을 빼 들고 진호에게 달려들었다.

"저놈을 죽여라!"

"와아!"

진호는 친절하게 일일이 상대해 줬다. 호원 무사들은 모두 이마가 깨지며 피를 철철 흘리면서 쓰러졌다.

콰쾅!

또 하나의 정원이 날아가고 전각이 무너졌다.

안가장은 여러 개의 정원이 연달아 이어져 있고, 회랑으로 이동하게 되는 구조였다. 진호는 일직선의 새 길을 만들었다.

콰쾅!

세 번째 정원마저 박살 났다.

"어떤 개자식이야?"

인상 더러운 난쟁이 영감이 씩씩거리며 달려왔다.

그는 안가장의 주인인 안회였다.

"커억! 내 정원이… 내 자랑거리가……."

안회의 눈이 홱까닥 돌아버렸다. 눈에서 시퍼런 불꽃을 뚝뚝 흘리며 처참하게 박살 난 정원에서 날뛰었다.

"쿠오오오!"

"미쳤군."

진호가 던진 한마디에 미쳐 날뛰던 안회가 멈췄다. 안회가 고개를 돌려 진호를 노려보았다.

"…네놈이 이렇게 만들었느냐?"

"아마… 그럴걸."

"크아악! 죽어라!"

안회의 공격은 매처럼 빠르고 범처럼 흉포했다.

진호는 곤봉을 위에서 아래로 내려쳤다. 흔히 직도황룡이라고 부르지만 사실 초식이라고 말하기도 민망한 단순한 내려치기다. 하지만 진호의 직도황룡은 본질부터 달랐다.

빠악!

곤봉이 안회의 이마를 후려쳤다.

안회는 이마가 깨져 피가 철철 흘렀다.

"뭐야? 무슨… 일… 이지?"

안회가 의식을 잃고 그대로 꼬꾸라졌다.

포두의 안색이 새하얗게 변했다. 곧바로 몸을 날려 진호의 바짓가랑이를 붙잡고 매달렸다.

"대, 대인, 안 됩니다."

진호가 애원하는 포두를 쳐다보며 입을 열었다.

"왜?"

"저, 저분이 안 대인입니다."

"그래서?"

"저분이 안 대인이라니까요!"

포두가 답답한지 가슴을 두드리며 볼멘소리로 외쳤다.

"이 난쟁이똥자루가 뭔데 그래?"

"난쟁이똥자루가 아니고 안 대인입니다. 낙산제일의 부호로 막대한 재력과 막강한 힘을……."

"그래서?"

"그러니까 무지막지한 방법이 아니고 좋게 말로……."

"네가 대신 맞을래?"

포두가 황급히 고개를 저었다. 얼마나 정신없이 고개를 저었는지 관모가 벗겨져 땅바닥에 떨어졌다.

"끄응……."

안회가 깨어났다.

“어라? 무슨 일이지?”

안회가 주변을 훑어보다가 갑자기 웃음을 터뜨렸다.

“아하하! 이게 뭐야? 내 정원이 모두 박살 났잖아! 아하하! 정말 무시무시한 악몽이군. 어서 깨어나야겠어.”

안회는 다시 드러누웠다.

그리곤 잠시 후 다시 일어났다. 이번에 심각한 표정으로 초토화된 정원을 노려보았다.

“아직도 꿈인가?”

짝!

안회가 이만 깨어나야겠다는 생각으로 자기 뺨을 때렸다.

“아야! 뭐야! 이거… 꿈이 아닌 거야?!”

안회가 부들부들 떨다가 눈물을 뚝뚝 흘렸다. 눈물이 폭포수가 됐다. 안회는 땅을 치며 슬퍼하다가 아예 땅바닥에 드러누워 팔다리를 휘두르며 통곡했다.

진호가 포두에게 시선을 돌렸다.

“이봐, 포두.”

“네, 대인 어른.”

“저 난쟁이 영감이 집주인이야?”

“네.”

포두도 민망한지 고개를 숙였다.

안회가 갑자기 발딱 일어나더니 진호에게 달려들었다.

“어서 물어내! 물어내란 말이야!”

빠악!

이번에도 일격에 끝났다.

안회는 이리 비틀 저리 비틀 하더니 힘없이 주저앉았다. 그러나 그대로 쓰러지진 않았다.

손가락으로 진호를 가리키며,

"아, 악랄한 놈! 때린 데를 또 때려?!"

털썩!

안회는 그대로 뒤로 넘어졌다.

기절한 지 일각이 지나기도 전에 안회는 다시 깨어났다.

"댁은 누구시오?"

두 번이나 기절한 탓인지 안회는 흥분을 가라앉혔다. 나름대로 정중한 태도로 진호에게 정체를 물었다.

"지나가던 여행자."

"내게 원한이라도 있소?"

"전혀."

"그럼 내 집을 이 꼴로 만든 이유가 뭐요?"

진호가 아무 말도 하지 않고 포두를 가리켰다.

안회가 포두를 노려보았다. 점차 얼굴이 빨갛게 달아오르며 눈에선 흉악한 광채가 솟구쳤다.

"네 이놈!"

안회가 펄쩍 뛰어올라 포두의 목을 움켜쥐었다.

"캐액! 아, 안 대인……!"

"감덕형, 네 이놈! 누구 덕에 네놈이 포두가 됐느냐? 그런데 감히 나를 배신해!"

"캑캑! 오, 오해… 십니다!"

"오해고 육해고 간에… 감히 키워준 은혜를 잊고 내 등에 칼을 꽂아! 이 개만도 못한 놈!"

덥석!

요롱이가 안회의 다리를 물었다. 개만도 못하다는 말이 기분 나쁘다고 표현한 것이다.

"으갸갸갸! 뭐야, 이 짐승은?"

안회가 다리를 휘저으며 요롱이를 떨어뜨리려고 했다. 그러나 제아무리 요란법석을 떨어도 소용없었다.

빠악!

진호가 안회의 뒤통수를 후려치기 전까지는.

"크악!"

안회가 뒤통수를 부여잡고 주저앉자 요롱이도 만족했는지 물었던 다리를 풀어줬다.

"으아아! 이 자식아! 너 죽고 나 죽자!"

안회의 눈동자가 광기로 번뜩였다. 미친 듯이 팔다리를 휘둘렀지만 진호에게 씨알조차 먹힐 리 없다.

빠바바바박!

진호가 곤봉으로 안회의 머리부터 발끝까지 두들겨 팼다.

거의 고기를 다지는 수준이었다.

"하, 항복!"

그래도 곤봉은 멈추지 않았다. 오히려 곤봉의 속도와 타격력이 올라갔다. 아예 곤봉이 보이지도 않을 정도가 됐을 때 안회는 돼지 멱따는 소리로 절규했다.

"으아악! 사람 살려……!"

그래도 멈추지 않았다.

안회가 입에 거품을 내뿜으며 기절하자 난타가 멈췄다.

얼마 후,

진호가 차를 마셨다.

안가장의 하녀들이 진호를 위해 준비한 차였다.

"괜찮군."

"감사합니다."

하녀들은 하나같이 아리따웠다.

진호의 등과 어깨를 안마하는 하녀부터 다리를 주무르는 하녀까지 안 예쁜 여자가 없었다. 또한 차를 준비하는 하녀와 차를 따르는 하녀도 미모가 만만치 않았다.

하녀들은 진호를 주인님처럼 모시고 있었다.

'내 하녀들인데…….'

얼굴이 떡이 된 안회가 떨떠름한 표정을 지었다.

진호가 그걸 놓칠 리 없다.

"불만인가, 난쟁이 영감?"

"그, 그럴 리가 있겠습니까!"

안회가 고개를 세차게 흔들었다. 얼마나 심하게 흔들었는지 골이 띵할 정도였다.

"난쟁이 영감이 낙산의 하오문주인가?"

하오문은 하나의 문파를 뜻하는 명칭이 아니다. 자릿세를 뜯는 길거리의 건달부터 포주와 기둥서방, 소매치기, 자객 등 온갖 쓰레기들을 통틀어 표현할 때 쓰는 단어이다.

그런데 언제부턴가 각 성시(城市)마다 하나의 하오문이 조직됐고, 다른 지역의 하오문과 협력 관계를 맺어 거대한 연합체로 발전시켰다. 안회는 이 중 낙산의 하오문주였다.

"…네."

"낙산의 하오문은 포두까지 마음대로 부리는군."

"에헤헤, 그게 좀 그렇습니다."

포두가 관할 지역의 치안 책임자라면 하오문은 최대의 암흑 조직이다. 당연히 세불양립일 수밖에 없다. 그런데 낙산은 포두가 하오문의 영향권에 놓여 있었다.

"감 포두."

"네, 대인."

"내가 난쟁이 영감을 찾게 된 이유를 알려줘라."

감덕형이 잠시 난감해하다가 선착장에서 시작된 사소한 시비가 어쩌다 재앙으로 변했는지부터 어떻게 해서 안가장까지 번지게 됐는지 자세하게 설명했다.

안회가 얼빠진 얼굴로 입을 열었다.

"난 너를 보낸 적이 없어!"

"네? 애꾸가 대인의 명이라며 관불루에 가서……."

"뭐라고?!"

안회의 관자놀이가 불끈 솟아올랐다.

이제야 자식처럼 아끼고 아끼며 자랑하던 정원이 초토화된 원인과 개같이 맞아야 했던 이유를 알게 된 것이다.

안회의 두 눈이 분노로 불타올랐다.

"지금 당장 애꾸를 끌고 와!"

"알겠습니다."

감덕형이 기립 자세를 하며 대답했다.

"웃기는군. 낙산의 포두는 상관이 하오문주였나?"

"허거걱! 그, 그게……."

"에헤헷."

감덕형은 목이 오그라들어 자라목이 됐고, 안회는 슬며시 고개를 돌려 진호의 시선을 피했다.

"나도 애꾸란 놈에게 물어볼 게 있다."

"아, 알겠습니다. 지금 당장 체포해서 끌고 오겠습니다."

감덕형이 바람처럼 달려나갔다.

안회가 애처롭게 손을 뻗었다. 멀어지는 감덕형의 등에다 대고 속으로 외쳤다.

혼자 도망가면 어떻게 하냐고!

"뭐 하는 거야?"

진호가 물었다.

"아, 아닙니다."

안회는 곧바로 손을 내리고 진호 옆에 하인처럼 섰다.

'제길… 벌 받는 것도 아니고……'

그보다 하녀들이 보고 있다는 게 미치도록 슬펐다.

안회가 조심스럽게 입을 열었다.

"저… 소협."

진호가 눈살을 찌푸렸다.

"대, 대인."

진호가 고개를 끄덕였다.

안회는 속이 뒤집혀졌다. 이제 겨우 이십대 초반의 젊은 놈이 대인이란 호칭을 원하다니, 생각할수록 괘씸했다.

"선착장에서 누굴 찾은 겁니까?"

"유륜."

"그자가 누굽니까?"

"반역자다."

안회의 표정이 굳어졌다.

반역자란 단어는 강호에서 사용하지 않는다. 이런 단어는 관부의 인물들이나 사용한다.

'그럼 포두인가?'

그러기엔 무공이 너무 강했다.

안회는 조심스런 눈길로 진호를 훑어보았다.

‘강호인은 아니야. 그럼 내가 모를 리 없어. 게다가 저 나이에 저런 무공을 가졌다면 벌써 천하가 들썩거렸겠지.’

관부 내에서도 비밀스런 임무를 수행하는 관리가 틀림없다고 안회는 생각했다.

‘그런데 이놈은 왜 안 오는 거야?

안회의 속이 부글부글 끓어올랐다.

진호만 없었다면 백 번도 더 터졌을 것이다.

더 이상 견디기가 어려워 슬쩍 뒷걸음이라도 치면 진호가 곤봉으로 자기 손바닥을 치면서 안회를 노려봤다.

“꿀꺽!”

안회는 얌전하게 시립했다.

감덕형이 애꾸를 끌고 왔다. 애꾸는 벌벌 떨고 있었다.

안회의 눈이 홱까닥 돌아버렸다.

“네 이놈!”

일방적인 구타였다.

애꾸는 비 오는 날 먼지가 나도록 맞았다.

“그만!”

진호의 한마디에 안회가 손을 멈췄다.

“이봐, 애꾸!”

“…네.”

진호가 선착장을 찾아간 이유를 말해줬다. 그리고 유륜의 행방을 질문했다.

애꾸는 고개를 저었다.

"그건 일꾼들이 압니다. 소인은 선착장을 관리만 해서……."

"일꾼들을 모두 잡아오겠습니다."

이번에도 감덕형이 달려나갔다.

안회가 이번만은 감덕형을 놓치지 않았다.

안가장의 입구에서 질문했다.

"저 마귀는 뭐냐?"

감덕형이 주변을 살펴본 후 귓속말로 말했다.

"동창입니다."

"…곤란하게 됐군."

안회의 안색이 굳어졌다.

진호를 관부의 인물이라고 생각은 했지만 이름만으로도 산천초목이 벌벌 떤다는 특무 기관인 동창의 인물일 줄은 안회도 생각하지 못했던 것이다.

"근데 이름은 뭐냐?"

"…모릅니다."

"엥?"

"그게… 말해주지 않아서……."

"으음… 그럴 수도 있겠군."

동창의 인물이라면 이름도 비밀일 수 있다. 오히려 진호의 신분에 대해 신빙성이 높아졌다.

“안 대인, 소관은 이만 선착장의 일꾼들을 끌고 오겠습니다.”

“아! 어서 끌고 와! 유륜인지 뭔지 하는 개뼈다귀가 어딜 갔는지 알아내서 빨리 그놈을 보내야지.”

“알겠습니다, 안 대인.”

감덕형이 선착장으로 떠나자 안회는 한숨을 내쉬었다.

다시 진호에게 돌아가야 했기 때문이다.

제7장

백화산장에서

"그놈들이……."

안회가 머뭇거리다 힘겹게 말을 꺼냈다.

"…모른다는데요."

"……."

무거운 침묵이 안회를 압박했다.

"저……."

"휴우!"

무거운 탄식이 진호의 입에서 나왔다. 쇳덩어리 같은 무거움에 안회는 꺼내려던 말을 꿀꺽 삼켰다.

'빌어먹을!'

선착장의 일꾼들이 모두 안가장에 끌려왔다. 그런데 유륜을 목격한 자가 한 명도 나오지 않았다. 혹시나 해서 고문의 달인들이 나섰지만 마찬가지였다.

"바, 반역도가 선착장에서 여객선을 타기는 한……."

"탔다!"

이런 식으로 나오면 도리어 할 말이 없어진다.

안회는 꿀 먹은 벙어리가 됐다.

또다시 무거운 침묵이 이어졌다. 안회는 숨이 막힐 것 같은 무거움에 한숨을 내쉬었다.

"하아……."

진호의 눈빛이 사납다.

안회는 심장이 덜컥 내려앉는 것 같았다.

"호, 혹시 반역도가 변장을 했거나 밀항선을 탔을지도……."

"밀항선?"

안회가 다급한 마음에 정신없이 지껄였는데 진호가 밀항선에 호기심을 드러냈다.

"사람들 눈을 피해 운행하는 선박이 꽤 있습니다. 밀염선과 수적선, 노예선 등등……."

"그런 배들이 정식 선착장을 이용할 수 있는가?"

"돈만 준다면 뭘들 못하겠습니까?"

하오문의 사업은 매춘과 위조, 납치, 도박, 강탈, 청부 폭력, 청부 살인, 정보 판매 등 영역이 넓다. 돈이 되면 뭐든지

하는 게 하오문의 생리이기 때문이다.

하오문이 최대의 이윤을 남기는 밀염을 놓칠 리 없다. 강을 끼고 있는 도심지의 하오문들은 대부분 밀염을 한다. 낙산의 하오문도 예외는 아니었다.

"하지만 사람들 눈이 있으니 대부분 심야에 정박합니다."

안회가 잠시 숨을 골랐다가 말을 이었다.

"찾을 수 있다는 거냐?"

"시간이 걸리지만……."

"얼마나?"

"대략 반 달 정도면 충분할 겁니다."

"열흘 안에 찾아라."

완전히 명령이었다.

안회는 유륜을 찾을 이유나 책임이 전혀 없었다. 그렇지만 안회는 진호의 명령을 받아들였다. 아니, 받아들여야 했다.

살고 싶다면…….

안회와 감덕형이 밀실에 모였다.

벽에 걸레가 된 애꾸가 걸려 있었다. 안회와 감덕형이 번갈아 가며 화풀이를 했던 것이다. 특히 안회는 살풀이에 가까웠다.

감덕형은 애꾸에게 속은 탓에 곤욕을 치른 정도지만 안회는 목숨처럼 아끼던 정원이 박살났고 개같이 맞았다. 이 모든 사태의 원흉인 애꾸를 어찌 용서하겠는가!

안회가 한숨을 내쉬며 입을 열었다.

"하아~ 이걸 어떻게 해결하지?"

"찾아낼 수밖에 없습니다."

"제길, 돈도 안 되는 일을 해야 하다니……."

"목숨 값에 비하면 쌉니다."

감덕형은 진호에게서 살인자의 냄새를 맡았다.

맨 밑바닥에서 하오문주까지 오른 입지전적인 인물인 안회 역시 안목이 남달라 진호의 위험도를 알아챘다.

"제길, 일단 열흘 동안 동창의 악귀가 조용히 있도록 약부터 쳐야겠군."

방법은 하나밖에 없다.

뇌물을 듬뿍 안겨주고 미녀들을 품에 안겨주는 것이다. 문제는 얼마냐가 관건이다.

안회는 크게 쏘기로 했다.

"이건 뭔가?"

안회가 진호의 면전에 상자를 내려놓았다.

"존경하옵는 대인께 드리는 약소한 선물입니다."

상자 안에 열 냥짜리 원보은(元寶銀)이 서른 개, 총 삼백 냥이 들어 있었다. 참고로 은원보(銀元寶)는 백 냥짜리 은괴를 말하며, 그 이하인 열 냥이나 오십 냥은 원보은이라 부른다.

"제법 부담이 가는 액수로군."

"에헤헤… 약소한 선물입니다. 부담 가질 필요 없으십니다."

은 세 냥이면 한 가구가 한 달을 놀고먹는다. 삼백 냥의 은이 결코 약소할 리 없다.

"약소하다면 받기로 하지."

안회의 눈이 음산한 기운을 뿌렸다.

'됐다. 이제 넌 끝났다.'

뇌물로 약점을 잡은 것이다.

이제 진호의 이름과 직위, 정확한 소속만 알아내면 위험에서 벗어날 뿐만 아니라 머리만 잘 굴리면 이용할 수도 있다며 안회는 음흉하게 웃었다. 안회는 진호가 동창의 인물을 사칭했으리라곤 꿈에서조차 생각하지 못했다.

"대인, 소인이 오늘 밤을 책임지겠습니다."

이제 술을 먹이고 여자를 안기면 끝난다.

안회의 계획은 철두철미했다.

"나는 임무를 수행 중이다. 반역도를 체포할 동안은 편히 쉴 수가 없다."

"그건 소인에게 맡기십시오. 낙산의 하오문은 사천의 어떤 하오문보다 능력이 뛰어납니다. 반역도는 잡힌 거나 마찬가지입니다. 그러니 걱정하지 마십시오."

진호가 피식 웃었다.

안회도 웃었다. 둘 다 속셈을 숨긴 썩은 미소였다. 물론 진호가 한 수 위지만 그걸 안회가 알 리 없다.

"안 문주를 믿겠소."

진호가 안회의 어깨를 두드렸다. 안회는 믿어주서서 감사하다는 표정을 지었다. 이건 완전히 상사와 부하였다.

안회가 진호를 모시고 낙산제일의 기루로 떠났다.

백화산장(百花山莊).

대도하가 내려다보이는 강변의 산자락에 세워진 수십여 채의 화려한 건물들을 말한다. 그곳에서는 언제나 꽃처럼 아름다운 백인의 미녀들이 향연을 베풀었다.

그곳이 낙산제일의 기루인 백화산장이었다.

야반삼경.

민강 쪽에서 배 한 척이 어둠을 뚫고 나타났다.

의문의 선박은 낙산의 선착장에 삼십여 명의 인원을 내려놓고 민강으로 되돌아갔다. 삼십여 명의 무리는 낙산의 시내로 소리없이 이동했다.

산더미처럼 쌓인 문서 더미에 안회가 묻혀 있었다.

"젠장… 이것도 아니잖아."

안회가 손에 쥔 문서를 집어 던졌다.

문서는 낙산 지역의 하오문도들이 보낸 것이다. 대부분 안회의 명령을 받고 보낸 것이다.

"미치겠군."

안회는 유륜의 행방을 뒤쫓고 있었다.

낙산 시내에서 유륜을 본 목격자도 찾아냈다. 그런데 어느 날 밤 갑자기 행방을 감췄다. 밀항선을 탔다는 뜻이다.

"어떤 조직의 밀항선이었을까?"

유륜이 사라진 날 낙산의 선착장에 정박한 밀항선은 모두 여섯 척이었다. 이 중에 두 척은 안회의 밀염선이고, 세 척은 협력 관계인 다른 지역의 하오문이 운영하는 밀항선이었다.

문제는 남은 한 척이었다.

"멍청한 애꾸 놈!"

안회가 애꾸를 욕했다.

마지막 밀항선의 정보가 엉터리였기 때문이다. 이를 알아차리지 못한 것은 선착장을 관리하는 애꾸의 실수였다.

"대인."

"뭐냐?"

안회가 짜증을 냈다.

문밖에서 안회를 찾은 집사의 안색이 굳어졌다.

"애꾸가 보고할 게 있다며 면담을 요청했습니다."

"그 자식이 왜?"

안 그래도 애꾸 때문에 열받았는데 또다시 그 이름을 듣자 안회는 머리가 부글부글 끓어오르는 것 같았다.

"나중에 찾아오라고 할까요?"

"아니다. 들여보내라."

애꾸가 들어오자마자 안회에게 오체투지를 했다.

"대인, 애꾸가 인사 올립니다."

"아, 그래그래. 뭐 때문에 왔냐?"

안회의 얼굴에 떠오른 짜증이 애꾸를 위축시켰다.

"꿀꺽!"

애꾸가 침을 삼켰다.

"어젯밤 민강 쪽에서 내려온 밀항선이 우리 선착장에 무단으로 정박했습니다. 무사로 보이는 삼십여 명을 내려놓고 민강으로 되돌아갔습니다."

"무사?"

"네."

안회가 애꾸를 물끄러미 쳐다보았다. 애꾸는 불안감에 휩싸여 고개를 숙였다.

"꼬리를 붙였겠지?"

"네, 몸놀림이 재빠른 놈들이 무사들을 뒤쫓고……."

"잠깐!"

"네?"

"밀항선은?"

"민강으로 되돌아갔습니다. 그러니 걱정하실 필요가……."

안회가 탁자에 있는 벼루를 애꾸의 면상에다 집어 던졌다.

퍽!

벼루가 산산조각 났고, 애꾸는 그대로 기절해 버렸다.

"에라, 이 머저리야!"

기절한 애꾸가 대답할 리 없다.

안회는 답답한 가슴을 두드리며 이번 일이 해결되는 대로 애꾸를 조용히 처리해야겠다고 결심했다.

멍멍!

"깔깔깔! 이리 오렴!"

"요롱아, 내게로 와!"

작은 정원에서 소녀들이 요롱이와 놀고 있었다.

춘매, 하란, 추국, 동죽.

나이는 모두 열 살. 인형처럼 아름다운 소녀들이었다.

"귀엽군."

진호는 정원이 내려다보이는 정자에서 술을 마시며 요롱이와 놀고 있는 소녀들을 보며 미소 지었다.

삼십대로 보이는 여인이 정자에 나타났다.

"저 아이들은 백화산장의 미래를 빛낼 보물들입니다. 귀엽기만 해서는 안 되지요."

요롱이와 노는 소녀들은 백화산장의 동기(童妓)들이다.

진호가 눈살을 찌푸리며 여인을 주시했다.

“대인, 눈빛이 무서워요.”

삼십대 여인의 이름은 감보보.

풍만한 몸매에 동글동글한 얼굴. 언제나 입가에서 미소가 떠나지 않았다. 그녀는 백화산장의 주인이었다.

“감 대모.”

“말씀하세요, 대인.”

감보보는 생글생글 웃으며 대답했다.

“술이 떨어졌어.”

진호가 주전자를 감보보의 눈앞에서 흔들었다.

“어머! 조금만 기다리세요.”

감보보가 냅다 주전자를 집어 들었다. 그녀는 아랫사람에게 시켜도 될 텐데 자기가 직접 주전자를 들고 주방으로 향했다. 수백 명을 거느린 백화산장의 주인답지 않았다.

진호의 거처는 백화산장의 후원에 위치한 열여덟 채의 별채 중 가장 조용하고 아늑한 곳이었다. 각 별채는 회랑으로 이어져 있고 중앙 회랑은 본관과 연결돼 있었다.

중앙 회랑을 걷던 감보보의 시야에 헐레벌떡 달려오는 중년인이 들어왔다. 그는 백화산장의 장방선생(帳房先生)이었다.

“장주님.”

“무슨 일이죠, 장 선생?”

장방선생의 성씨는 장 씨였다.

“좀 특별한 손님이 왔습니다.”

“대낮부터 기루를 찾아왔으니 특별하기는 하네요.”

“…손님을 보면 소인의 말을 이해할 겁니다.”

장방선생의 얼굴에 난감함과 당혹함이 떠올라 있었다.

감보보는 의아했다.

“어떤 손님이죠?”

“직접 만나보십시오.”

장방선생의 말은 옳았다.

감보보는 집무실에서 기다리고 있는 손님을 보는 순간 입을 떡하니 벌리며 당황해했다.

“아미타불.”

손님이 감보보에게 합장하며 불호를 외웠다. 감보보도 덩달아 합장하며 고개를 숙였다.

손님이 늙은 여승이었기 때문이다.

그것도 고아한 품격이 느껴지는 고승 급 여승이었다.

대부분의 낙산의 주민들처럼 감보보도 열렬한 불교 신자였고, 매년 사찰에다 막대한 금액의 시주를 했다. 그 덕에 많은 승려들과 인연이 있어 안목이 남달랐다.

‘이런 분이 왜 이런 곳에……’

감보보는 당혹감에 어쩔 줄을 몰라 했다.

“빈승의 법호는 수명이오.”

늙은 여승은 아미파의 수명 사태였다.

“천녀의 이름은 감보보입니다. 그런데 무슨 일로 이곳을 찾으셨습니까? 이곳은 수명 스님처럼 수도하시는 분과 어울리는 장소가 아닙니다.”

“그래서 이곳을 찾았소.”

“무슨 말씀인지…….”

“별채 두 개를 닷새만 빌렸으면 하외다.”

“네?”

감보보의 눈이 커졌다.

“아미타불. 낙산에서 모임이 있는데 사람들의 시선을 피해야 하는 입장인지라… 이곳으로 정했소이다.”

“죄송합니다, 스님. 그럴 수는 없습니다.”

스님을, 그것도 여승을 손님으로 받았다간 무슨 구설수에 오를지 모른다. 특히 불교 신자가 막강한 영향력을 휘두르는 낙산에서 그런 구설수에 올랐다간 어떤 일을 당할지 모른다.

“여시주, 벌써 이곳을 약속 장소로 통보했소.”

“장소가 필요하다면 천녀가 다른 곳을 찾아드리겠습니다. 물론 사람들의 시선을 피할 수 있는 곳으로요. 그러니 약속 장소를 바꿨다고 재차 통보해 주십시오.”

“그건 어렵소, 여시주.”

“어째서요?”

“약속한 분들은 먼 곳에서 오시오. 그분들이 아는 건 백화산장의 별채라는 약속 장소뿐이외다.”

"하아! 어째서 스님 같은 분께서……."

이런 막돼먹은 짓을 했느냐고 말할 수는 없지 않은가.

감보보는 고개를 살래살래 저었다.

"여시주, 부탁드리오."

"스님, 저의 산장에서 스님을 받았다는 소문이 돌면 그날부로 천녀는 낙산을 떠나야 합니다."

"잘됐구려. 우리의 이번 만남도 비밀을 유지해야 하오. 여시주도 똑같은 입장이라니 서로 힘을 합칩시다."

막무가내도 이런 막무가내가 없다.

감보보는 어이가 없었다.

"그럼 내일부터 닷새만 부탁드리오."

"스님!"

"여시주를 믿겠소."

수명 사태가 합장했다.

감보보는 이번에도 합장하고 고개를 숙였다.

'앗! 이게 아니잖아!'

고개를 들었지만 수명 사태는 보이지 않았다. 탁자에 백 냥짜리 은원보 한 개만 덩그러니 남아 있었다.

다음날 아침.

백화산장의 문을 두드리는 십여 명의 여인이 있었다.

"누구시오?"

늙은 하인이 연신 하품을 하며 문을 열었다.

"헉! 뉘시오?"

여인들은 허리까지 내려온 면사포가 달린 삿갓을 썼다. 용모는 고사하고 여인인지조차 의심스러웠다.

"별채를 예약한 손님이네."

"아! 네, 네!"

늙은 하인은 감보보에게 미리 언질을 받았다.

"이리 오십시오."

백화산장은 규모에 비해 문이 하나밖에 없었다. 그러나 그건 일반적으로 알려진 것이고 여러 개의 특별한 문이 존재했다. 그중 하나가 별채와 직통으로 연결된 문이다.

늙은 하인이 그 문으로 여인들을 안내했다.

"길을 따라 들어가시면 됩니다."

늙은 하인은 문까지만 안내했다.

문부터는 안내를 맡은 하녀가 있었다. 하녀는 의문의 여인들을 예약된 별채로 안내했다.

감보보가 별채의 입구에서 기다리고 있었다. 예약한 손님이 왔다는 보고를 듣자마자 달려온 것이다. 감보보는 여인들을 훑어보다가 한 여인에게 다가갔다.

"오셨습니까, 수명 스님."

"아미타불. 여시주의 눈썰미가 꽤나 날카롭구려."

수명 사태가 삿갓을 벗었다.

"이런 장사를 하다 보면 느는 건 안목밖에 없습니다."

"도는 하늘 끝에도 있고 지옥 밑바닥에도 있는 법, 어느 곳 에서라도 마음을 닦으면 도를 얻게 돼 있소."

"감사합니다, 스님."

감보보가 수명 사태에게 사의를 표하고 별채로 안내했다. 별채에 들어가자 여인들이 짐을 내려놓고 삿갓을 벗었다.

모두 여승이었다.

늙은 여승이 절반이고 남은 여승들은 삼, 사십대였다.

감보보의 눈이 순간적으로 빛났다.

여승들이 내려놓은 보따리의 삐죽이 튀어나온 칼자루에 각인된 특별한 문양이 감보보의 시선을 잡은 것이다.

'저건… 아미산 복호사의 문장이다.'

감보보는 여승들이 아미파의 승려임을 알아챘다. 그러나 겉으로 표시 내지는 않았다.

"여시주, 오후 경에 약속한 손님들이 올 것이오. 그분들을 다른 별채에 안내해 주시구려."

"그리하겠습니다, 스님."

수명 사태의 말대로 오후 경에 또 다른 무리가 백화산장을 방문했다. 그들은 모두 남자였다.

'맞선이라도 보시려는 건가?

감보보의 머릿속에서 우스갯소리가 떠오른 것은 남자들이 푸른색 도복을 입었고, 인원수는 물론 연배까지 아미파 일행과 비슷했기 때문이다.

"이곳입니다."

감보보가 별채의 문을 열며 말했다.

도인들이 말없이 별채로 들어갔다. 감보보는 별채에 감시 원을 붙였다. 도인들에게서 섬뜩한 느낌을 받아서였다.

감시원은 반 시진이 지나기도 전에 쫓겨났다.

"송구합니다."

"들켰구나."

감시원은 고개를 들지 못했다.

"됐다. 죽지 않고 돌아온 것만으로도 충분해."

"감사합니다. 그런데 도인들 중에 소인이 아는 인물이 있 었습니다."

"아는 사람?"

"청성파의 청풍 도장입니다."

감보보의 얼굴이 굳어졌다. 언제나 입가에서 떠나지 않던 미소마저 사라졌다.

"잘못 본 게 아니냐?"

"아닙니다."

감시원은 과거 하오문 소속의 간자로 감시와 추적이 전문 이었다. 결코 잘못 볼 리 없었다.

"안가장에 다녀와야겠다."

"알겠습니다."

감보보는 아미파와 청성파의 인물들이 백화산장의 별채에 모였다는 것을 서찰에 적었다.

"안 대인께 직접 드려라."

"네, 장주님."

감시원이 서찰을 받아 들고 안가장으로 떠나자 감보보는 하녀를 불렀다. 예쁘장하게 생긴 하녀였다.

"지현의 포쾌공방(捕快公房)에 가서 동생에게 급한 일이 생겼으니 만사를 제쳐 두고 오시라고 오라버니께 여쭈어라."

"네, 마님."

하녀가 나가자 감보보는 한숨을 내쉬었다.

"아미파와 청성파라……. 일이 잘못됐다가는 백화산장이 피로 씻기는 참화가 벌어질 거야."

감보보의 독백에 깊은 시름이 묻어 있었다.

사천에 사는 사람들이라면 누구나 이럴 것이다.

촉남죽해의 혈난 이후 사천을 대표하는 삼대세력인 아미파와 청성파, 촉중당문은 팽팽한 긴장 관계를 형성했다. 언제 터질지 모르는 화약고였다. 그런데 아미파와 청성파의 인물들이 한자리에 모였다. 당연히 집주인은 시름이 생길 수밖에 없었다.

별채에 회의실이 만들어졌다.

아미파와 청성파 양측에서 다섯 명씩 대표로 나왔다. 양 파의 남은 인원은 별채 주변에 퍼져 보초를 섰다.

"오랜만이오, 수명 도우."

"그렇군요, 청송 도우."

청성파의 청송 도장과 수명 사태는 촉남죽해에서 잠깐이나마 협력 관계를 유지한 적이 있었다.

그러나 양 파의 남은 대표들은 달랐다. 상대의 이름은 알아도 실제로 대면한 것은 처음이었고, 촉남죽해의 혈난 이후 형성된 불편한 관계로 인해 껄끄러움과 적의를 느꼈다.

"일단 통성명부터 합시다."

수명 사태와 청송 도장이 상대의 진영에 자기 문파의 대표들을 소개해 줬다. 그렇지만 딱딱한 분위기는 풀리지 않았다.

"여러분, 우리가 왜 모였습니까?"

청송 도장이 말했다.

"촉중당문의 위험을 피부로 느껴서가 아닙니까!"

"어흠!"

노도사와 늙은 여승들이 헛기침을 하며 시선을 돌렸다.

수명 사태가 일어섰다.

"아미타불. 단도직입적으로 말하겠습니다. 본 파와 청성파의 전력이 십이라면 촉중당문은 팔에서 구 정도입니다. 그러나 촉중당문에는 우리에게 없는 게 있습니다. 그 하나만으로 본 파와 청성파가 합한 전력을 압도합니다."

"…독군(毒君) 당백양(唐白陽)."

청풍 도장의 입에서 흘러나온 이름이 회의장을 짓눌렀다.

무거운 침묵이 좌중을 눌렀다.

독군과 용불(龍佛), 금선(琴仙), 기성(棋聖), 신개(神丐).

강호인들은 이들을 오대기인이라 부르며 천하구대고수 중에서 가장 빛나는 존재라고 말한다.

촉중당문의 문주인 독수무정 당력의 부친이 독군이었다.

강호인들은 천하구대고수의 개인 전력을 세력의 한계를 벗어났다고 평했다. 회의장에 모인 아미파와 청성파의 장로들도 그 평가를 인정하고 있었다.

수명 사태가 침묵을 깨뜨렸다.

"본 파와 청성파는 풍전등화의 위기에 처했습니다. 위기를 벗어나기 위해선 사심을 버리고 하나가 되어야 합니다."

"촉남죽해의 혈난이 해결되지 않으면 연합할 수 없습니다."

청풍 도장이 딴죽을 걸었다.

회의장의 대부분이 청풍 도장의 의견에 동의하는지 고개를 끄덕였다. 수명 사태는 이맛살을 찌푸렸다.

'이런 답답한 사람들이 있나!'

"지금은 생존이 우선이오. 살아남아야 원한을 갚든 정도를 세우든 하고 싶은 일을 할 수 있소."

청송 도장이 수명 사태의 손을 들어줬다.

아미파의 동료들마저 외면했는데 적이라 할 수 있는 청송 도장이 도와주자 수명 사태는 진심으로 기뻤다.

"사형의 말씀이 옳기는 합니다. 하지만 제자들에게 무슨 낯으로 말할 겁니까? 살기 위해 적이었던 아미파와 손을 잡았다고 말합니까? 빈도는 못합니다."

"청풍 사제, 본 파의 존망이 달린 일을 고작 면목 때문에 못하겠다는 건가? 자네가 겨우 그런 사람이었나?"

"으음……."

청송 도장이 면박하자 청풍 도장이 고개를 돌렸다. 입을 비집고 흘러나온 청풍 도장의 신음성에 불만이 서려 있었다.

"만약에 말일세, 독군이 본산에 올랐다고 상상해 보게. 무슨 일이 생길 거라고 보는가?"

"으흠……."

청송 도장이 던진 화두는 무시무시한 결과가 답이었다. 청풍 도장은 물론 회의장에 모인 전원이 신음성을 흘렸다.

회의장의 분위기가 무겁게 가라앉았다.

"해결책은 있습니다."

아미파 호법전의 장로인 수운 사태가 입을 열었다.

좌중의 시선이 집중됐다.

"분리하는 겁니다."

"무슨 말씀입니까?"

청송 도장이 질문했다.

"생존과 해결을 둘로 나누는 겁니다. 일차로 생존은 본 파와 청성파가 연합체를 만들어 촉중당문을 압박하는 겁니다. 촉중당문은 함부로 준동하지 못할 겁니다. 이차 해결은 촉남죽해의 혈난을 조사할 인원을 양 파에서 추리는 겁니다."

"으음… 말은 그럴싸하지만 근본적인 해결책은 못 됩니다."

청풍 도장이 반대 의견을 제시했다.

수운 사태가 입을 열었다.

"촉남죽해의 혈난에 관해 본 파나 청성파, 촉중당문이 자세한 사정을 발표하지 않는 것은 백원도가 관련됐기 때문입니다. 구설수에 올랐다간 어떤 고난을 겪을지 모르니까요."

"생존자가 없어 어떤 일이 생겼는지 모르고 백원도 때문에 입을 다물어야 하니 사정을 모르는 제자들 사이에선 온갖 유언비어가 떠돌며 상대방에 대한 원한과 분노가 커지고 있습니다."

사천삼대세력이 공통적으로 겪는 일이다.

백원도 때문에 상층부는 정보를 통제하고 하부에 속한 제자들은 촉남죽해에서 동료들이 다른 파에게 공격당해 몰살한 것만 알고 있다. 정보의 통제는 유언비어를 만들고, 유언비어는 성격상 선동적이며 분노를 일으키는 내용으로 구성돼 있다.

사천삼대세력의 제자들이 상대편에 느끼는 감정은 지극히 폭력적이고 증오스러울 수밖에 없었다.

"일단 우리가 아는 대로 밝히는 게 우선입니다."

수명 사태가 말했다.

청풍 도장이 곧바로 입을 열었다.

"다른 곳에서 알게 되면 어떤 일이 생길지 모릅니다."

"물론 백원도를 숨겨놓은 문파가 있다는 헛소문이 돌겠죠. 그로 인해 피해를 입을 수도 있을 거고요. 하지만 계속 숨기는 것만으로는 아무것도 해결되지 않습니다."

"으음……."

청풍 도장도 수명 사태의 의견에 약간이라도 동조하는지 더 이상 반론을 제기하지 않고 신음성을 흘렸다.

수명 사태가 입을 열었다.

"촉남죽해의 혈난은 단 한 명의 생존자도 없기 때문에 미궁에 빠진 채 진실을 영원히 알아내지 못할 겁니다. 다만 목격자로 추정되는 인물만 찾아내면 달라지겠죠."

"…진호."

청송 도장이 대답하듯 내뱉은 이름은 진호였다.

그들은 진호가 바로 옆의 별채에 있다는 것을 꿈에도 생각하지 못했다.

감덕형이 헐레벌떡 달려왔다.

“무슨 일이냐, 보보야?”

문을 벌컥 열어젖히고 뛰어든 감덕형은 그 자리에서 얼어붙었다. 안회가 여동생의 방에 있었던 것이다.

“대, 대인…….”

“앉으세요, 오라버니.”

감보보가 착석을 권했다.

“대인이 계시는데 내가 어찌 같은 자리에 앉을 수 있겠니.”

“앉게.”

안회가 말하자 감덕형은 군소리없이 착석했다. 감보보는 오빠의 한심스런 모습에 혀를 찼다.

“…그런데 뭔 일이냐?”

감덕형은 안회의 눈치를 보다가 감보보에게 질문했다.

감보보는 별채의 일을 설명해 줬다.

“으음… 내 생각에는 큰 문제가 없겠는데…….”

“어째서요, 오라버니?”

“그야… 모임이 있는 자리에서 문제가 터지면 끝까지 가겠다는 뜻이 되거든. 아미파나 청성파나 그걸 원하지는 않을 거야. 차라리 촉중당문이 문제지.”

“갑자기 왜 촉중당문을 언급하는 거죠?”

“셋이라면 상대가 둘인지라 싸울 수가 없지. 그런데 둘이 하나를 치겠다고 손을 잡으면 달라져. 둘이기에 싸울 수밖에 없거든. 그럼 여기서 문제, 하나가 둘의 모임을 알게 되면 어떻게 나올까?"

"무슨 수를 써서라도 모임을 막겠지."

안회가 입을 삐죽거리며 말했다.

"아하! 그렇군요."

짝!

감보보가 손바닥을 치며 감탄했다.

오라버니인 감덕형은 포두 주제에 겁이 많아 상대가 자기보다 강하면 설사 체포해야 할 흉적에게도 곧바로 굽실거린다. 그럼에도 포두 자리를 지킬 수 있었던 원인은 빠른 머리 회전과 상황 분석이 탁월했기 때문이다.

"이런!"

탕!

안회가 탁자를 내려치며 벌떡 일어섰다. 그의 얼굴에 경악과 두려움이 떠올랐다.

"안 대인, 무슨 일인가요?"

"큰일 났다."

"뭐가요?"

감보보가 의아해하자 안회가 애꾸에게 들었던 이야기를 밝혔다. 감덕형의 얼굴이 굳어졌다.

"대인, 그 후 애꾸가 보고를 했습니까?"

"했지."

"무슨 내용입니까?"

"연락이 끊겼다며 어쩔 줄을 모르더군."

"하아! 그럼 모두 죽었을 겁니다."

"이봐, 감 포두. 그들이 진짜 촉중당문의 살인귀들일까?"

안회는 불안감을 숨기지 못했다.

"아직 아무것도 모릅니다. 시체라도 있다면 대충 알 수가 있는데… 정보가 전혀 없으니……."

"어쨌든 위험하기는 한 거죠."

감보보가 감덕형에게 말했다. 감덕형이 고개를 끄덕이자 감보보는 안회에게 시선을 돌렸다.

"안 대인, 아무래도 비상사태로 보이죠?"

"내 생각도 같다. 일급 경계령을 내려야겠다."

"그럼 천녀는 백화산장의 자금과 서류를 비밀 금고에 넣고 기녀들을 안전한 장소로 옮길게요."

"백화는 손끝 하나 다쳐선 안 된다. 개네들 정도의 정보원을 키우는 것은 쉽지 않다."

"수명 스님이 예약한 날짜가 닷새예요. 이렇게 된 이상 닷새 동안 영업을 중지하고 문을 닫아야겠어요."

"닷새 벌이에 연연했다가 폭삭 주저앉는 것보단 낫지."

백화산장의 실질적인 주인은 안회였다.

안회는 백화산장의 기녀들과 미희들을 하오문의 정보원으로 써먹었다. 백화산장은 안회에게 중요했다.

그런데 안회와 감보보가 결단을 내렸을 때는 이미 문제가 시작된 시점이었다.

　삼십여 명의 녹포인들이 백화산장의 담장을 뛰어넘었다.
　그들은 후원의 별채를 향해 이동했다.
　쉬익!
　"커억!"
　"으악!"
　유엽비도가 별채의 담장을 돌며 보초를 선 청성파의 두 도인의 목에 박혔다. 녹포인들이 별채를 향해 몰려왔다.
　푸슈슈슝!
　녹포인들이 일제히 담을 뛰어넘으면서 암기를 날렸다.
　회의실로 삼은 전각을 지키고 있던 여승들과 도사들이 기습적으로 날아온 암기에 희생당했다.
　"으아악!"
　"적이다! 커억!"
　회의실에서 갑론을박하던 노도사와 늙은 여승들이 갑작스런 비명 소리에 놀라 밖으로 뛰쳐나왔다.
　샤라라락!
　회의실의 입구를 향해 나비들이 날아왔다.
　청송 도장의 안색이 하얗게 탈색됐다.
　"호접표(胡蝶鏢)!"
　"어, 어서 피해! 촉중당문의 호접표다!"

나비는 촉중당문의 오대암기 중 하나인 호접표였다.

청송 도장과 청풍 도장이 문을 박차고 밖으로 튀어나갔고, 수명 사태와 수운 사태는 천장을 뚫고 지붕 위로 올라갔다.

호접표가 문을 통해 실내로 들어갔다.

파바바박!

"으아악!"

"크아악!"

회의실이 피바다로 변했다. 아미파와 청성파의 여섯 장로가 손 한 번 쓰지 못하고 몰살당한 것이다.

"이 죽일 놈들!"

"사형, 안 됩니다!"

청송 도장이 검을 뽑아 들고 녹포인들에게 달려갔다.

녹포인들이 호두알 크기의 쇠 구슬을 청송 도장에게 던졌다. 날아가던 쇠 구슬에서 강철 가시가 튀어나왔다.

"혈적자!"

밤송이로 변한 암기도 촉중당문의 암기 중 하나였다. 비록 오대암기는 아니지만 강철 가시에 주입된 독에 따라서 그 이상의 위력을 발휘하기도 했다.

청송 도장이 검을 휘둘렀다.

파르르.

검이 십여 개로 늘어나더니 기세의 파도를 만들었다. 청성파의 검법인 칠십이파검(七十二波劍)이다.

따다다당!

혈적자가 검의 파도에 튕겨져 나갔다.

"죽어라!"

청송 도장이 녹포인들 속으로 난입하려는 순간,

녹포인들의 우두머리로 보이는 중년 사내가 일곱 개의 암기를 청송 도장에게 날렸다.

피이잉!

"칠교사(七蛟梭)!"

촉중당문의 오대암기 중 하나로 베틀의 북처럼 생겼지만 파괴력에 관해서는 첫손을 꼽는다. 그러나 칠성수혼이란 암기술이 없다면 무용지물에 불과하다.

칠교사가 북두칠성의 형태를 그리며 청송 도장의 칠대요혈을 노려왔다. 청송 도장은 검을 빙글빙글 돌렸다.

우르르~

칼이 수십여 개로 늘어나면서 원통을 만들었다. 청송 도장은 산검(散劍)으로 만든 원통을 칠교사를 향해 휘둘렀다.

파가각!

네 개가 박살 났지만 세 개는 멀쩡했다.

"으하하! 칠성수혼의 무서움은 암기로 진을 만드는 데 있다. 네 개가 박살 난 이상 두려울 게 없다."

칠교사 중 두 개가 검의 원통 속으로 들어갔고 남은 하나는 이마를 노리고 있는데도 청송 도장은 웃었다.

파박!

청송 도장은 검의 원통을 움직여 내부에 들어간 칠교사 두 개를 가루로 만들고 이마를 노리던 암기는 피했다.

콰직!

"크악!"

청송 도장이 비명을 지르며 비틀거렸다.

쨍그랑!

청송 도장의 손에서 검이 떨어졌다. 십여 개의 강침이 청송 도장의 손을 꿰뚫어 피범벅으로 만들었다.

"비, 비겁한 놈들!"

칠교사의 내부에 강침이 내장돼 있다가 충격을 받자 발사된 것이다. 게다가 강침에는 극독이 발라져 있었다.

"사, 사제, 내 팔을 어서……."

청송 도장이 팔을 수평으로 뻗었다. 피범벅이었던 손에서 시커먼 피가 뚝뚝 떨어지고 있었다.

"크윽… 사형!"

청풍 도장이 청송 도장의 오른쪽 팔을 베었다.

잘려진 팔이 땅바닥에 떨어졌다. 청풍 도장이 곧바로 청송 도장의 잘려진 부위를 지혈하고 해독제를 먹였다.

"이, 이런 비참한… 꼴을… 당할… 줄이야……."

"…사형."

푸슈슈슝!

청송 도장과 청풍 도장을 향해 암기들이 우박처럼 쏟아졌다. 수명 사태와 수운 사태가 두 사람의 앞을 막아서며 난피풍검법(蘭皮風劍法)의 수비 초식인 금란포석(擒蘭包釋)을 펼쳤다.

따다다당!

수백 개의 암기가 땅바닥에 떨어졌다. 단 한 개의 암기도 두 사람이 펼친 금란포석을 꿰뚫지 못한 것이다.

"하아! 하아!"

그러나 수명 사태와 수운 사태의 상태도 그리 좋지 못했다. 우박처럼 쏟아지는 암기를 막으려고 무리를 한 것이다.

짝짝짝!

"훌륭하군요."

녹포인들 사이로 세 여인이 나타났다. 수명 사태와 청송 도장은 가운데에 있는 여인을 알고 있었다.

제8장

과거의 악연과
마주치다

"…당사옥."

"흑사갈."

수명 사태와 청송 도장이 그녀의 이름을 말했다.

그녀는 촉중당문주의 무남독녀인 독사갈 당사옥이었다.

"오랜만이군요, 두 분."

당사옥이 하얗게 웃었다.

수명 사태와 청송 도장의 안색이 변했다. 특히 오른팔이 잘
리고 많은 피를 쏟아낸 청송 도장은 납빛이었다.

"얼마 만에 다시 보는 거죠?"

"대략 이 년 만이구나."

수명 사태가 싸늘하게 말했다.

당사옥의 얼굴이 갑자기 무표정해졌다.

"그래요. 참으로 길고 긴 나날이었어요. 나는 오늘이 오기만을 그때부터 손꼽아 기다렸죠."

수명 사태는 당사옥의 눈에서 자신과 청송 도장에게 개인적인 감정이 있다는 것을 읽었다.

"어째서냐?"

"그때 두 분께서 내 계획을 망쳤죠. 나는 그날의 수모를 똑똑히 기억하고 있어요."

수명 사태가 대뜸 던진 의미 모호한 질문을 당사옥은 곧바로 알아채고 속내를 살짝 끄집어냈다.

"고작 그 일 때문에……."

"고작이라니요. 내겐 뼈아픈 일이었어요."

당사옥이 촉남죽해에 있었을 때 그녀는 부하들에게 아미파와 청성파의 시신을 누구에게도 넘기지 말라는 명령을 내렸다.

사문의 형제들을 잃어 흥분해 있는 아미파와 청성파의 인물들이 격분해 부하들을 몰살시키도록 유도한 것이다. 그녀는 부하들을 제물로 삼아 유리한 고지를 잡으려고 했다.

그런데 수명 사태가 인내심으로 그녀의 계획을 깨뜨렸다.

"지금까지 한 번도 내 계획이 실패한 적이 없었어요. 그런데 별 볼일 없는 늙은 비구니와 고리타분한 도사 나부랭이가 내 계획을 망치고 협박까지 했지. 난 그 원한을 못 잊어.”

“아미타불.”

수명 사태가 불호를 외웠다. 당사옥의 편집광적인 성향에 할 말을 잃은 것이다.

“깔깔깔!”

당사옥이 청송 도장을 쳐다보며 미친 듯이 웃었다.

“꼴이 우습구나, 청성의 말코야! 하지만 그 정도로는 분이 풀리지 않아! 남은 팔다리를 자르고 심장을 뽑아 네 입에 처박아야 나는 분이 풀릴 거야!”

“…무량수불.”

청송 도장도 도호를 외울 뿐 아무 말도 하지 않았다. 광기를 보이는 당사옥을 보자 팔이 잘린 것조차 별일이 아니란 생각이 들었기 때문이다.

‘당문의 피에 광기가 흐른다더니…….’

촉중당문은 대대로 독과 암기를 연구했다. 그로 인해 독에 노출돼 뇌성이 마비되거나 성격이 음침하거나 포악한 쪽으로 자주 나타났다. 게다가 비전의 유출을 꺼려 근친혼을 장려하다 보니 유전적 결함이 나타났고, 여러 가지 문제를 일으켰다.

“당운표.”

“네, 아가씨.”

녹포인들의 우두머리가 대답했다.

“저 둘은 산 채로 잡아라. 나머지는 필요없다.”

“명대로 이행하겠습니다.”

“녹영(綠營)이 예전에 내가 끌고 다녔던 바보들과는 다르다는 것을 내 앞에서 증명해라.”

“네, 알겠습니다.”

녹영은 촉중당문의 대외 무력 집단이다.

총인원은 백오십 명. 전, 후, 좌, 우, 중의 오 개 대로 나눠져 있다. 당운표는 좌대의 대주였다.

“성숙대진(星宿大陣)을 펼쳐라!”

당운표의 명령이 떨어지자 녹포인들이 일곱 명씩 짝을 이루더니 동서남북으로 흩어져 수명 사태 등을 포위했다.

“이제… 끝인가?”

청송 도장이 절망했다.

촉중당문이 자랑하는 성숙대진은 일단 펼쳐지면 살아서는 빠져나갈 수 없다고 알려진 진법이었다.

후리리릭!

담장 쪽에서 염주 알이 날아왔다.

아미파의 비전 암기술인 십팔과모니주기풍이었다. 성숙대진의 동쪽 진영이 흔들렸다. 그러나 십팔과모니주기풍의 화후가 부족한지 죽은 자는 없었다.

“사숙님, 여깁니다!”

중년 여승 두 명이 담장에 올라 외쳤다.

여승들은 담장 밖에서 보초를 섰다. 청성파 도사들과는 반대편에서 보초를 서는 바람에 목숨을 구했고, 기회를 보다가 십팔과모니주기풍을 날린 것이다.

수명 사태와 수운 사태가 동쪽을 향해 검을 휘두르며 돌진했고, 청풍 도장은 청송 도장을 부축한 채 뒤따랐다.

"뭐 해! 어서 잡아! 어서 잡으란 말이야!"

수명 사태 등은 순식간에 포위망을 뚫고 담장을 뛰어넘었다. 그들을 향해 암기가 빗발치듯 쏟아졌다.

"아악!"

중년 여승의 목덜미에 암기가 박혔다.

"안 돼!"

"뭐 하느냐, 정문?! 어서 여기를 떠야 한다!"

정문 사태가 시체로 변한 동료에게 뛰어가려고 하자 수명 사태가 붙잡았다.

"사숙님, 빈승을 놔주세요."

"어리석은 것! 어서 따라와라!"

수명 사태가 정문 사태를 붙잡고 회랑 밖의 숲으로 뛰어들었다. 청풍 도장 등도 뒤따라 숲으로 뛰어들었다.

추적자는 암기의 달인들. 일직선으로 뻥 뚫린 회랑보다 엄폐물과 은폐물이 있는 숲이 안전했다. 게다가 별채가 조성된 백화산장의 후원은 울창한 밀림이었다.

파바바박!

암기가 숲을 이룬 나무와 바위에 작렬했다.

수명 사태의 판단이 옳았다. 자연이란 엄폐물이 그들의 목숨을 구해줬다. 녹영의 좌대도 숲 속으로 뛰어들었다. 수명 사태 일행은 수풀을 헤치고 앞으로 나갔다.

이 장 높이의 담장이 나타났다.

앞에는 담장, 뒤에는 녹영의 좌대. 수명 사태 일행은 담장을 뛰어넘었다. 화려한 정원과 그림 같은 전각이 나타났다. 진호가 묵고 있는 별채였다.

"까아악!"

어린아이들의 비명 소리가 울려 퍼졌다.

동기 수업을 마치고 요룡이와 놀려고 왔던 춘매와 하란, 추국, 동죽이 담장을 뛰어넘은 수명 사태 일행과 마주친 것이다.

이제 겨우 열 살에 불과한 어린아이들에게 피투성이인 청송 도장과 청풍 도장의 모습은 공포 그 자체였던 것이다.

푸슈슈슝!

담장 밖에서 암기가 발사됐다. 녹영의 좌대가 비명 소리만 듣고 암기를 던진 것이다. 초승달처럼 생긴 암기가 빙글빙글 돌면서 곡선을 그렸다.

휘리리릭!

암기가 소녀들과 수명 사태 일행에게 날아들었다. 수명 사태 일행은 사방으로 몸을 날렸다. 그러나 겁에 질려 주저앉은 소녀들은 암기를 피할 능력이 없었다.

컹컹!

요롱이도 어쩔 줄 몰라 짖기만 했다. 혼자라면 간단하게 피할 수 있지만 소녀들을 구할 수는 없었다.

파파팟!

전각 쪽에서 젓가락이 날아와 소녀들을 노리는 암기들을 꿰뚫고 담장에 박혀 버렸다. 담장에 박힌 두 개의 젓가락에 암기가 대여섯 개씩 대롱대롱 매달려 있었다.

"고수!"

수명 사태 일행의 시선이 전각에 고정됐다. 좌대의 대원들이 담장을 뛰어넘었다.

"포위해라!"

당운표가 외쳤다.

녹영의 좌대가 수명 사태 일행과 소녀들을 포위해 버렸다. 수명 사태 일행은 긴장했다.

'뭐지?

당운표는 기묘한 위화감을 느꼈다.

수명 사태 일행을 훑어보다가 소녀들에게 시선이 고정됐다. 그제야 위화감의 정체를 깨달았다.

'부족하다!'

소녀들 주변에 꽂혀 있는 신월표의 숫자가 부족했다.

이리저리 둘러보던 당운표의 시선에 담장에 박혀 있는 두 개의 젓가락과 꼬치처럼 꿰여 있는 신월표가 들어왔다.

당운표의 시선이 젓가락의 궤도를 따라 이동했다. 시선의 끝은 별채의 전각이었다.

'전각에 누군가 있다.'

나무젓가락을 던져 십여 개가 넘는 신월표를 꿰뚫어 버린 정체 모를 암기의 달인이 있는 것이다.

기묘한 침묵이 흘렀다.

"뭣들 하는 거냐?"

당사옥이 나타나자 침묵이 깨졌다.

당운표가 당사옥에게 상황을 설명하려고 했다. 그런데 당운표가 입을 열기도 전에 당사옥은 요롱이에게 걸어갔다.

"…백령?"

멍멍!

요롱이가 반갑다며 기쁘게 짖었다.

오랜만에 옛 이름을 듣고 옛 주인까지 만난 것이다. 그러나 요롱이는 당사옥의 품으로 뛰어들지 않았다. 겁에 질려 있는 친구들을 보호해야 하기 때문이다.

당사옥의 눈꼬리가 위로 올라갔다.

"백령, 이리 와!"

요롱이가 어찌할 바를 몰라 고개를 이리저리 돌려 당사옥과 네 명의 소녀를 바라보았다.

당사옥의 눈에서 흉포한 기운이 솟구쳤다.

“저 계집년들이 좋다는 거냐?!”

끄응… 끄응…….

“좋아! 내 당장 계집애들을 요절내 주지.”

당사옥이 비수를 꺼냈다.

그녀는 배반을 용납하지 않았다.

“와앙! 무서워!”

“엄마야!”

소녀들은 흉기를 보자 울음을 터뜨렸다.

당사옥이 하란을 향해 비수를 던졌다.

턱!

요롱이가 하란을 노린 비수를 중간에서 받아냈다.

당사옥의 얼굴이 야차처럼 흉악하게 변했다.

“감히 나를 배신하겠다는 거냐?”

요롱이가 비수를 뱉어내고는 고개를 숙였다. 어쨌든 당사옥이 주인이었으니까.

“그렇다면 살아갈 가치가 없어!”

당사옥이 손가락마다에 비수를 끼고 양팔을 휘둘렀다.

여섯 자루의 비수가 빙글빙글 회전하면서 나선을 그렸다..

후리리릭!

촉중당문의 암기술인 회선비(回旋匕)였다.

요롱이가 당황했다. 일단 비수가 여섯 자루인 데다 직선이 아닌 곡선으로 날아오는 탓에 잡아낼 도리가 없었던 것이다.

푸슝!

전각에서 호두알이 날아왔다.

땅!

호두알이 첫 번째 비수를 후려치면서 방향이 틀어져 두 번째 비수로 날아갔다.

따다다당!

두 번째 비수와 부딪친 호두알은 순서대로 세 번째부터 여섯 번째 비수까지 부딪쳤고, 마지막으로 당사옥을 노렸다.

챙!

당사옥의 양옆에 서 있던 두 여인이 검을 휘둘렀다.

파악!

호두알이 네 동강이 났고, 호두알과 부딪친 비수들은 모두 땅바닥에 떨어졌다. 모든 시선이 전각으로 향했다.

"공격해!"

당사옥이 전각을 가리키며 큰 소리로 외쳤다. 공격당했다는 것 자체를 참지 못했던 것이다.

당운표는 망설였다.

호두알 하나로 여섯 개의 회선비를 파훼한 수법은 암기의 달인들이 모였다는 촉중당문에서도 보기 어려웠다. 그런 인물을 적으로 만드는 것은 어리석은 행동이었다.

"뭐 하느냐, 당운표?! 어서 공격하란 말이다!"

당사옥이 길길이 날뛰자 당운표는 공격 명령을 내렸다.

퓨슈슈슝!

좌대의 대원들이 전각을 향해 암기를 발사했다.

철전부터 시작해 신월표와 혈적자, 유엽비도 등 온갖 암기들이 전각에 쏟아졌다.

파바바박!

온갖 암기들이 전각 외벽에 빽빽하게 박혔다.

창을 박살 내고 내부로 들어간 암기들도 엄청났다. 그럼에도 비명 소리는 고사하고 아무런 변화도 없었다.

"멈춰라!"

당운표의 명령이 떨어지기가 무섭게 좌대의 대원들이 암기 발사를 멈췄다.

달그락! 달그락!

전각에서 진호가 걸어나왔다.

귀에 거슬리는 소리는 진호의 손아귀에서 흘러나왔다. 호두알 두 개가 구르면서 난 소리였다.

"으아앙! 대인!"

"엉엉!"

춘매와 하란, 추국, 동죽이 진호에게 달려갔다. 소녀들은 진호를 다리를 붙잡고 눈물을 펑펑 쏟아냈다.

진호는 말없이 소녀들의 머리를 쓰다듬어 줬다.

광기로 불타던 당사옥의 눈이 차가워졌다.

당사옥이 양옆에 시립한 두 여인에게 눈짓을 했다. 두 여인이 검을 뽑아 들고 진호에게 몸을 날렸다.

진호가 엄지손가락을 튕겨 호두알을 날렸다.

피잉~

두 개의 호두알이 두 여인을 노렸다. 두 여인이 들고 있던 검으로 호두알을 내려쳤다.

쨍!

검신이 유리창처럼 깨져 버렸고, 두 여인은 충격파를 견디지 못해 십여 보나 밀려났다.

"왁!"

"카아악~!"

두 여인이 피를 토하며 주저앉았다.

뼈가 부러지고 근육이 파열돼 양팔이 망가졌고, 내장이 손상되는 내상을 당해 운신조차 어려웠다. 그럼에도 당사옥은 두 여인에게 시선조차 주지 않았다.

당사옥은 진호에게 다가가 미소를 지었다. 창백한 인상과 뱀눈을 연상시키는 눈 때문에 섬뜩하게 느껴지는 미소를.

"소협께선 뉘신가요?"

진호의 나이는 이십대 초반. 명문세가의 귀공자처럼 외모는 수려했고 정제된 기품이 흐른다.

입만 열지 않으면…….

"이 별채의 손님."

일단은 음성부터 차갑다.

말투는 예의범절과는 거리가 멀고 어딘가 사람을 무시하는 기분을 느끼게 한다.

그럼에도 당사옥은 화내지 않았다.

"죄송합니다. 어찌하다 보니 이 별채에 난입하게 됐습니다. 용서해 주시겠습니까?"

오히려 저자세로 나왔다.

좌대의 대원들이 모두 놀란 눈으로 당사옥을 보며 자기 귀를 만지거나 손가락으로 귓구멍을 쑤셨다.

진호가 소녀들을 가리키며 말했다.

"이 아이들에게 용서부터 구하고 나서 말하지."

"오호호!"

당사옥이 배를 붙잡고 웃었다.

그녀는 음산함을 풍기는 창백한 얼굴로 진호를 노려봤다.

"당신에겐 용서를 구할 수 있어요. 하지만 기녀가 될 천한 계집년들에게 머리를 숙일 순 없어요."

"…짜증나는 여자로군."

"그래요? 그럼 더 짜증나게 해드리죠."

당사옥이 요롱이를 가리켰다.

진호는 의아해했다.

"어째서 백령이 당신과 함께 있는 거죠?"

"요롱이다."

“진짜 이름은 백령이에요.”

“내겐 요롱이일 뿐이다.”

진호는 물러서지 않았다.

당사옥은 부들부들 떨다가 숨을 들이켰다.

“좋아요. 백령이든 요롱이든 편리한 대로 부르죠. 중요한 건 왜 당신과 함께 있느냐는 거니까요.”

“떠돌이 개를 키우는 게 잘못된 일인가?”

“죄는 아니죠. 하지만 백령…….”

“요롱이다!”

“당신은 요롱이라고 부르세요, 나는 백령이라고 부를 테니까!”

당사옥이 선언하듯 외쳤다.

진호는 코웃음을 쳤다.

“백령은 떠돌이 개가 아니라 매우 중요한 임무를 수행하고 있었어요.”

“…….”

“백령은 진호라는 인물을 뒤쫓았어요.”

진호의 눈이 순간적이나마 흔들렸다.

그러나 찰나의 순간에 일어난 변화였고, 곧바로 신색을 회복했기에 당사옥은 알아채지 못했다.

“진호라……. 그가 누군데 요롱이가 추적한 거지?”

“자세한 것은 밝힐 수 없어요.”

진호가 능청스럽게 넘어갔지만 요롱이는 아니었다.

요롱이는 매우 못마땅해하는 눈으로 진호를 쳐다보았다.

당사옥은 이번에도 중요한 단서를 놓쳤다.

"백령은 특별한 종인 데다 우리 집안에서 특수한 방법으로 키운 개예요."

"하긴… 특이하기는 하지. 족제비인지 개인지 구별이 안 가는 점에선 누구나 인정할 거야."

진호가 빈정거렸다.

당사옥의 눈이 가늘어지면서 뱀처럼 음침해졌다.

"뭐라고 말해도 좋아요. 하지만 분명히 짚고 넘어갈 부분은 명확히 해야겠어요. 백령은 진호란 자를 뒤쫓았고, 지금 현재 당신과 같이 있어요. 이걸 어떻게 설명할 거죠?"

"그걸 왜 설명해야 하지?"

"나는 당신을 충분히 존중해 줬어요. 그런데 당신은 나를 존중해 주지 않는군요."

당사옥의 눈이 새파랗게 타올랐다.

"당운표."

"네, 아가씨."

"저자를 포획해라."

"아미파와 청성파의 생존자들부터 처리해야 합니다."

짝!

당사옥이 당운표의 뺨을 후려갈겼다.

사십대 중년 남자가 부하들이 보는 앞에서 이십대 처녀에게 뺨을 맞은 것이다. 당운표의 자존심에 깊은 상처가 생겼다.

"어서 시키는 대로 해!"

"…알겠습니다, 아가씨."

당운표가 등을 돌렸다. 그의 눈이 분노로 불타올랐다.

"성숙대진을 펼쳐라."

좌대의 이십팔 인이 진호를 포위했다.

진호가 성숙대진을 뚫어지게 노려보았다.

"이십팔수(二十八宿)를 응용한 진법이군."

성수(星宿)라고도 부르며 황도를 중심으로 나눈 천구(天球)의 스물여덟 자리로 동쪽의 각, 항, 방, 저, 심, 미, 기, 서쪽의 규, 누, 위, 묘, 필, 자, 삼, 남쪽의 정, 귀, 유, 성, 장, 익, 진, 북쪽의 두, 우, 여, 허, 위, 실, 벽을 이십팔수라 한다.

당운표가 입을 열었다.

"네가 아무리 암기의 달인이라도 본 문의 성숙대진을 감당하지는 못할 거다. 오기 부리지 말고 항복해라. 우리는 어린 계집애들까지 죽이고 싶지 않다."

일종의 투항 권고였다.

진호는 소녀들에게 시선을 돌렸다. 네 명의 소녀는 진호의 다리를 붙잡고 바들바들 떨고 있었다.

"애들아."

“네, 대인.”

“지금부터 눈을 감고 움직이지 말거라.”

“그, 그렇지만…….”

진호가 소녀들의 손을 일일이 떼어냈다. 소녀들은 진호와 떨어지지 않으려고 했다. 그런데 하란이 소녀들의 손을 잡았다.

“대인께 누를 끼치면 안 돼!”

“하지만…….”

추국의 눈에서 눈물이 뚝뚝 흘러내렸다.

“걱정하지 말거라.”

진호가 추국의 등을 토닥이며 말했다. 추국이 소매로 눈물을 닦아내며 고개를 끄덕였다.

“모두 눈을 감아라. 그리고 내가 눈을 뜨라고 말할 때까지 떠서는 안 된다.”

“네, 대인.”

춘매와 추국, 동죽이 대답했다.

“대인의 말씀이 없으면 평생 동안 눈을 감고 있을게요.”

하란이 방긋 웃으며 말했다. 이제 겨우 열 살인 소녀답지 않은 되바라진 말투였다.

진호는 소녀들을 등 뒤로 숨기고 허리춤에 꽂아둔 곤봉을 꺼냈다. 감덕형에게서 강탈한 곤봉이었다.

“발진(發陣)!”

당운표가 명령을 내리자 성숙대진을 구성한 이십팔 인이 양팔을 들어올렸다. 소매가 밑으로 흘러내리자 양팔에 착용한 비갑(臂鉀)이 드러났다.

파바바박!

비갑에서 수백 개의 우모침(牛毛針)이 발사됐다. 하늘 높이 올라간 우모침이 지상을 향해 은빛을 뿜어내며 내리꽂혔다.

촉중당문의 만천화우(滿天花雨)였다.

진호가 하늘을 향해 곤봉을 휘둘렀다.

쿠쿠쿵!

곤봉에서 뿜어져 나온 가공할 거력이 수천 개에 달하는 우모침을 한순간에 날려 버렸다.

"헉!"

"저, 저럴 수가……!"

사람들은 곤봉에서 뿜어져 나온 거력에 몸서리쳤다.

모두 넋 나간 얼굴로 진호를 쳐다보았다. 진호가 손가락으로 하늘을 가리켰다. 모두의 시선이 하늘로 향했다.

우모침이 폭우처럼 쏟아지고 있었다.

"으아악! 어, 어서 피해!"

"도망쳐라!"

거력에 휘말린 우모침이 공중에서 사방으로 퍼졌다가 지면으로 자유 낙하를 한 것이다.

파바바박!

“으아악!”

“꿰에엑!”

성숙대진이 한순간에 궤멸됐다.

태반이 땅바닥에 쓰러져 고통에 몸부림쳤고, 심하게 당한 자는 목숨이 위험했다. 우모침에 극독이 발라져 있었던 것이다.

당운표가 급히 달려가 부하들에게 해독제를 먹였고, 운신이 가능한 자들은 자신이 알아서 해독제를 복용했다.

“이놈들!”

청풍 도장과 수운 사태가 좌대의 대원들에게 몸을 날렸다.

진호가 곤봉을 휘둘렀다.

부우웅!

“커억!”

“큭!”

청풍 도장과 수운 사태가 곤봉에서 뿜어져 나온 거력에 휘말려 사오 장 정도 떨어진 담장까지 날아갔다.

쿠쿵!

청풍 도장과 수운 사태가 담장에 부딪쳤다.

꼴사나운 모습이었다.

청풍 도장이 비틀거리며 일어나더니 진호에게 뛰어갔다.

“이게 무슨 짓이오?”

“대항할 힘을 잃은 자들을 공격하는 게 청성의 도인가?”

“저 살인귀들은 사문의 형제들과 사질들을 해쳤소!”

“그럼 자기 힘으로 복수해!”

청풍 도장이 사지를 부들부들 떨었다.

“나는 청풍이다! 네 이름은 뭐냐?”

“당신이 내 이름을 들을 만한 가치가 있을까?”

“이! 오, 오늘의 치욕을 잊지 않겠다! 절대로 잊지 않겠다!”

청풍 도장의 얼굴이 악귀처럼 변했다.

진호는 비웃음을 짓고는 수운 사태를 쳐다보았다.

“스님도 같은 생각이시오?”

“잘못된 행동을 막아준 시주께 감사의 인사를 올립니다. 나무아미타불 관세음보살.”

수운 사태가 진호에게 합장했다.

진호는 곤봉을 허리춤에 꽂으며 입을 열었다.

“감사의 인사는 필요없고, 귀찮으니 다들 떠나시오.”

“알겠습니다, 시주.”

수운 사태가 뒤돌아서자 청풍 도장이 매서운 시선으로 진호를 노려보고는 걸음을 옮겼다.

수명 사태 일행이 도망가자 당운표는 안타까워하면서도 한편으론 안도의 한숨을 내쉬었다. 좌대의 대원들이 무력화된 이상 수명 사태 일행이 떠나는 게 안전했던 것이다.

“그쪽도 이만 떠났으면 하는데…….”

진호가 당운표에게 말했다.

당운표는 힘없이 고개를 끄덕였지만 당사옥은 달랐다. 원독에 찬 눈으로 진호를 노려보며 이를 갈았다.

하지만 어쩌랴.

그들의 전력은 무력화됐고, 당운표와 당사옥 단둘만이 무사했다. 아무도 죽지 않고 끝난 게 천운이었다.

“가시죠, 아가씨.”

당운표가 당사옥에게 권했다.

낙산은 아미파의 영역이다. 게다가 수명 사태와 수운 사태, 청풍 도장이 비록 별채를 떠났지만 어떻게 나올지 모른다. 빨리 낙산을 떠나지 않으면 목숨이 위험하다.

“은혜는 잊지 않겠소.”

당운표가 진호에게 포권하고 뒤돌아섰다.

좌대의 대원들이 비틀거리며 일어섰고, 움직이기 어려운 자는 동료의 부축을 받았다. 그들은 비참한 모습으로 별채를 떠났다.

당사옥은 파르르 떨다가 등을 돌렸다.

자존심 때문에 턱을 올리고 등을 꼿꼿이 세우며 걸음을 옮겼지만 그녀의 등엔 패배자의 낙인이 찍혀 있었다.

모두 떠나자 동죽이 입을 열었다.

“대인, 이제 눈을 떠도 돼요?”

“이젠 눈을 떠도 괜찮다.”

소녀들이 눈을 떴다.

"우와아!"

사방에 널려 있는 암기들이 소녀들의 눈을 사로잡았다. 소녀들의 눈이 동그랗게 커졌다.

소문은 발 없이도 천 리를 간다.

백화산장의 사건이 하루가 지나기도 전에 낙산에 알려졌고, 소문은 물길따라 사천 전역으로 퍼져 나갔다.

진상 조사차 많은 사람들이 몰려왔지만 그들을 맞이한 것은 굳게 닫힌 백화산장의 정문이었다.

"하아! 이거 미치겠군."

개방의 낙산 분타주 흑치는 멀찍이 떨어진 곳에서 백화산장을 쳐다보며 한숨만 푹푹 내쉬었다. 백화산장의 정문은 인산인해를 이루었고, 사천무림의 명사들도 끼어 있었다.

젊은 거지가 흑치에게 달려왔다.

"분타주님."

"그래, 알아봤느냐?"

"백화산장의 기녀들과 하인들은 모두 동구 밖의 철방사로 피신했고, 소수의 인원들만 남아 있습니다."

"감 대모는 어디에 있더냐?"

"안가장에 있습니다."

"역시… 백화산장은 안회와 연결돼 있었군."

개방의 낙산 분타는 안회가 낙산의 하오문주라는 것을 이미 파악하고 있었다. 또한 백화산장과 안회가 관계가 있을 거라고 짐작했다. 물증은 없고 심증만 있었을 뿐이지만.

"안가장에도 애들을 풀었으니까 얼마 후면……."

"헛소리! 안회가 어떤 놈인지 잊었느냐?"

"그렇기는 합니다만……."

젊은 거지가 떨떠름한 표정을 지었다.

흑치가 허벅지를 벅벅 긁으며 압을 열었다.

"쩝! 미치겠네. 곧 있으면 상부에서 문의가 쏟아질 텐데 소문의 진위조차 파악하지 못했으니… 이를 어쩐다?"

"죄송합니다. 저희들이 못나서……."

"됐다! 마음에도 없는 흰소리 그만 하고 하오문 애들이 있는 곳이나 뒤져라!"

"알겠습니다, 분타주님."

"정보란 것은 발로 뛰다 보면 자연히 얻는다! 그걸 잊지 말고 열심히 뛰어라!"

천하가 인정하는 개방의 정보망은 수많은 거지들이 발품을 팔아 하나둘 모아온 것에서 이루어졌다. 낙산 분타의 거지들도 개방의 정보 취득 방식에 따라 움직였다.

그러나 그들이 얻는 것은 한계가 있었다.

누군가 정보를 틀어막았기 때문이다.

"…미치겠군."

안회가 머리를 붙잡고 괴로워했다.

감보보가 입을 열었다.

"큰 피해 없이 끝나지 않았습니까? 혹시 소문 때문이라면 염려 마세요. 소문은 발 없이도 천 리를 가지만 백 일이 지나면 사라진다고 말하니까요."

"흥! 내가 소문 따위에 휘둘릴 사람인가?"

"그럼 백화산장이 한동안 문을 닫아야 한다는 게……."

감보보의 입가에서 미소가 지워졌다.

화류계에선 사흘만 문을 닫아도 고객이 모두 떨어진다. 그런데 백화산장은 얼마 동안이나 문을 닫아야 할지 모른다. 수익은 없지만 기녀들과 하인들을 먹여야 하니 시간이 흐를수록 손해가 눈덩이처럼 불어난다.

"흥! 이봐, 감 대모! 사천의 삼대세력이 전쟁에 끼어들면 백화산장에서 떨어지는 수익 따위는 아무것도 아니야!"

"무슨 말씀이세요?"

"전쟁은 돈의 싸움이야. 누가 더 많이 쏟아 붓느냐가 관건이지. 하지만 여기에 변수가 있어. 사실 이거야말로 전쟁의 승패를 좌우하는 열쇠이지."

"그게 뭔데요?"

"보급."

지금까지 경청만 하던 감덕형이 끼어들었다.

안회의 입가에 미소가 떠올랐고, 감보보는 의아해했다.

"아무리 물자가 많고 병사가 많아도 적재적소에 배치되지 않으면 아무런 의미가 없다."

"얼마만큼 빠르게 필요한 물품을 전달하느냐에 따라 승패가 갈리지. 그 점만 따지면 청성파가 절대적으로 유리하다. 청성파의 속가제자가 운영하는 표국만 수십 개가 넘으니까."

"그런데 그게 우리와 무슨 상관이죠? 우리는 삼대세력이 싸울 때 납작 엎드려야 하잖아요."

"흐흐흐, 다른 하오문도 감 대모와 같은 생각을 하겠지."

안회가 징그럽게 웃었다.

"설마 삼대세력의 전쟁에 끼어들 건가요?"

"아미파는 보급에 문제가 많다. 속가제자들이 여자이기 때문이지. 가끔가다 베갯머리송사로 힘을 발휘하지만 전쟁은 달라. 생사가 걸리면 베갯머리송사가 영향을 발휘하기 힘들지."

"그럼 아미파의 물류를 독점하려고요?"

안회가 고개를 끄덕였다.

감보보가 나름대로 주판알을 튕겼다.

"위험하기는 하겠지만… 여러모로 이득이 크군요."

"가장 큰 이득은 민심을 사는 거다."

감덕형이 넌지시 말했다.

낙산은 불교의 영향력이 큰 데다 아미산과 지리적으로 가깝다. 주민들 대부분이 불교 신자고 민심은 불교에 호의적이었다.

“그렇다면 아미파와 접촉해야겠군요.”

“아미파에서 사람을 보내 감 대모를 찾을 테니 그건 걱정할 필요 없어. 문제는 어떻게 협상을 하느냐가 관건이지.”

백화산장의 별채에 녹영의 좌대에게 기습당해 사망한 아미파와 청성파의 고수들 사체가 보관돼 있다. 아미파에서 사체를 인도받으려고 감보보를 찾을 것이다.

“그렇다면 어떻게 호감을 주느냐가 문제군요.”

“문제랄 것도……. 가만, 문제? 끄윽!”

안회의 안색이 시커멓게 변했다.

“왜 그러세요, 대인?”

“지금 아미파보다 내 발등에 붙은 불부터 꺼야 해.”

“무슨 말씀이세요?”

“안 대인께서 동창의 대인과 약속한 날짜가 내일이다.”

안회가 열흘 안에 유륜의 행방을 찾겠다고 진호에게 호언장담했다. 그런데 유일한 단서인 의문의 밀항선이 어디 소속인지, 어떤 곳으로 갔는지 파악조차 못했다.

“…어떻게 한다?”

안회가 난감한 표정을 지으며 고심했다.

감보보는 내심 전전긍긍하는 안회가 이해 가지 않았다. 그녀가 아는 안회는 악랄하며 잔인했고 약삭빨랐다. 상대가 강하면 허리를 숙이고 기회를 노렸다가 끝장을 냈다. 상대가 동창의 인물이라고 해도 이런 모습은 어울리지 않았다.

"동창의 대인은 강하다."

감덕형이 여동생의 마음을 읽었는지 넌지시 말했다.

"강한 건 알아요. 내 눈으로 직접 목격했으니까요."

감보보는 그때를 떠올렸다.

그녀는 축중당문이 자랑하는 만천화우를 일시에 날려 버리던 곤봉의 거력을 떠올릴 때마다 등골이 서늘해졌다.

"난리가 났을 때 아이들이 별채에 있다는 것을 듣고 가지 않았다면 보지 못했겠죠. 그 엄청난 광경을……."

"나도 안가장에서 유사한 것을 봤다."

안회의 표정이 밝지 못하다.

진호가 곤봉을 휘둘러 안회가 보물처럼 아끼던 정원들을 초토화시킨 것을 떠올린 것이다.

"하지만… 동창의 대인은 사람을 함부로 죽이지 않던데요. 안 대인께서 그리 두려워……."

감보보가 급히 입을 다물었다. 이야기를 하다가 그만 해서는 안 되는 말까지 나온 것이다.

"보보야, 네가 아직 사람 보는 눈이 부족하구나."

"네? 그럼 제가 잘못 봤단 말이에요?"

"완벽하게."

"뭘 잘못 봤다는 거죠?"

"그 대인은 필요에 따라선 만 명의 목숨이라도 눈썹 하나 꿈쩍하지 않고 없애 버릴 사람이다. 반대로 필요하다고 생각

하면 절대로 죽이지는 않지. 다만… 죽는 게 낫다고 만들 거
다.”

안회도 감덕형과 생각이 비슷했다.

특히 죽는 게 낫다고 만드는 점에 관해서는 한 치의 의심도
없었다. 안회는 악몽 같았던 몽둥이찜질을 떠올렸다.

“으으으… 또 그렇게 당할 수는 없어.”

생각만으로도 안회의 사지가 사시나무 떨듯 떨렸다.

원보은 삼백 냥을 뇌물로 받은 걸 약점으로 쓰고 싶어도 아
직까지 진호의 이름조차 알아내지 못해 동창의 대인이라고만
부르는 형편이다. 게다가 함부로 협박했다간…….

‘수틀리면 나는 물론 낙산 하오문이 몰살한다.’

안회는 진호가 얼마나 위험한 사람인지를 본능적으로 깨
닫고 있었다.

감보보가 입을 열었다.

“천녀가 도와드릴까요?”

“응? 묘수라도 있는가?”

“좋은 해결책이 있습니다.”

감보보가 호기롭게 말하자 안회는 눈을 빛냈다.

“이번 일을 해결해 주면 톡톡히 보답해 주지.”

감보보가 미소 지었다.

제9장

네 명의 소녀와
교환한 넉 달

다음날 아침.

진호가 머물고 있는 별채에 안회가 나타났다. 감보보가 소녀들을 대동한 채 안회를 맞이했다. 소녀들은 백화산장의 동기인 춘매와 하란, 추국, 동죽이었다.

안회의 입가에 음흉한 웃음이 떠올랐다.

"과연 감 대모는 다르군."

"안 대인께서도 조금만 생각하셨다면 아셨을 거예요."

슬쩍 치켜세워 주는 것을 감보보는 잊지 않았다.

"그럼 들어갈까?"

"그러시죠, 대인."

안회와 감보보가 문을 열고 별채로 들어갔다.

진호가 뒷짐을 지고 한가로이 정원을 거닐고 있었다.

멍멍!

요롱이가 네 명의 소녀에게 달려갔다.

소녀들은 요롱이를 껴안고 즐거워했고, 안회의 입가에 슬그머니 미소가 떠올랐다. 진호가 그걸 놓칠 리 없다.

"감 대모, 당신 생각이오?"

"천녀는 태생적으로 어리석은 데다 배운 것마저 없어 대인의 말씀을 이해하지 못하겠나이다."

"훗!"

짧은 코웃음.

묘한 긴장감이 깔렸다.

그러나 감보보는 모르쇠로 일관했고, 안회는 헤실헤실 웃으며 진호의 눈치만 보았다.

"안 대인."

"꿀꺽!"

진호가 갑자기 정중하게 나오자 안회는 기묘한 불안감이 엄습해 와 침을 삼켰다.

"오늘이 약속한 날인데 어찌 되셨소?"

"…죄, 죄송합니다. 아직 그 밀항선의 정체를 파악하지 못했습니다. 조금만 더 시간을 주신다면…….."

"얼마면 되겠소?"

"한… 달, 아니, 석 달 정도는 필요합니다."

안회가 중도에 말을 바꿨다.

여유 시간은 많을수록 좋은 것이다.

"좋아. 한 아이마다 한 달씩 쳐서 넉 달의 기한을 주지."

"네? 그게 무슨 말씀입니까?"

"상도에 따르면 계약을 어길 시 위약금을 지불하지."

"그렇습니다만……."

"위약금으로 저 네 아이를 받겠다는 뜻이야."

진호가 요룡이와 네 명의 소녀를 가리켰다.

소녀들은 어리둥절한 표정을 지었고, 감보보는 안색이 새파랗게 변했다.

"죄송하지만 저 아이들의 권리는 감 대모에게……."

"어이, 안 노인."

"네?"

진호가 뒷짐을 풀었다.

곤봉을 쥔 손이 안회의 눈앞에 나타났다.

안회의 안색이 푸줏간의 썩은 돼지 내장처럼 변했다.

"선수끼리 왜 그래?"

"네?"

"백화산장의 진짜 주인이 안 노인이란 걸 내가 눈치 채지 못했을 것 같나?"

"그, 그걸 어떻게……?"

"쯧쯧, 내가 원하는 답은 그게 아니야."

진호의 눈꺼풀이 내려와 눈동자를 절반이나 가렸다.

표정은 사라지고 절반만 드러난 진호의 눈동자는 한 점의 빛도 없는 칙칙한 어둠밖에 없었다.

소름이 돋는 살기가 휘몰아쳤다.

안회는 죽음을 보았다.

"아, 알겠습니다. 저 네 아이는 지금부터 대인 겁니다."

진호의 표정이 순식간에 밝아졌다. 곧바로 곤봉을 치우고 안회의 어깨를 토닥여 줬다.

"하하! 안 대인은 말이 통해서 좋단 말이야."

"소, 소인도 말이 통하는 게 좋습니다. 아… 하… 하……!"

안회의 웃음은 참으로 어색했다.

"아, 그리고 말이야."

"네."

"넉 달 뒤에는 마지막이란 것을 미리 알았으면 좋겠군. 물론 한 달 안에 알아내면 더 좋겠지만 말이야."

"네? 한 달이라니요?"

"알아서 생각해."

진호의 표정은 밝았다.

이상할 정도로 밝았다. 안회는 깨달았다. 말만 넉 달이지 실제는 한 달이라는 것을…….

진호가 감보보에게 시선을 돌렸다.

"감 대모."

"부르셨나요, 대인?"

감보보의 입가에서 떠나지 않던 미소가 보이지 않았다. 눈가에는 의문이 가득했고, 당혹스런 표정을 감추지 못했다.

"안 노인의 이야기를 들었겠지?"

"네."

"그럼 바로 조치해 주겠어?"

소녀들의 기적을 정리하라는 뜻이다.

감보보는 고개를 끄덕이고는 네 명의 소녀를 불렀다.

"얘들아, 앞으로는 대인이 너희들의 주인이시다."

"…대모님……."

소녀들은 어찌할 바를 몰라 눈물만 글썽였다. 오직 하란만이 미소를 지었다.

"어서 주인님께 인사드려야지."

"네, 대모님."

감보보는 소녀들을 친딸처럼 대했고, 소녀들도 감보보를 모친처럼 대했다. 네 명의 소녀들이 동기 수업만 끝나면 자유롭게 행동했고, 진호의 별채에 와서 요롱이와 놀 수 있었던 것도 감보보의 배려가 있었기 때문이다.

"춘매."

"하란."

"추국."

“동죽이 주인님께 인사드립니다.”

소녀들이 진호에게 절했다.

감보보는 진호와 소녀들을 보며 복잡한 표정을 지었다. 그녀는 소녀들을 친딸처럼 사랑했다. 그래서 기녀가 되는 걸 원치 않았다. 기녀의 말년은 눈물만 남기 때문이다.

그러나 기적이 정리된다고 행복해지는 것도 아니다. 당장 밖에 나가면 굶어 죽을 수도 있고 더 나빠질 수도 있다.

그래서 감보보의 걱정은 커질 수밖에 없었다.

“안 노인.”

진호가 갑자기 안회를 불렀다.

“네, 대인.”

“나는 강도가 아니야.”

이 말을 듣는 순간 안회는 속에서 타오르는 불길을 느꼈다. 그러나 어쩌랴!

힘없는 놈이 참아야지.

“오는 게 있으면 가는 게 있는 법이지.”

“네?”

“사천의 삼대세력이 전쟁을 시작했어. 낙산은 아미산과 가깝고 수운이 발달한 지역이라 전화(戰火)를 피할 수 없어.”

“소인의 판단도 그러합니다.”

“촉중당문이 낙산을 노린다면 가장 먼저 정보부터 장악하려고 하겠지. 개방은 건드리지 못하니 낙산의 하오문을 표적

으로 삼을 거고 안 대인은 위험에 처할 거야. 그때 내가 도와
주지. 단 넉 달 안에 일어나면 말이야."

잘 나가다가 삼천포로 빠진 격이랄까.

안회의 표정은 떨떠름했다.

'이건 또 뭐야? 한 달 안에 찾으라고 해놓곤 넉 달은 또 뭐
냐고? 도대체 종잡을 수가 없군.'

안회가 머리를 잡고 끙끙거렸다.

진호는 소녀들과 다정하게 이야기를 나누고 있었다.

낙산은 보름 동안 평온했다.

두 사람만 모여도 백화산장의 사건을 이야기하며 차후에
불어닥칠 재앙을 두려워했지만 피부로 느끼지는 못했다. 말
만 무성했지 평화로웠던 것이다.

그런데 사건이 터지고 보름째 되던 날.

아미파의 여승들이 나타나자 낙산의 시내는 그대로 얼어
붙었다. 일단은 여승들의 숫자였다. 무려 이백여 명이나 됐
다. 게다가 도검으로 무장한 데다 끌고 온 마차에도 병기가
가득했다.

낙산의 주민들은 그제야 삼대세력의 전쟁이 어떤 의미인
지를 피부로 느꼈다. 그러나 이건 시작에 불과했다.

일향암(一響庵).

민강이 내려다보이는 언덕에 세운 암자로 아미파의 분사

에 여승들이 집결했다. 여승들은 곧바로 일향암에 진지를 조성했고, 삼십여 명의 여승이 백화산장을 찾아왔다.

우두머리는 수명 사태였다.

"오랜만입니다, 수명 스님."

감보보가 여승들을 반갑게 맞이했다.

"아미타불. 빈승이 이곳에 온 이유를 아실 것이오."

"따라오세요."

감보보가 안내한 곳은 시체 보관소였다.

좌대의 기습으로 사망한 아미파의 여승과 청성파 도사들의 시체가 가지런히 보관돼 있었다.

"…아미타불."

여승들은 시신들을 쳐다보며 불호를 외웠다.

그들의 얼굴에는 슬픔과 분노가 언뜻 드러나긴 했지만 전체적으로 감정을 억누르고 있었다.

"모시거라."

"네, 사숙님."

여승들이 동료의 시신을 옮기는 동안 수명 사태는 밖에서 지장경을 읊고 있었다. 감보보가 차를 가지고 왔다.

"드시지요."

"고맙소, 여시주."

수명 사태가 차를 마시는 동안 시신을 수습한 여승들은 백화산장을 떠났다. 그럼에도 수명 사태는 남았다.

"여시주, 부탁이 있는데 들어주시겠소?"

"말씀하세요, 스님."

안회가 아미파의 물류를 독점해 돈을 벌려는 계획을 세웠다. 솜씨 좋은 장의사를 불러 여승들의 사체를 특별히 신경 쓴 것도 안회의 계획을 성사시키기 위해서였다.

그런 상황인데 무슨 부탁인들 못 들어주겠는가.

'어떤 부탁이든 들어드리지요.'

감보보는 자신있었다.

"그날 빈승이 도망치다 어떤 별채에 뛰어들었소. 거기에는 서너 명의 어린 소녀와 젊은 시주 분이 계셨소이다."

감보보의 표정이 굳어졌다.

"빈승은 그 젊은 시주 분을 만나고 싶소이다."

"으음……."

수명 사태가 찾는 젊은 시주는 진호였다.

감보보는 난감했다.

"죄송합니다, 스님. 그것만큼은 어렵습니다."

"빈승이 만남을 원한다고 연락이라도 넣어주시겠소?"

"그건 해드릴 수 있으나……."

"부탁하오."

"알겠습니다. 잠시만 기다려 주십시오."

감보보가 진호의 별채로 향했다.

별채는 전투의 흔적이 하나도 남아 있지 않았다. 수북하게

쌓였던 암기나 젓가락에 꿰인 채 담벼락에 박혔던 신월표도
보이지 않았고, 망가졌던 화원의 일부도 복구됐다.

정원에선 소녀들과 요롱이가 놀고 있었다.

"얘들아!"

"대모님!"

소녀들이 감보보에게 깡충깡충 달려왔다.

감보보는 품속으로 뛰어든 소녀들을 다정하게 안아줬다.

"잘들 있었니?"

"네, 대모님."

"대인께선 어디에 계시니?"

"주인님은 방에만 계세요. 우리들하고 잘 놀아주지도 않
고… 매일 앉아서 주무시기만 해요."

춘매가 입을 삐죽이며 고자질을 했다.

진호는 현재 구층연심법의 육층 공부인 득약의 한계에 도
달해 칠층 공부인 결단을 눈앞에 두고 있었다.

"그럼 대인을 깨울 수는 없겠니?"

"안 돼요."

소녀들이 일제히 고개를 도리질했다.

하란이 입을 열었다.

"주인님께서 내가 수련 중일 때에는 아무도 들어와서는 안
된다고 말씀하셨어요."

"수련?"

“네.”

“그래, 그럼 대인께서 나오시면 연락해 주렴.”

“네, 대모님.”

감보보가 등을 돌렸다.

[무슨 일이오?]

감보보의 귓가에 진호의 음성이 울렸다.

감보보는 귀를 만지며 당황했다. 전음을 한 번도 경험하지 못했기 때문에 환청인가 싶었던 것이다.

[감 대모의 귀가 잘못된 게 아니니 걱정하지 마시오.]

“설마… 대인께서…….”

[그보다 날 찾은 이유가 뭐요?]

“아미파의 수명 스님께서 면담을 원하십니다.”

감보보가 전각을 바라보며 말했다.

소녀들은 감보보가 왜 저러나 싶어 의아해했다.

[만날 이유가 없소.]

“알겠습니다. 그리 전하겠습니다.”

안회의 야심 찬 계획을 도우려면 수명 사태의 부탁을 들어 줘야 한다. 감보보는 별채에 오기 전까지만 해도 애걸복걸을 해서라도 수명 사태의 부탁을 성사시키려고 했다.

그런데 얼굴조차 보지 못한 데다 전음이란 초상승 절학에 놀라 아무 말도 못한 채 발길을 돌렸다.

전각의 내실.

진호가 한숨을 내쉬며 눈을 떴다.

"하아……!"

진호는 운기조식하면서 전음으로 감보보와 대화한 것이다. 정확히 말한다면 운공 중이었기에 전음을 쓴 것이다.

"…쉽지가 않군."

대약은 한계에 도달했다.

그러나 구층연심법 칠층 공부인 결단의 경지에 오르지도 못했다. 그러나 득약의 단계에선 운공 도중에 전음을 할 수 없다. 진호는 득약과 결단의 중간에 있었다.

녹잠고가 발작했을 때 결단의 요결 일부를 해석해 삼매진화를 일으킨 뒤 나타난 현상이다.

"삼매진화를 일으키지도 못하니……."

결단의 경지에 도달해야 삼매진화를 일으킨다. 우연처럼 일으켰던 삼매진화는 더 이상 나오지도 않았고, 해석된 일부의 요결로는 도움도 되지 않았다.

"아직은 괜찮지만……."

진호는 왼쪽 손등의 녹색 거미를 응시했다.

녹색 거미는 잠들어 있었다. 비천백사를 잡아먹고 삼매진화의 힘으로 진화한 후 석 달이 지났지만 녹색 거미는 문신처럼 남아 있을 뿐 아무런 활동도 없었다.

진호는 자리에서 일어나 탁자에 있는 검은 가죽을 왼손에

꼈다. 검은 가죽은 손등만 가리는 장갑이었다. 이 기묘한 장갑의 재질은 묵린거망의 머리 가죽이다.

요롱이를 뒤쫓다 팽가섭의 일도에 양단된 불쌍한 묵린거망을 진호가 밀림을 지나다 우연히 발견했다. 유륜을 추적하는 상황이었지만 왠지 마음에 끌려 묵린거망의 머리 가죽을 벗겼고, 별채에 숙식하는 동안 장갑을 만든 것이다.

"주인님!"

진호가 밖으로 나오자 소녀들이 몰려왔다. 소녀들의 뇌리에서 감보보의 이상했던 태도는 깨끗하게 사라진 뒤였다.

진호가 입을 열었다.

"자, 수련을 시작하자꾸나."

"네."

진호는 소녀들에게 무공을 가르치고 있었다.

아직은 기초적인 권각술에 불과했지만.

며칠 후,

청성파의 도사들이 백화산장을 방문했다.

청풍 도장이 수좌였고, 인원은 십여 명이었다. 감보보가 친절하게 맞이했지만 청성파 도사들의 태도는 냉랭했고 감보보를 멸시하는 기색을 숨기지도 않았다.

그럼에도 감보보는 미소를 잃지 않았다.

감보보는 청성파 도사들을 시체 안치소로 안내했고, 그들은 준비한 관에다 시체를 담고 곧바로 떠났다.

"그자에게 전하거라."

청풍 도장이 떠나기 전에 감보보에게 말했다.

"그날의 원한을 잊지 않고 있다. 오늘은 시신을 운구하러 왔으니 그냥 넘어가지만 언젠가는 복수한다고 말이다."

"알겠습니다. 도장님의 말씀을 한 자도 빼지 않고 그대로 대인께 전하겠습니다."

"흥! 하오문의 잡년이니 알아서 잘하겠지."

도사라곤 믿기지 않을 정도로 천박한 말투였다.

감보보는 모멸감에 전신을 파르르 떨었다. 청성파 도사들이 떠나자 곧바로 주방으로 달려가 소금을 몇 바가지나 퍼와 문 앞에다 뿌렸다. 문 앞이 하얗게 될 때까지.

"하하하!"

그 이야기를 그대로 들은 진호는 파안대소했다.

감보보가 입술을 삐죽거리며 투덜댔다.

"너무하세요, 대인. 천녀는 정말 화났어요. 어떻게 도를 닦는다는 도사가 그런 말투를 쓰는지……."

"세상 사람들은 어리석기 그지없어 껍데기만 그럴싸하고 속은 썩어버린 땡추와 가짜 도사들이 대접받지."

"아무리 그래도 추한 모습을 숨길 줄은 알아야죠."

"그 가짜 도사는 이전까진 훌륭한 도사 노릇을 했을걸. 아마 주변에서 칭송도 자자했을 거야."

"어째서요?"

감보보가 질문했다.

"썩은 냄새를 숨기려고 온갖 고상한 척을 했을 거니까. 의식적이든 무의식적이든."

"그럼 지금은 어째서 썩은 내를 풍기는 거죠?"

"가면이 벗겨졌기 때문이지."

"네? 그게 무슨 뜻인지……?"

진호는 더 이상의 언급을 피했다.

감보보는 궁금했지만 더 이상 묻지 않았다. 하오문의 여인이며 화류계에서 잔뼈가 굵은 여인답게 눈치가 빨랐던 것이다. 그녀는 그 이후로 청풍 도장의 이름을 언급하지 않았다.

아미파 여승들이 일향암에 진지를 쳤지만 낙산의 주민들은 변화를 보이지 않았다. 애초부터 불문에 호의적이었고 아미파 여승들도 특별한 행동이 없었기 때문이다.

어느새 한 달이 지나자 일향암의 진지조차 낙산 주민들의 뇌리에서 사라져 버렸다.

그런데,

촉중당문의 전투선들이 민강을 타고 내려오자 달라졌다. 전투선들은 일향암이 보이는 반대편 강변에 정박했다.

일촉즉발의 상황.

그러나 전투는 벌어지지 않았다.

촉중당문의 인물들은 강변에 진지를 조성하고 민강을 사이에 두고 아미파의 여승들과 대치했다. 그날부터 전서구와 비응전서가 낙산의 하늘을 뒤덮었다.

낙산에 전운이 감돌았다.

온갖 불길한 소문들이 돌면서 낙산의 주민들은 불안감에 떨었다. 해가 떨어지면 사람들은 모두 집에 들어가 밤거리는 적막함에 휩싸여 섬뜩할 정도였다.

그렇게 보름이 지났다.

안회는 그동안 피 말리는 보름을 보냈다.

"…내가 잘못 생각한 건가?"

아미파의 물류를 독점해 돈을 만지겠다며 일향암을 제집처럼 다녔지만 특별한 소득을 얻지 못했다. 그렇다고 아미파의 여승들이 안회를 박대하지도 않았다.

하지만 그것은 하오문주가 아니라 낙산의 부호인 안회로 대접했기 때문이다. 나름대로 돈도 쓰고 귀한 물자도 보냈지만 아미파 측은 시주한 것으로 받아들였지 뇌물로는 인정조차 하지 않았다. 안회의 속이 타 들어갔다.

그러다가 보름 전 촉중당문이 내려오자 모든 게 달라졌다.

전투 대기 상태로 전환돼 일향암에 발도 못 붙이게 됐다.

게다가 그때부터 묘한 시선들이 느껴졌다.

"느낌이 안 좋아."

안회의 생존 본능이 위험을 알렸다.

그가 밑바닥에서부터 낙산 하오문의 주인이 될 때까지 목숨을 부지할 수 있었던 것은 본능에 충실했기 때문이다.

"튀자!"

아미파 물류를 장악하겠다는 야무진 꿈은 접기로 했다.

일단 생존이 우선이었다.

그러나 낙산을 떠날 수는 없다. 그랬다가는 모든 기반을 잃고 몰락하기 때문이다. 하오문은 배신과 암투로 이루어진 세력이기 때문이다. 언제든지 주인이 약해지면 이빨을 들이댈 놈들로 가득했다. 낙산의 하오문도 별반 차이가 없었다.

안회가 안전하려면 낙산에서 가장 안전한 곳에 둥지를 틀고 부하들을 조종해야 한다.

그런 곳을 안회는 알고 있었다.

"으악!"

"끄아악!"

기습이다!

다른 곳으로 이사한다는 결정이 늦었던 것이다.

안회는 벽에 숨겨져 있던 비밀 통로의 문을 열고 안쪽으로 뛰어들었다. 일단 목숨부터 챙겨야 했다.

"헉… 헉……!"

안회는 숨을 헐떡이며 달렸다. 한 사람이 겨우 지나갈 정도로 좁고 긴 통로였다. 비밀 통로는 안가장의 뒤편에 있는 야산까지 이어져 있었다.

출구는 야산에 있는 작은 동굴이었다.

안회가 동굴 밖으로 머리를 내밀고 주변을 훑어보았다. 다행히 인적이 없었다. 안회는 안심하며 동굴 밖으로 나왔다. 그런데 십여 보를 채 걷기도 전에 검은 그림자들에게 포위당했다.

"암부(暗夫)!"

각대 문파와 무림세가에는 어두운 부분이 생길 수밖에 없다. 암부란 그런 어둠 쪽 일을 처리하는 자들을 말한다.

"촉중당문의 암부들이군."

안회가 힘없이 말했다.

각대 문파와 무림세가는 암부의 존재 자체를 부정한다. 그래서 암부란 이름이 생겼고, 하오문은 성격상 그들에 대해 누구보다 자세히 알고 있었다.

'내 인생도 이걸로 끝이군.'

암부는 합법적으론 존재하지 않는다. 그것은 암부와 만났을 때 철저하게 소멸된다는 뜻이다. 암부 역시 정체가 드러나면 스스로의 존재를 없앤다. 그래서 안회는 죽음을 떠올린 것이다.

쐐애액!

비도가 날아왔다.

"나찰승이다!"

검은색 승복을 입은 여승들이 나타났다. 그들은 아미파의 암부로 나찰승이라 불렸다.

챙챙!

나찰승과 촉중당문의 암부들이 격돌했다.

그들의 격돌은 짧았다.

순식간에 싸웠고, 바람처럼 사라졌다. 죽는 것보다 정체를
들키는 걸 싫어하는 암부의 특성 때문이다.

"하아! 살았다."

안회가 힘없이 주저앉았다.

아침이 되자 안회는 야산을 빠져나와 안가장으로 갔다. 안
가장의 경호 무사들은 침입자와 싸우다 전멸당했다. 하인과
하녀들은 무사했지만 모두 공포에 빠져 있었다.

안회는 그날부로 이사했다.

"수고했네, 감 대모."

"안 대인, 별말씀을 다 하십니다."

감보보가 미소를 지으며 말했다.

안회가 이사한 곳은 백화산장의 별채였다. 그것도 진호의
별채 바로 옆집이었다.

"대인께선 뭐 하시는가?"

"한량 그 자체입니다."

안회는 오히려 안심하며 편안한 표정을 지었다.

"인사하러 가야겠군."

안회는 하인들을 대동하고 진호의 별채로 향했다. 하인들
이 짐을 어깨에 메고 뒤따랐다.

끼이익!

별채의 문이 열리자 정원이 나타났다. 소녀들은 정원에서 요롱이와 노는 중이었고, 진호는 정자에서 차를 마시고 있었다.

안회는 정자로 향했다.

"대인, 그동안 평안하셨습니까."

"저것들은 뭐요?"

진호가 하인들이 어깨에 멘 짐을 가리키며 질문했다.

"아가씨들에게 드릴 선물입니다."

안회는 백화산장의 동기였던 네 명의 소녀를 이전과 달리 명문대가의 소공녀처럼 대했다. 강자 앞에 허리를 숙이고 약자는 물어뜯는다는 하오문도의 주인다웠다.

하인들이 소녀들 앞에서 짐을 풀었다.

"와아!"

"어머나!"

비단을 비롯해 도자기, 온갖 생활 용품과 악기, 바둑판, 놀이 기구 등이 나왔다. 선물은 소녀들의 취향을 철저하게 조사한 후 구입한 것들이었다.

발랄한 성격의 춘매는 음악을 좋아해 악기를 독점했다. 차분한 성격의 하란은 어린애답지 않게 도자기와 그릇 등 주방 도구에 흥미를 보였으며, 소심한 성격의 추국은 비단에 빠졌다.

애잔함이 묻어나는 동죽은 화선지와 붓을 쥐었다. 게다가 요롱이에겐 큼지막한 뼈다귀가 준비됐다.

진호가 입을 열었다.

"장수를 잡으려면 말을 쏘라고 했지."

"에헤헤."

안회가 뒤통수를 긁적였다.

"그냥 이웃이 된 기념으로 준비한 약소한 선물입니다."

"어젯밤 재미있었지."

"…어떻게 아셨습니까?"

"그러니까 이사 왔잖아."

"하아!"

안회가 한숨을 내쉬자 진호가 찻잔을 내밀었다.

"나찰승이라고 했던가?"

"서, 설마… 보, 보신 겁니까?"

"안 노인을 감시하더군."

"혹시 나찰승들이 언제부터 소인을 감시했는지 아십니까?"

"안 노인이 일향암을 들락날락할 때부터일 거야."

진호는 백화산장에만 있지는 않았다.

비밀리에 움직였고, 낙산의 동향을 조사하고 있었다.

"허! 소인이 아미파를 얕잡아 봤군요."

"하하하! 상대는 구대문파의 하나야. 여승들만 있다고 허투루 봤다간 뒤통수를 맞지."

"네, 소인이 실수했습니다. 설마 아미파와 촉중당문 양측이 모두 암부를 움직일 줄은 몰랐습니다."

세력 간의 전쟁은 대외적인 활동이다.

사람들 시선이 몰려 있는데 설마 암부를 쓰겠냐며 방심했던 게 안회의 실수였다. 전쟁은 드러난 전투보다 보이지 않는 전투가 더 극심하다는 것을 몰랐다.

안회는 하오문 내부의 싸움이나 다른 지역의 하오문과의 자잘한 싸움만 알았기에 이런 실수를 한 것이다.

진호가 입을 열었다.

"드러난 힘보다 드러나지 않은 힘이 더 무서운 법이지. 특히 구대문파는 드러나지 않은 힘이 드러난 힘보다 크지."

그게 구대문파의 저력이다.

"휴우~ 소인은 그저 재앙이 지나가길 빌어야겠습니다."

"그건 어려울걸."

안회가 힘없이 고개를 끄덕였다.

나찰승을 비롯해 촉중당문의 암부까지 목격했다. 설령 양측 세력이 안회를 놔줘도 암부들이 손을 쓸 것이다.

그게 암부의 율법이었다.

낙산의 밤은 점차 무법천지로 변해갔다.

나찰승과 촉중당문의 암부인 암영대가 밤마다 충돌한 것이다. 하오문은 잠정적으로 활동을 중지하고 음지로 숨었다.

고래 싸움에 새우 등이 터지는 격이 될 수 있었기 때문이다.

낙산 지현의 포쾌공방마저 숨을 죽였다.

그들도 제 목숨은 아까웠던 것이다. 그리고 피비린내 나는 싸움이 있었어도 시체가 나오지 않았고, 희생당한 민간인들이 발생하지 않은 덕에 이번 사태에 눈을 감을 수 있었다.

그러나 주민들의 원성을 피할 수는 없었다.

불문에 호의적이던 주민들의 마음도 점차 싸늘해져 갔고, 상업 활동이 어려워지면서 민생고에 문제가 생기고, 상선들마저 정박을 기피하면서 물가가 오르자 여론이 악화됐다.

개방의 낙산 분타.

수명 사태를 비롯해 서너 명의 여승이 낙산 분타주인 흑치를 만나러 왔다. 흑치는 그들을 반갑게 맞이했다. 수명 사태는 촉중당문의 부당함을 역설하며 도움을 요청했다.

그러나 흑치는 고개를 저었다.

"죄송합니다. 저희는 아미산을 도울 수 없습니다."

"그게 무슨 소리요?"

"어느 세력에도 합류하지 말고 관망하라는 명령이 상부에서 하달됐습니다. 특히 낙산 분타는 경거망동하지 말라는 특별 지시까지 있었습니다."

"믿을 수 없구려."

수명 사태의 얼굴에 노여움이 가득했다.

흑치는 고개를 들지 못했다.

"죄송합니다."

"아미타불. 흑 타주, 낙산에 본 파의 영향이 지대함을 모르지는 않을 거요."

"잘 알고 있습니다."

상당히 미묘한 대답이었다.

수명 사태의 턱 끝이 파르르 떨렸다.

"잠시 여론이 안 좋지만 이번 어려움만 넘기며 낙산의 불자들은 오히려 부처님의 위대함을 깨닫게 될 것이오."

"소인도 그러리라 보고 있습니다."

"그럼 됐소."

수명 사태가 자리를 박차며 일어섰다. 더 이상 대화를 나눠봐야 무의미하다는 것을 깨달은 것이다. 수명 사태가 나가자 여승들도 뒤를 따랐다.

흑치는 한숨만 내쉬었다.

"하아! 도강언 분타주도 비슷한 일을 겪고 있겠지."

아미파와 촉중당문이 낙산에서 대치하고 있듯이 도강언에서도 청성파와 촉중당문의 세력이 집결했다. 도강언은 청성파의 영향력이 지대한 곳이다.

"그런데… 이해할 수가 없군."

흑치가 고개를 갸웃거리며 의문을 드러냈다.

"삼 파의 세력은 비슷할 텐데… 촉중당문은 어떻게 동시에 양 파의 진영인 낙산과 도강언에 무력 부대를 파견할 수 있었을까?"

아미파는 전력의 절반을 낙산에 파견했다. 청성파도 비슷한 전력을 도강언에 파견했다. 남은 전력은 본산을 지키고 있었다.

촉중당문이 양 파의 진영을 상대하려면 전력을 양분해 낙산과 도강언에 보내야 한다. 그렇게 되면 촉중당문은 텅 빈 꼴이다.

"독수무정 당력이 그런 모험을 할까?"

절대로 그럴 리 없다.

개방이 분석한 정보에 의하면 독수무정 당력은 얼음처럼 냉철하고 돌다리도 두들기고 넘는다는 신중한 인물이었다.

"설마… 독군이 폐관 수련을 마친 건가?"

천하구대고수의 한 사람인 독군 당백양이 십 년째 폐관 수련 중이란 것은 비밀 중의 비밀이었다. 개방 내에서도 방주와 서너 명의 장로, 개방의 사천 총타주만이 알고 있었다.

흑치가 이 비밀을 알게 된 것은 그의 스승인 사천 총타주가 은밀히 알려준 덕분이다. 당연히 청성파나 아미파가 그 중대한 비밀을 알 리가 없다.

일향암으로 돌아온 수명 사태는 나찰승의 수좌를 불렀다.

"안회를 잡아와라."

개방의 정보가 막혔다면 다른 곳에서 정보를 얻을 수밖에 없었다. 낙산 하오문은 낙산의 정보에 밝다. 또한 하오문의 특성상 다른 지역의 하오문과 연계돼 있어 정보가 능통했다.

어느 면에서는 하오문의 정보망이 개방마저 능가한다.

승리를 위해선 정보가 필수였다. 특히 촉중당문의 이해할 수 없는 움직임을 알아내려면 고급 정보가 필요했고, 안회는 그걸 충족시킬 수 있었다.

나찰승의 수좌는 고심했다.

안회가 어디 있는지는 알고 있다. 문제는 그 장소에 있었다.

정체를 알 수 없는 청년 고수.

안회는 자기 집을 버리고 그의 이웃이 됐다. 수명 사태가 알려준 내용이 사실이라면 청년 고수는 낙산에서 활동 중인 나찰승이 전부 달려들어도 이길 수 없는 초강자였다.

"연정을 불러라."

나찰승의 수좌는 다수보다는 소수, 그것도 최고의 실력자 일인이 침투하는 게 최선책이라고 판단을 내렸다.

연정은 침투와 납치에 관해서는 타의 추종을 불허했다.

그날 밤,

연정은 백화산장의 담장을 넘었다.

그리고 돌아오지 않았다.

제10장

독군(毒君) 출현(出現)

밤이 깊었다.

유난히도 어두운 밤이었다.

밤하늘은 먹구름에 가려 달도 별도 보이지 않았다.

밤거리도 칠흑처럼 어두웠다. 낙산의 주민들이 불빛이 새는 것조차 두려워 조심했다고 하지만 정도를 벗어난 어둠이었다.

"이거… 왠지 으스스하군."

감덕형이 엄습해 오는 불안감에 어깨를 움츠리며 귀가를 서둘렀다. 오랜만의 귀갓길이라 그런지 묘한 낯설음마저 느껴졌다.

그는 발걸음을 서둘렀다.

집이 나타났다.

칙칙한 어둠이 정문을 휘감아 버려 음침한 느낌을 풍겼다.

탕탕탕!

감덕형이 대문을 두드렸다. 그러나 굳게 닫힌 문은 열릴 생각조차 없었다. 또다시 엄습해 오는 불길함에 담장을 뛰어넘었다.

집 안은 이상할 정도로 고요했다.

감덕형은 조심스럽게 칼을 뺐다. 그는 진호에게 애용하던 곤봉을 상납한 뒤로 새로 곤봉을 맞췄지만 낙산의 상황이 극악으로 치닫자 칼을 착용했다.

감덕형은 발끝으로 걷는 묘첨보(苗尖步)로 소리를 죽이고 마당을 지나간 뒤 조용히 문을 열었다.

"헉!"

부인과 아들딸이 방구석에서 겁에 질려 덜덜 떨고 있었다. 그리고 기묘하게 웃고 있는 탈로 얼굴을 가린 흑의인 네 명이 감덕형을 기다리고 있었다.

그들은 촉중당문의 암부인 암영대의 대원들이었다.

"칼을 거두는 게 좋을 겁니다."

서탁(書托) 쪽에서 싸늘한 음성이 나왔다.

감덕형이 서탁 쪽으로 시선을 돌렸다. 당사옥이 의자에 앉아 촛불을 벗삼아 책을 읽고 있었다.

"나는 낙산의 포두다."

"알고 있습니다, 감 포두 나리."

"안다고? 그렇다면 알면서도 감히 관리의 집을 침입해 내 가족들을 접박한단 말이냐? 너희들은 국법도 두렵지 않느냐?"

"법보다 주먹이 가깝다는 것을 모르진 않겠죠."

당사옥의 입가에 비웃음이 떠올랐다.

감덕형이 버럭 화를 냈다.

"감히 국법을 능멸하려 드느냐!"

"오호호! 아무래도 말로는 안 되겠군요."

당사옥이 눈짓을 하자 암영대의 대원이 가위를 꺼내더니 이제 겨우 십여 세에 불과한 사내아이의 손가락에 끼웠다.

"으아악! 아빠! 살려줘요!"

"허억! 머, 멈춰라!"

"멈.춰.라?"

당사옥의 눈초리가 휘어졌다.

감덕형이 가위를 든 암영대의 대원에게 달려들자 다른 대원이 그를 제압해 버렸다. 사내아이의 모친이 일어나자 또 다른 대원이 칼등으로 뒤통수를 후려쳐 그녀를 기절시켰다.

"제, 제발… 제 아들을 놓아주십시오."

"이제야 대화를 나눌 자세가 됐군."

당사옥이 감덕형을 제압한 암영대의 대원에게 눈짓을 했다.

그는 곧바로 감덕형을 풀어줬다.

감덕형은 당사옥 앞에서 무릎을 꿇었다.

"…워, 원하는 게 뭡니까? 내가 할 수 있는 거라면 뭐든지 하겠습니다."

"호호호! 눈치가 빠르네. 과연 관리는 달라."

당사옥의 웃음 속에서 간악한 냄새가 났다.

감덕형은 모멸감에 어깨를 부르르 떨다가 고개를 숙였다.

"첫째, 안회를 붙잡아 올 것."

"헉! 그, 그건……."

당사옥이 가위를 쥔 암영대의 대원에게 시선을 돌리자 감덕형의 얼굴이 사색이 됐다.

"하, 하겠습니다."

"둘째, 백화산장의 별채에 머물고 있는 정체 모를 젊은 손님을 우리에게 유인해 올 것."

"허억!"

감덕형의 눈이 튀어나올 정도로 커졌다.

"아무래도 자식 사랑이 부족한가 보군."

"그, 그분은 동창의 대인입니다."

당사옥의 표정이 삽시간에 굳어졌다.

촉중당문이 독과 암기의 제왕이라지만 동창은 이름만으로도 산천초목이 숨을 죽인다는 특무 기관이다.

"그자의 이름은?"

"…모릅니다."

당사옥의 눈썹이 꿈틀거리자 감덕형이 다급히 입을 열었다.

"우리들 앞에서 단 한 번도 이름을 밝힌 적이 없습니다. 그래서 대인이라고 부르고 있습니다."

"그자와 안회의 관계는?"

"안 대인이 일방적으로 이용당하는 관계입니다."

"어떤 식으로 이용당한다는 거지?"

"대인께선 유륜이란 반역도를 뒤쫓았는데… 유륜이란 자가 낙산의 선착장에서 밀항선을 타고 도주했습니다. 안 대인은 그 밀항선의 정체를 탐문 조사 중입니다."

당사옥은 머리가 지끈거렸다.

수명 사태 등을 뒤쫓다 우연히 마주친 기이한 인물.

그 때문에 수명 사태 일행을 놓쳤고, 녹영의 좌대는 풍비박산 났다. 비록 사망자는 생기지 않았지만 비루먹은 개처럼 쫓겨났고, 복귀할 때도 온갖 고생을 했다.

그야말로 치가 떨리는 원수였다.

'어쩔 수가… 없구나.'

복수로 인해 가문을 위태롭게 할 수는 없었다.

"빠드득!"

당사옥은 이를 갈았다.

감덕형은 흠칫 놀라며 불안한 얼굴로 눈알을 굴렸다.

'버러지 같은 놈!'

그녀의 눈에 보이는 감덕형은 무능력한 관리였고, 마음대로 조종할 수 있는 인형에 불과했다.

"사흘 후 자시 경에 낙산대불로 나와라. 거기서 너의 가족과 안회를 교환하겠다."

"그, 그게 무슨……?"

퍽!

암영대의 대원이 감덕형의 뒤통수를 가격했다. 감덕형은 그대로 의식을 잃고 고꾸라졌다.

잠시 후,

"끄응…….."

의식을 되찾은 감덕형은 황급히 일어났다.

"여보! 애들아!"

사방을 둘러봐도 가족은 보이지 않았다. 인질로 끌려간 것이다. 감덕형은 멍한 시선으로 텅 빈 집 안을 쳐다보았다.

수명 사태가 백화산장을 방문했다.

문을 열고 감보보가 나왔다.

"아미타불."

"어서 오세요, 수명 스님."

"여시주, 그동안 평안하셨소이까?"

“세상이 어수선한데 평안할 리가 있겠어요?”

얼굴은 웃고 있지만 말속에 가시가 느껴진다.

수명 사태의 얼굴에 씁쓸한 기색이 나타났다. 나날이 악화 일로를 걷고 있는 낙산의 여론을 떠올린 것이다.

“아미타불. 환란 뒤에 기쁨이 있다는 말처럼 조금만 참으면 좋은 일이 있을 것이오.”

“그래야지요.”

가벼운 한담이 오고 갔지만 장소는 대문 밖이다.

감보보가 들어오라는 말을 일체 언급하지 않았기 때문이다. 표정이나 대화는 똑같았지만 이전과는 태도가 다른 것이다.

수명 사태가 끝내 한숨을 내쉬었다.

“하아! 여시주.”

“말씀하세요, 수명 스님.”

“빈승에게 불만이 있소이까?”

감보보의 입가에서 미소가 사라졌다.

짝짝!

감보보가 손바닥을 치자 하인이 검은색 승복을 손에 들고 나타났다. 수명 사태의 얼굴이 굳어졌다.

검은색 승복은 나찰승의 옷인 흑란가사(黑蘭袈裟)였다.

감보보가 흑란가사를 수명 사태에게 넘겼다.

“아미타불.”

수명 사태는 불호를 외웠다.

"대인께서 모레 자정에 낙산대불로 오시면 그 옷의 주인을 만날 거라고 수명 스님께 전하라더군요."

"…아미타불. 고맙소이다, 여시주."

"그럼 평안이 있기를 기원합니다, 수명 스님."

감보보가 문을 닫았다.

수명 사태는 탄식하며 뒤돌아섰다.

칠흑 같은 어둠이 낙산의 자랑인 낙산대불을 삼켜 버렸다.

인적은 사라지고 깊은 침묵만이 흘렀다.

저벅저벅!

낙산대불의 우측 절벽에 있는 통로에서 여러 명의 발걸음 소리가 들려왔다. 곧이어 십여 명의 그림자가 나타났다.

그들은 낙산대불의 오른발 부근에서 걸음을 멈췄다.

뚜벅뚜벅!

이번엔 좌측 절벽의 통로에서 발걸음 소리가 들렸다.

한 남자가 나타났다. 그는 마대를 어깨에 메고 있었다.

달이 살짝 구름 밖으로 얼굴을 내밀었다.

낙산대불이 달빛을 받아 그 위용을 드러냈다. 오른발에 멈춘 십여 명의 정체도 달빛이 밝혀냈다.

당사옥과 암영대의 대원들, 그리고 감덕형의 부인이었다.

반대편에 있는 사내는 감덕형이었다.

"안회는?"

감덕형이 어깨에 메고 있는 마대를 가리켰다.

당사옥의 입가에 음산한 미소가 떠올랐다.

"내려놔라."

감덕형은 마대를 내려놓았다.

"확인을 해야겠다."

"잠깐. 그전에 약속부터 지키십시오."

"약속?"

"분명히 아내와 아이들을 교환한다고 약속하지 않았습니까! 그런데 왜 안사람만 있고 아이들은 없는 겁니까?"

"호호호!"

당사옥이 배를 잡고 웃었다.

"감 포두는 상도를 모르는군."

"그게 무슨 말입니까?"

"한 냥짜리 물건을 살 때 한 냥을 내듯 한 사람당 한 명씩인 게 당연하지."

"뭐, 뭐라고?!"

"싫다면 이번 거래는 중지할 수밖에."

그 말이 떨어지기가 무섭게 암영대의 대원이 인질의 목에 칼을 들이댔다. 감덕형의 부인은 칼날의 싸늘한 감촉에 기절할 정도로 놀랐지만 입에 재갈이 물린 탓에 신음성도 내지 못했다.

“자, 잠깐 기다려 주십시오!”

“거래하겠나?”

“다, 당연히 해야지요. 하지만…….”

감덕형은 어둠에 잠긴 강을 힐끗 쳐다보며 답답해하다가 힘겹게 입을 열었다.

“아이들의 안전을 보장해 주십시오.”

“귀공자처럼 모시겠다고 약속하지.”

그런 약속을 믿을 만큼 감덕형은 무르지 않았다. 그러나 칼자루를 쥔 쪽은 당사옥이었다.

“고, 고맙습니다.”

“그럼 안회가 맞는지 확인해야겠으니 마대를 벗겨라.”

“자, 잠깐만! 그전에 내 아이들을 돌려받으려면 어떻게 해야 하는지 가르쳐 주십시오!”

“상거래는 정확해야 하니까 아이 둘을 성인 한 명과 교환할 수 있도록 해주지.”

“누굴 데려오면 되는 겁니까?”

당사옥이 눈살을 찌푸렸다.

감덕형이 시간을 끈다는 느낌이 들었기 때문이다.

“지금 당장 마대를 벗겨. 안 벗기면 네 마누라는 죽는다.”

“아, 알겠습니다! 그러니 칼을 치우십시오!”

감덕형이 사색이 돼 양손을 저었다.

암영대 대원의 칼날이 감덕형 부인의 살을 살짝 베어버려 피가 흘렀기 때문이다. 감덕형의 부인은 부들부들 떨었다.

"헛수작을 부리면 네 마누라의 목을 벤다."

"지, 지금 당장 마대를 벗기겠습니다."

감덕형이 마대의 묶음을 풀었다.

그런데 매듭을 이리저리 만지며 시간을 끄는 게 아닌가.

"뭐 하는 거냐?"

"너무 꽉 묶은 데다 손이 떨려서 잘 풀리지가 않습니다."

"끝까지 헛수작이냐?!"

"돼, 됐습니다."

당사옥이 격노하자 감덕형이 매듭을 풀었다.

"어서 마대를 벗겨!"

"네, 네."

감덕형이 마대를 벗겨내자 밧줄에 꽁꽁 묶인 한 사람이 나타났다. 작은 체격에 고급스런 비단옷. 산발한 머리가 얼굴을 가렸지만 안회가 틀림없었다.

당사옥이 안회의 얼굴을 주시했다.

하필이면 그때 구름이 달을 삼켜 어둠이 깔렸다.

"안사람을 보내주십시오."

"아직 얼굴을 확인하지 못했다."

"그럼 내가 그쪽으로 가서 안사람을 데리고 갈 테니 직접 와서 확인하십시오."

"그건 안 돼."

무슨 수작을 부릴지 모른다는 생각에 당사옥이 반대했다.

감덕형이 허리에 찬 칼집을 내던지고 상의와 신발마저 벗어버렸다. 한마디로 무장 해제를 선언한 것이다.

"촉중당문의 고수들이 무엇을 두려워하십니까?"

감덕형이 그들의 자존심을 건드렸다.

"좋다."

"감사합니다."

감덕형이 당사옥의 진영으로 걸어갔다.

"삼호."

암영대의 우두머리가 한 대원을 불렀다. 삼호라 불린 대원이 밧줄에 묶여 있는 사람 쪽으로 향했다.

"여보!"

감덕형이 부인을 품에 안았다.

그녀는 눈물을 펑펑 흘렸다. 설움과 공포, 남편을 향한 애정 등이 섞인 복잡한 눈물이었다. 암영대 대원들이 싸늘한 시선으로 포옹한 남녀를 감시했다.

삼호가 밧줄에 묶인 사람을 조사하려는 순간 구름 속에 숨어 있던 달이 다시 얼굴을 드러냈다.

"헉!"

삼호의 안색이 바뀌었다.

고개를 돌려 입을 열려는 순간 선장이 날아왔다.

퍽!

삼호가 그대로 쓰러지고 수명 사태가 모습을 드러냈다. 그 뒤로 흑란가사를 입은 나찰승들이 도열했다.

"네가 감히 나를 속여!"

당사옥이 감덕형에게 시선을 돌렸다.

감덕형이 부인을 강 쪽으로 던지고 자신도 몸을 날렸다.

후리리릭~

밧줄이 감덕형의 부인을 낚아챘다.

"다, 당했다!"

달빛이 강상을 비추었다.

뗏목이 강물을 타고 유유히 지나가고 있었다. 감덕형의 부인을 낚아챈 밧줄은 뗏목에서 날린 것이다.

"네 아이들이 무사할 줄 아느냐!"

거친 물살을 헤치고 뗏목에 당도한 감덕형을 향해 독기가 서린 앙칼진 목소리가 들렸다.

감덕형은 비웃음을 지었다.

멍멍!

뗏목에 요롱이가 있었다.

그 순간 당사옥의 얼굴이 휴지 조각처럼 구겨졌다.

감덕형과 부인이 뗏목에서 얼싸안자 그들의 자식인 두 아이가 달려들었다. 가족이 다시 만났다.

"망할 놈의 개새끼! 산 채로 껍질을 벗겨 버릴 테다!"

당사옥의 눈에서 푸른 인광이 뚝뚝 떨어졌다.

그야말로 귀녀(鬼女)가 따로 없었다.

당사옥은 씩씩거리며 수명 사태에게 시선을 돌렸다.

"세 번째 만남이군요, 수명 스님."

"빈승은 달갑지 않구나."

"오늘은 저도 달갑지가 않아요. 우리 측 사람을 돌려보내면 조용히 물러나 드리지요."

수명 사태가 선장으로 암영대 대원 삼호를 후려쳤다. 암영대 대원 삼호는 당사옥의 면전까지 주르륵 밀려났다. 낙산대불의 면전이라 수명 사태가 살생을 자제했기에 삼호는 목숨을 건졌지만 반신불수를 면키 어려웠다.

"아직 한 사람 남았어요."

당사옥은 삼호에겐 관심조차 없었다.

"이 사람이 너희 측 인물이라고 주장하느냐?"

"네."

당사옥은 안회를 이대로 놓칠 수가 없었다. 만약 내놓지 않으면 일전이라도 불사할 생각이었다.

"과연 그럴까?"

수명 사태가 밧줄에 묶인 사람의 산발한 머리를 잡았다. 그리곤 잡아당겼다.

"헉!"

밧줄에 묶인 사람은 대머리였다. 게다가 여자였다.

"이 아이는 본 파의 인물이다."

그녀는 백화산장에 잠입했던 나찰승 연정이었다.

당사옥은 양손으로 얼굴을 붙잡고 부들부들 떨었다. 손톱이 얼굴에 박혀 피가 흘렀지만 눈썹 하나 까딱하지 않았다.

"나, 나를 바보로 만들다니……."

당사옥의 손톱이 자기 얼굴의 피부를 찢어버리며 긁어냈다. 그러나 그녀에겐 그건 고통도 아니었다. 그녀는 멍청이라고 생각했던 감덕형에게 당했다는 게 분할 뿐이었다.

수명 사태는 연정을 데리고 낙산대불에서 빠져나왔다. 눈앞에 원수가 있었지만 부처님 면전에서 피를 흘릴 수는 없었다. 그것도 낙산을 지탱하는 거대한 부처님 앞에서.

"대인, 고맙습니다."

감덕형 가족이 진호에게 절했다.

진호가 촉중당문의 진지에서 아이들을 구해온 것이다. 게다가 밧줄로 감덕형의 부인을 구한 것도 진호였다.

"이놈 덕이니까 나중에 큼지막한 뼈다귀나 준비해."

진호가 요롱이를 가리켰다.

요롱이가 아이들의 옷가지에서 체취를 맡고 촉중당문의 진지에서 아이들을 찾아낸 덕에 쉽게 구출할 수 있었다.

감덕형이 요롱이 앞에 무릎을 꿇었다.

"고맙소. 정말 고맙소."

사람이 짐승에게 무릎을 꿇고 허리를 숙였다. 감덕형은 진실로 은혜를 아는 자였다.

"나는 이만 나갈 테니 가족끼리 회포나 풀게."

"감사합니다, 대인."

진호와 요롱이가 밖으로 나갔다.

안회와 감보보가 문밖에서 진호를 기다리고 있었다.

"대인, 언니와 조카들을 구해준 은혜, 천녀는 영원히 잊지 않겠습니다. 진심으로 고맙습니다."

감보보가 우아하게 절을 올렸다.

"어려움에 처한 사람을 돕는 건 누구라도 하는 거야."

"옳은 말씀입니다. 하지만 대부분 말뿐이지 실제로 나서는 사람은 그리 많지 않습니다. 그래서 협객을 동경하는 거죠."

"쯧쯧. 감 대모, 난 협객이 아니야."

진호가 뒤통수를 긁적이며 고개를 돌렸다. 이전과는 다른 이십대 청년의 모습이었다. 안회는 고개를 갸웃거렸다.

'정말… 알 수 없는 인물이다.'

처음 봤을 땐 괴물인 줄 알았다. 곤봉을 휘둘러 정원과 전각을 날려 버리는 가공할 무공은 지금 다시 생각해도 끔찍하다.

가끔씩 드러나는 시선은 사람의 속을 꿰뚫는 힘이 느껴졌고, 행동거지는 예측이 불가했다. 어느 때는 한없이 교활하며 악랄했고, 다른 때는 이상할 정도로 선하게 느껴졌다.

그런데 오늘의 모습은 또 달랐다.

'동창에는 저런 괴물이 몇 명이나 있는 걸까?'

안회는 진호가 내뿜었던 살인귀의 냄새를 잊지 않았다. 그건 한두 명을 죽인다고 생기는 게 아니다. 천성적으로 살인귀로 타고난 데다 실제로 많은 사람을 죽이지 않으면 그런 냄새나 살기를 흘릴 수는 없다.

'그러고 보니 감가 놈도 안목이 있어.'

감덕형은 가족들을 납치당하고 협박을 당하자 곧바로 진호에게 달려와 도움을 요청했다. 진호는 무슨 어려운 일이냐며 간단하게 감덕형의 요청을 받아들였다.

'쩝! 나도 은혜를 입었지.'

안회는 나찰승 연정에게 납치당했다. 진호가 구해주지 않았다면 어떤 꼴을 당했을지 생각만 해도 소름이 끼쳤다.

"안 노인."

"네, 대인."

"잠깐 이야기 좀 나누지."

안회는 갑자기 등골이 서늘해지는 것을 느꼈다. 진호의 얼굴이 무표정했던 것이다. 이십대 청년의 순수한 얼굴이나 열정적인 협객의 얼굴은 보이지 않았다.

'제기랄! 유륜이란 놈의 행방을 묻는 거구나.'

의문의 밀항선을 아직도 찾지 못했다. 게다가 아미파와 촉중당문의 대치가 시작된 이후론 손을 놓다시피 했다.

'…죽었다!'

안회는 도살장에 끌려가는 가축의 심정으로 진호를 뒤따

라갔다. 감보보는 그 모습을 보며 미소를 지었다.

　아미파 진영에 전서구 두 마리가 날아들었다. 한 마리는 청성파가 보냈고 다른 한 마리는 아미산에서 보냈다.
　청성파가 보낸 전문에는 도강언에서 대치 중이던 청성파와 촉중당문이 격돌했다는 내용이 적혀 있었다. 아미산에서 보낸 전문은 독수무정 당력을 비롯해 촉중당문의 전력 절반이 당 씨 일족의 근거지를 지키고 있다는 내용이었다.
　"이해할 수가 없군요."
　수명 사태와 수 자 배분의 여승들은 곤혹스런 표정을 지으며 고개를 갸웃거렸다. 촉중당문의 전력으론 아미파와 청성파를 상대로 동시에 전쟁을 치른다는 건 불가능한 일이다.
　삼 파의 세력은 약간의 차이가 있을 뿐 비슷했다. 그런데 전력의 절반이 도강언에서 청성파와 싸우고, 남은 절반이 촉중당문을 지키고 있다면 낙산에 모인 자들은 뭐란 말인가?
　"당문이 비밀리에 세력을 키운 건가?"
　"그런 것치고는 규모가 너무 큽니다, 수진 사저."
　수명 사태가 고개를 저으며 반론을 제기했다. 수진 사태는 일향암에 집결한 아미파 진영의 책임자였다.
　"그렇다면 강변에 있는 자들은 뭔가?"
　"우리가 놓친 것이 있는지도 모릅니다."
　수명 사태가 곤혹스런 표정을 지으며 대답했다.

“알아내야 하네.”

“물론 알아내야죠.”

“그리고… 독군의 소식은 아직 없는가?”

“청성파가 보낸 전언에도 독군에 대해선 없습니다.”

“아미타불.”

삼 파의 세력은 비슷하다. 그러나 그건 독군이란 변수를 제외하고 나온 계산이었다. 천하구대고수는 세력을 초월하는 힘. 계산조차 안 되는 존재였다.

“안회란 자를 데려올 수는 없겠나?”

“어렵습니다. 안회는 백화산장에 처박혀 움직일 생각조차 않고 있습니다.”

“우리가 모두 가면 안 되겠나?”

“일향암에 집결한 본 사의 전력이 모두 동원돼도 어렵다고 봅니다. 게다가 촉중당문과 대치 중이니…….”

“허! 그렇군. 그런데 믿기지가 않네. 이제 겨우 이십대 청년이 그리도 강하단 말인가?”

“방효람 이래 최고의 기재일 겁니다.”

암자에 모인 여승들의 안색이 삽시간에 변했다.

응조왕 방효람.

흑도삼왕의 일인으로 천하구대고수 중 나이가 가장 어린 측에 해당한다. 그가 서른이 되기도 전에 천하구대고수에 이름을 올린 것은 용불과 신개가 인정했기 때문이다.

두 기인은 방효람에 대해 현재의 무공도 놀랍지만 미래가 두렵다고 논평하며 십 년만 지나면 천하제일고수를 바라볼 수도 있다고 예언했다. 그날부터 방효람은 흑도삼왕이 됐다.

'어쩌면 방효람보다 더할지도 모릅니다.'

수명 사태는 이 말만큼은 언급하지 않았다. 자신의 안목이 용불과 신개를 능가한다는 오만으로 비춰질까 두려웠던 것이다. 또한 그건 아미파에 별 도움이 안 되었기 때문이다.

수명 사태는 고심하다가 입을 열었다.

"혹 시주를 만나보고 오겠습니다."

"그가 개방의 방침을 어기겠는가?"

"다시 한 번 해봐야죠."

수명 사태가 일어섰다. 수진 사태는 한숨을 내쉬며 고개를 끄덕였다.

수명 사태는 개방의 낙산 분타로 향했다. 그런데 분타주인 흑치가 수명 사태를 기다리고 있었다.

"어서 오십시오."

"아미타불. 빈승이 올 줄을 알고 있으셨소?"

"도강언 혈전이 전해졌으면 오실 거라고 생각했습니다."

"어떻게 된 일인지 알고 싶소."

"하아!"

흑치가 한숨을 내쉬었다.

수명 사태가 무표정한 시선으로 흑치를 바라보았다. 난감해하며 고심하던 흑치가 끝내 입을 열었다.

"…어차피 나중에 아실 일이니 말씀드리겠습니다. 촉중당문은 아미파와 청성파가 힘을 합치는 것을 막으려고 양 파의 중요 지점인 낙산과 도강언에 전력을 투입했습니다. 그런데 전력을 반으로 나누면 패배가 자명했기에 계략을 썼습니다."

수명 사태의 안색이 굳어졌다.

"실제 전력은 도강언에 보내고 낙산에는 암영대와 하급 무사들만 파견해 아미파의 전력을 잡아둔 겁니다. 촉중당문은 아미파와 청성파가 힘을 합치는 걸 두려워한 겁니다."

"우리가 속았단 말이오?"

"촉중당문은 중경 하오문을 이용해 정보를 조작했습니다. 우리들도 겨우 사흘 전에 그 사실을 알아냈습니다."

"허장성세(虛張聲勢)에 속았단 말인가."

수명 사태가 넋 나간 얼굴로 탄식했다.

"그럼 소인은 이만 가보겠습니다."

흑치가 수명 사태에게 포권하고 뒤돌아섰다.

"아미타불. 늦게라도 사실을 말해준 흑 타주에겐 개인적으로 고맙다는 말을 하고 싶소. 하지만 이번 사태가 해결되면 본 파는 개방의 비협조를 분명히 짚을 것이오."

"하아!"

흑치는 멀어져 가는 수명 사태의 뒷모습을 보며 한숨을 내쉬었다. 차라리 한쪽이 사파였다면 승패와 상관없이 도왔겠지만 삼대세력 모두 정파인데다 개방과 친분이 있었다.

개방의 상부가 방관하라고 지시할 수밖에 없었다.

"내가 잘한 건지, 아니면 잘못한 건지 모르겠구나."

"상부에서 내려온 명령을 어겼으니 분명히 잘못한 일이다. 하지만 약자를 도운 셈이니 방규를 지킨 것이기도 하다."

사방에서 목소리가 들려왔다.

"유, 육합전성(六合轉聲)!"

흑치가 경악하며 주변을 둘러봤다.

그러나 어디에도 육합전성을 사용한 인물은 없었다. 흑치는 육합전성을 펼친 인물이 누굴까 고심하다가 방규라는 단어가 있었음을 떠올랐다.

"서, 설마 그 어른께서……."

흑치의 얼굴에 경이와 존경심이 떠올랐다.

천하를 통틀어 육합전성이 가능한 고수는 손가락으로 꼽을 정도에 불과하고, 개방에 두 명이 있었다. 그중 한 사람은 총단을 떠날 수 없으니 남은 건 한 사람밖에 없다.

"어째서 그 어른께서 이곳에 오신 거지? 그리고 약자라니…… 어째서 아미파가 약자라는 거지?"

흑치의 의문은 깊어져만 갔다.

수명 사태가 흑치에게 들었던 내용을 밝혔다.

일향암 주둔지의 수뇌부인 수진 사태와 수 자 배분의 여승들은 모두 경악했다.

"이, 이걸 어떻게 받아들여야 할지 모르겠소."

"아미타불."

다들 표정이 좋지 않았다. 아미파의 절반에 해당하는 전력
이 허장성세에 속아 지금까지 잡혀 있었으니 어처구니없는
일이었다. 소문이라도 나면 얼굴을 못 들 일이다.

수명 사태가 입을 열었다.

"일단 혹 타주의 말이 옳은지부터 확인해야 합니다."

"나찰승을 보내시오."

수진 사태가 수명 사태의 의견을 받아들였다.

삼십여 명의 나찰승이 촉중당문의 진지를 훤한 대낮에 침
투했다. 밀영대의 대원들이 달려나왔다. 암부들 간의 처절한
전투가 벌어졌고, 뒤이어 나타난 백여 명의 여승이 합세하자
밀영대는 삽시간에 전멸당했다.

나찰승이 출발하자 수명 사태가 수진 사태에게 말했다.

"저들이 가짜든 진짜든 상관없습니다. 촉중당문의 이름으
로 침략했고, 지금까지 대치했습니다. 또한 저들이 껍데기에
불과하더라도 놔두고 떠날 수는 없습니다."

"그럼 공격하자는 건가?"

"네. 정리해야 우리가 도강언으로 가서 청성파를 돕거나
아니면 촉중당문을 치는 겁니다. 그걸 위해서라도 저곳을 정
리하고 이겼다는 선언이 필요합니다."

"허장성세를 역으로 이용하자는 거로군."

"네, 수진 사저. 아미파가 승리했다는 소문을 사천 전역에 퍼뜨려 기세를 조정하는 겁니다."

"알았네."

수진 사태는 일향암 전력의 절반을 수명 사태에게 맡겼다. 수명 사태는 전장의 맹장처럼 여승들을 지휘했다.

암영대를 몰살시키고 촉중당문의 진지로 쳐들어갔다.

"와아아!"

여승들이 몰려오자 진지에 있던 촉중당문의 고수들은 병기를 버리고 항복했다. 그들은 당가의 복장을 입고 있었지만 당문의 인물들이 아니었다.

"신니(神尼)들이시여, 우리를 살려주십시오."

"아이쿠! 우린 끌려온 죄밖에 없습니다."

여승들은 당황했다. 수명 사태가 이들 중에 두목으로 보이는 자를 다그쳤다.

"너희들은 뭐냐?"

"저희는 하오문도들입니다."

"뭐라고?!"

"중경과 금당, 간양의 하오문도들입니다."

이건 뭐가 잘못돼도 한참 잘못된 일이다. 수명 사태가 또다시 다그치자 놀라운 사실이 밝혀졌다.

하오문도들을 감시하고 억압했던 무사들, 정확히 표현한

다면 촉중당문의 하급 무사들이 새벽에 모두 떠났고 암영대
만 남았다는 내용이었다.

"이렇게 어이없는 일이……."

수명 사태는 넋이 나갔다.

촉중당문에게 철저하게 당한 것이다. 게다가 항복한 하오
문도들을 정리할 때까지 움직일 수도 없게 됐다. 허장성세에
이어 둔병지계(鈍兵之計)에 당한 것이다.

진호와 안회가 차를 마시고 있었다.

낙산의 하오문도가 안회에게 서찰을 건넸다. 안회는 서찰
을 꼼꼼히 읽고는 실소를 지었다.

"대인의 말씀대로 촉중당문의 진지에 있는 자들은 모두 가
짜였습니다. 당문의 하급 무사들은 낙산 외곽으로 도망쳤고,
남아 있는 자들은 중경과 금당, 간양의 형제들이었습니다."

감덕형의 자녀를 구출하려고 촉중당문의 진지에 침투했던
진호는 이상한 점을 발견했다. 진지가 믿기지 않을 정도로 허
술했고, 고수들이 보이지 않았던 것이다.

기껏 암영대의 대원들 정도나 쓸 만했고, 나머지는 거론할
가치조차 없었다. 게다가 병기도 엉망이었고 상당수가 하오
문도로 보였고, 당문의 하급 무사들에게 억압받고 있었다.

진호가 감덕형 가족을 구출한 뒤 안회를 따로 불러 이상한
점을 알리고 조사하라고 말했다. 안회는 타 지역의 하오문과

연계해 정보를 수집하고 정밀한 추적에 들어갔다.

결국 모든 사실이 밝혀졌다.

"쯧쯧! 아미파가 철저하게 당했군."

진호가 혀를 찼다.

때마침 일향암과 당문 진지를 감시하던 하오문도에게서 연락이 왔다. 완벽하게 아미파가 농락당했다는 보고였다.

"쩝! 일이 우습게 됐군요."

안회가 씁쓸한 표정을 지으며 부하에게 명령을 내렸다.

"모두 철수하라고 해라. 더 이상 조사할 필요 없다."

"잠깐!"

진호가 제동을 걸었다.

"철수시키지 말고 좀 더 은밀한 곳에서 감시하라고 해. 그리고 외곽으로 도주했다던 당문의 하급 무사들을 추적해."

"그럴 필요가 있습니까?"

안회가 뚱한 표정을 지으며 말했다.

부하 앞에서 권위가 실추됐기 때문이다.

"느낌이 좋지 않아."

"네?"

"그리고 촉중당문이 과연 이 정도로 끝낼까?"

"그럼……."

"당사옥의 행방을 찾아봐. 아무래도 그쪽이 냄새가 나."

"혹사갈이 악독한 성품과 간교한 머리로 유명하기는 하지만 일개 계집인데 무슨 큰일을 저지르겠습니까?"

"원래 미친 것들이 위험한 법이지."

진호의 예감이 적중했다.

일향암 본진에 당사옥이 나타났다.

그녀를 발견한 여승이 큰 소리로 외쳤다.

"당사옥이다! 어서 잡아라!"

아미파의 여승들이 검을 뽑아 들고 당사옥에게 달려갔다.

당사옥은 달려오는 여승들을 보며 비웃었다. 그녀를 호위하는 암영대원 열 명으로 여승들을 막기에는 역부족이다. 그럼에도 그녀는 눈썹 하나 까딱하지 않았다.

깡마른 백발노인이 갑자기 나타났다.

칠흑처럼 어두운 흑포를 두른 백발노인의 두 눈은 대낮에도 시퍼런 안광이 뚝뚝 떨어졌고, 온몸에서 살기와 고약한 악취가 풍겨났다. 썩은 독향과 시체의 냄새가 섞인 악취였다.

스르륵.

백발노인이 장난처럼 손을 저었다.

당사옥을 향해 달려오던 여승들이 갑자기 목을 부여잡고 맥없이 쓰러졌다. 한 사람도 남기지 않고 모두 절명했다.

"허억!"

일향암 주둔지의 수뇌부들이 경악했다.

백발노인의 손장난에 수십여 명이 넘는 여승이 사망했으니 당연한 일이다. 특히 수진 사태의 표정이 야릇했다. 단순한 경악이 아니라 귀신을 본 듯한 얼굴이었다.

"도, 독군 당백양!"

소름이 끼치도록 싸늘한 냉기가 일향암 주둔지 수뇌부의 머리 위로 내려앉았다. 백발노인은 천하구대고수 중에서 두려움 때문에 경원시한다는 독군 당백양이었다.

"모, 모두 피해라!"

수진 사태가 발작적으로 외치고 독군을 향해 몸을 던졌다. 수 자 배분의 여승들도 수진 사태를 뒤따랐다.

퍼퍼퍽!

독군에게 도달하기도 전에 수진 사태와 수 자 배분의 여승들 머리가 폭죽처럼 터져 버렸다.

"아아악!"

"사부님!"

수 자 배분의 여승 제자들이 피눈물을 흘리며 절규했다. 독군은 피눈물을 흘리는 여승들에게 손을 흔들었다.

"오호호!"

"까르륵!"

피눈물을 흘리며 얼굴이 악귀처럼 변한 여승들이 갑자기 웃음을 터뜨리며 춤을 추기 시작했다.

너울너울 춤추면서 승복을 벗어 던지고 야릇한 비음과 교소를 흘렸다. 어느새 알몸이 된 여승들이 자신의 몸을 쓰다듬으며 뜨거운 숨결을 내뱉다가 푹푹 쓰러졌다.

여승들은 온몸을 파르르 떨며 절정의 환희를 쏟아냈다. 그리곤 황홀한 표정을 지으며 숨을 거뒀다.

"아, 악마!"

다른 여승들이 눈물을 흘리며 당백양을 욕했다.

당백양의 손이 자신을 겨누자 몇몇 여승들은 자기 검으로 목을 그었다. 치욕적인 죽음보다 깨끗한 죽음을 원했던 것이다. 자살보다 끝까지 저항을 선택한 여승들도 많았다.

인세에 지옥이 나타났다.

화르르~

일향암이 검은 연기를 뿜어내며 타올랐다.

반대편 강변에 있던 수명 사태가 여승들을 독려해 빠른 속도로 배를 몰았다. 낙산 외곽으로 빠져나갔던 촉중당문의 하급 무사들이 강변에 나타났다.

"쏴라!"

그들은 활에 독화살을 장전하고 십 인승 쪽배를 향해 쐈다. 여승들이 검과 선장, 계도 등을 휘둘러 독화살을 막았지만 한계가 금방 드러났다.

"아아악!"

"으악!"

여승들 절반가량이 희생당했고, 남은 오십여 명의 여승들이 강물로 뛰어들자 촉중당문의 하급 무사들은 곧바로 도망쳤다. 강변에 여승들이 올라왔을 땐 벌써 사라진 뒤였다.

"빠드득! 일향암으로 간다!"

수명 사태가 이를 갈며 외쳤다.

여승들도 부들부들 떨다가 일향암 쪽으로 달려갔다.

일향암과 아미파 여승들의 진지는 지옥으로 변해 있었다.

중년 여승이 비틀거리며 수명 사태에게 걸어왔다.

"사, 사숙님… 도, 독군이… 도옥… 구운……."

중년 여승은 머리부터 녹아내리더니 발만 남았다.

수명 사태는 전율했다. 섬뜩한 기운에 고개를 돌리자 불바다 속에서 걸어나오는 백발노인이 시야에 들어왔다.

"도, 독군 당백양!"

수명 사태는 부들부들 떨다가 여승들에게 외쳤다.

"모두 피해라!"

여승들이 사방으로 퍼지자 수명 사태는 독군에게 달려갔다. 독군이 퍽 하고 사라졌다.

"으아악!"

"까아악!"

독군이 도망치는 여승들 사이로 지나가자 비명 소리가 울려 퍼지며 여승들이 죽어갔다.

수명 사태의 두 눈이 붉게 충혈됐다.

"이 악귀야! 네가 그러고도 오대기인이란 말이냐!"

수명 사태가 욕하며 독군을 뒤쫓았지만 소용없었다. 독군은 바람보다 빠른 사신이었다.

"모두 나를 따라라!"

수명 사태가 전 내력을 담아 외쳤다. 정신을 잃고 우왕좌왕
하던 생존자들이 수명 사태를 뒤따라 도망쳤다.

독군은 천천히 뒤따르며 후미에 있는 여승들을 차례차례
살해했다. 수명 사태는 피눈물을 흘렸다.

'그래! 따라와라!'

수명 사태가 아미파의 제자들이 독군의 유희로 죽어가는
것을 목격하면서도 발걸음을 멈추지 않은 것은 한 가지 이유
때문이었다. 그건 복수였다.

"다 왔다! 힘내라!"

생존자는 고작 십여 명에 불과했다. 그리고 맨 뒤에 있던
여승의 머리가 독군의 손아귀에 잡혔다.

퍼억!

여승의 머리가 수박처럼 터져 버렸다.

백화산장의 담장을 뛰어넘고 진호의 별채까지 가는 동안
희생자가 계속 생겼다. 별채 안에 들어왔을 때 살아남은 여승
은 수명 사태를 포함해 네 명에 불과했다.

"우, 우릴 살려주시오, 시주!"

수명 사태가 절규하듯 외치고 독군에게 몸을 날렸다. 독군
의 손바닥이 수명 사태의 머리를 노렸다.

휘익!

콱!

　호두알이 날아와 독군의 손바닥에 박혔다. 독군이 주먹을
쥐자 호두알이 박살 나면서 부스러기가 흘러내렸다.
　수명 사태는 그 자리에서 주저앉았다.
　"사숙조."
　"사숙님."
　중년 여승과 젊은 여승이 수명 사태의 앞을 막아서며 양팔
을 벌렸다. 하지만 독군은 더 이상 여승들에게 관심을 보이지
않았다.
　화라락!
　독군의 두 눈에서 광망(光芒)이 흘렀다. 전각의 문이 열리
면서 진호가 나타났다. 진호와 독군의 시선이 마주쳤다.
　파악!

〈제1권 끝〉

다세포 소녀 원작 만화 출간!!

전국 서점가 최고의 화제작!

OCN 슈퍼액션 드라마 시리즈 방영!

왜? 사람들은 다세포 소녀에 주목하는가!
상식을 뒤엎는 기발하고 엉뚱한 상상력!

『다세포 소녀』의 숨겨진 힘!!

다세포 소녀 원작만화 (전 5권 예정)
B급 달궁 글·그림 | 값 9,000원 / 부록 예이츠 시집

몇 페이지만 읽어도 좌중을 휘어잡을 이야깃거리가 넘쳐난다!
둔감해진 머리에 영감을 주는 아이디어가 마구마구 솟구친다!
원작을 더욱더 빛내주는 기발한 댓글 퍼레이드!
300만 다세포 폐인을 열광시킨 상식을 뒤엎는 엉뚱한 상상력!

또 하나의 이야기! 또 하나의 재미!
소설 『다세포 소녀』

초우 장편소설 | 값 9,000원 / 원작자 B급 달궁

"그건 모르겠고, 나는 외눈의 사랑이야. 사랑을 줄 수는 있어도 마주 할 수 없는 사랑이지. 두 눈을 가진 사람은 주고받을 수 있지만, 나는 주는 것만 할 수 있어. 나는 주는 사랑으로 족해. 외사랑이지."
–외눈박이

초등학생이 반드시 읽어야 할 좋은 책 49권

각 학년별로 초등학생이 반드시 읽어야할 좋은 책을
선정하여 통합논술의 기본이 되는 '올바른 독서법'을
일깨워 줍니다.

교과서와 함께하는
초등학교 통합논술

초등1학년 | 값 12,000원 | 초등2학년 | 값 9,500원 | 초등3학년 | 값 11,000원 | 초등4학년 | 값 9,500원 | 초등5학년 | 값 9,500원 | 초등6학년 | 값 11,000원

♣ 혼자 할 수 있어요.

엄마가 책 읽는 방법을 가르쳐 주어도 좋아요.
독서지도하는 선생님이 가르쳐 주어도 좋답니다.
"초등 교과서와 함께하는 **통합논술 시리즈**"는
아이 스스로 독서할 수 있도록 꾸며진 책이에요.
엄마와 선생님은 요령만 가르쳐 주시면 된답니다.

♣ 교과서의 중요한 내용이 총정리되어 있어요.

각 학년별로 중요한 교과 내용이 함께 수록되어 있어요.
초등학생은 교과서 내용을 충실하게 공부해야 합니다.
아울러 그와 병행한 독서가 대단히 중요하지요.
"초등 교과서와 함께하는 **통합논술 시리즈**"는
두 가지 방법 모두 알려준답니다.

♣ 이 책은 훌륭하신 선생님들이 함께 쓰신 책이랍니다.

동화작가 선생님들이 쓰셨어요. 소설가 선생님도 쓰셨답니다.
국어 논술독서지도 선생님들도 함께 쓰셨지요.
"초등 교과서와 함께하는 **통합논술 시리즈**"는
엄마의 마음으로 모든 선생님들이 함께 꾸민 책이랍니다.

입소문을 통해 아는 분은 다 알고 계십니다!
올 한해 공인중개사 최고의 화제작!

1~2권 합본 | 이용훈 지음
3~4권 합본 | 이용훈 지음
5~6권 합본 | 이용훈 지음
용 어 해 설 | 이용훈 지음
1~2차 문제풀이집 | 이용훈 지음

수험생 기본 필독서
만화 공인중개사

제목 : 만화공인중개사 쓰신 분에게 감사드립니다.

학원을 두달 다녔어요. 근데 과연 그 숫자 와우기 그런게 몇 문제나 나올까 생각을 했어요.

아니라는 생각이 드네요. 학원강의를 뒤로 하고 서점을 갔어요. 내 머리에 가장 이해될수 있는

책이 없나 하구요. 거기서 만화를 발견했어요. 무조건 세번 봤어요. 3개월 걸렸어요. 문제집을

보라고 했는데 그건 시행을 못했어요. 근데 합격을 했네요.

어떻게 감사의 말을 해야 될지…

도서관에서 만화책 들고 다니니까 사람들이 바웃더라구요. 만화책으로 공인중개사를 공부한

다고 미친사람처럼 보더라구요. 근데 그거 다 감수하고 했던 내가 자랑스럽습니다.

어떻게 감사의 말을 해야 할지 정말 감사합니다.

부디 행복하세요. 제 나이 41살에 좋은 스승을 만난 거 같습니다.

엎드려 감사드립니다.

－본사 홈페이지에 독자분이 올린 메일 中에서 발췌－

잘나가고 싶은 사람은 읽어라!

그에게 한눈에 반했다! 그것은 분위기 탓?
애인과 나란히 걸어갈 때 당신은 좌, 우 어느 쪽에 서는가?
이성은 왜 서로 끌리는 걸까? 그 심층 심리를 해명한다!

30초의 심리학

■ 30초의 심리학
아사노 하치로우 지음 / 계일 옮김 | 값 8,500원

처음 본 사람인데 와 닿는 느낌이
너무나도 강렬한 사람이 있다.
흔히 하는 말로 '필이 꽂힌 사람',
그래서 잊혀지지 않는 사람,
한눈에 반했다고 하는 것이 바로 그것이다.
이런 인간의 감정을 논하는 데
남녀의 구분이 있을 수 없다.
사랑하는 그, 혹은 그녀를
생각하는 것만으로도 가슴이 두근거린다.
이상할 것 없다. 당연히 그럴 수 있는 것이다.
그렇기에 인간을 감정의 동물이라 하지 않는가.
그러나 그렇게 좋아하는 그 사람이
어느 날 갑자기 싫어지는 경우는 왜일까?

Psychology